……あれ？
じっと鏡の中の自分を覗き込んでいた私だが、
ふとデジャヴを覚え、目を瞬かせた。
何故か前にこの姿を見たことがあるような
気がしたのだ。どこでだろう？
断罪された悪役令嬢は続編の悪役令嬢に生まれ変わる
～無自覚な愛され系は今度こそ破滅を回避します～
麻希くるみ
illust. 保志あかり

レベッカ
隣国レガールの侯爵令嬢。幼少期にアリステアと出会い、友人となる。
乙女ゲーム『暁のテラーリア』の悪役令嬢。アリステアの前世。
セレスティーネ
アリステア
乙女ゲーム『暁のテラーリア』の続編の悪役令嬢。女子大生・上坂《かみさか》芹那《せりな》とセレスティーネという2つの前世の記憶がある。

シャリエフ王国の第二王子。攻略対象の一人と思われるが……？
エイリック
エレーネ
エイリックやサリオンに近づく伯爵令嬢。何か秘密を抱えているようで……!?
サリオン
侯爵家の嫡男でアリステアの婚約者。幼い頃からアリステアとは家族ぐるみの付き合いをしている。攻略対象の一人と思われるが……？

「花束をありがとう。
とても嬉しかったわ」
いや、とサリオンは赤くなった
顔をふっと背けた。
その仕草は出会った頃と
少しも変わらないなと思う。
「黄色い薔薇は私の
一番好きな花なの」
「知ってる」

麻希くるみ
Kurumi Maki
illust. 保志あかり

断罪された悪役令嬢は続編の悪役令嬢に生まれ変わる

無自覚な愛され系は今度こそ破滅を回避します

The villainous lady condemned is reincarnated as the villainous lady appeared in the sequel

The unconscious loved lady avoids her ruin next time for sure

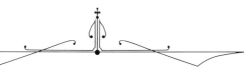

CONTENTS

The villainous lady condemned is reincarnated as the villainous lady appeared in the sequel

The unconscious loved lady avoids her ruin next time for sure

プロローグ

「セレスティーネ・バルドー。お前との婚約は今この時をもって破棄させてもらう」

は？　と、思わず私は公爵令嬢らしからぬ表情を浮かべてしまった。

高い天井から下がる大きなシャンデリア。

豪華に飾り付けされたホールで明るく賑《にぎ》やかに始まった卒業パーティーであったが、遅れてホールに現れた数人の生徒達《たち》によって、それはあっという間に沈黙に包まれてしまった。

何これ？

私は、婚約者である王太子レトニス殿下の口から唐突に告げられた言葉に唖然《あぜん》となった。

真実、息が止まるのではないかと思った。

この日の朝、学園で卒業式が行われ、夕方からは保護者を招いてのパーティーだったので、この場には生徒達だけではなく、王家に仕える貴族の方々も参加しておられる。

そんな中でのいきなりの婚約破棄宣言だ。それも、王太子殿下自らの。

いったい何が起こったのかと、静まり返り注目されるのは当然だろう。

不敬にも、私は相手の正気を一瞬だが疑ってしまった。それとも、これは何かの茶番なのか。

だったら、私はどう答えれば良いのだろう。

「殿下、仰《おつしや》る意味がわからないのですが。何故《なぜ》婚約破棄なのでしょうか」

私がそう問いかけると、レトニス様の眉間に皺《しわ》が寄るのが見えた。

「わからないか。ならば仕方がないな。所詮、おまえはそういう女だったということだ」

厳しい表情で溜息《ためいき》をついた殿下の言いように私は驚いた。

いったい何なのだろう？

「答えになっていませんわ。どうして私は殿下にそのような目で見られなければならないのです？」

実際、レトニス様が私を見る目は、これまで見たことがないほど嫌悪に満ちている。

何故なのか、私にはさっぱりわからない。

殿下とは、この王立学園に入学する一年前に初めて王宮で顔を合わせ、互いの意思は関係なく早々に婚約が決められた。

貴族の子であれば、それは別に驚くようなことではなかったが、私は幸いにも初めて顔を合わせた王太子レトニス様のその優しい笑顔に惹《ひ》かれた。

明るい金髪に深い緑の瞳。

陛下によく似た、整った男らしくも美しい顔立ちに、私は目を奪われてしまった。

噂《うわさ》で聞いていた通りの素敵な少年だった。生まれて初めて私の胸はドキドキと高鳴った。

初めての王宮、傍らに父である公爵がいたとしても、陛下との謁見に緊張しまくっていた私にレトニス様は優しく声をかけて下さったのだ。

レトニス様は、本当にお優しい方だった。

あんなゴミでも見るような目を私に向けるなど、あり得ない。

何故？　と首を傾《かし》げかけたその時、私はそこにいるべきではない少女の存在に初めて気がついた。

殿下とご友人方に隠されるようにして彼女は立っていたので、すぐにはわからなかった。

ふんわりと柔らかな印象のある栗色《くりいろ》の髪の愛らしい少女は、学年は違うが何度か学園内で顔を合わせたことはあるし、言葉を交わしたこともあった。

確か名前は、シルビア・ハートネル。

詳しいことは知らない。流れていた噂では隣国レガールの伯爵家の令嬢だったが、母親が亡くなるとすぐに母親の実家があるこのシャリエフ王国に戻されたという。

シルビアの母方の祖父である子爵は、この国に慣れていない孫娘のためにと、理事長に頼んで一年間だけ学園に通わせてもらうことにしたらしいのだが。

学年は一つ下で、この国での彼女の身分は子爵令嬢。

公爵家令嬢である私とは殆《ほとん》ど接点はない。話をしたと言っても、親しくではなく、何度か注意をしたくらいだ。

シルビアは、はっきり言って貴族としての教育を受けてきたのだろうかと疑問に感じるほど、奔放で無神経だった。

成績は優秀のようだが、性格にはいささか難があるのではないかと思える所がある。

とはいえ、私にとっては顔だけ知っているような、なんの関わりもない少女だ。

その少女が、どういうつもりなのか私の婚約者であるレトニス様にぴったりと寄り添っている。

そのことにレトニス様も、ご友人である公爵家の嫡男ハリオス様や次期宰相候補と言われているダニエル様が何も仰らないことが腑《ふ》に落ちなかった。

だいたい今夜の卒業パーティーにはレトニス様は参加できないという、王宮からの連絡を受けていたのだが。

なので、本来婚約者にエスコートされて参加する筈《はず》のパーティーに私は一人でやってきたのだ。

母はここ数日体調を崩しておりベッドから起き上がれなかったし、父はというと、所用で兄と共に領地に行っていてまだ王都には戻ってきていなかった。

私に付き添ってくれたのは、私付きの侍女のキリアだけだ。

そのキリアは、パーティーの間は使用人の控え室にいてこの場にはいない。

「レトニス様。何故卒業生でもない彼女がお側《そば》にいるのですか」

私が殿下にピッタリくっついている少女にやや不快な視線を向けると、シルビアはビクリと身を震わせた。まるで私に睨《にら》まれたかのように怯《おび》えを見せる彼女を、レトニス様も、他のお二人も顔をしかめ、私から隠すように身体《からだ》を前に乗り出した。

わけがわからない。

「なんなのです？　まるで私が彼女に危害でも加えるかのようにご覧になっていますが」

「何を今更。実際にやっていただろうが」

「何のことでしょうか？」

私が首を傾げてみせると、レトニス様は忌々しいとばかりに私を睨みつけてきた。

気づくと、パーティーの参加者達は私の周囲からいなくなり、離れた場所からじっと成り行きを見守っていた。

先程まで私と話をしていた友人達も、巻き込まれたくないのか場所を移動している。

ふと目の端に人影が映り顔を背後に向ければ、やはりレトニス様のご友人である騎士団長の息子で騎士見習いでもあるロナウド様が立っていた。

そういえば、ホールに入った時からチラチラと彼の姿が目に入っていたが。

もしかして、レトニス様が来られる前に私がホールから出て行かないよう見張っていた？

セレスティーネ、と殿下に呼ばれると少し胸が痛い。

二人だけの時、殿下は私のことをセレーネと呼ぶ。

それは、レトニス様と私だけの大切な呼び名……それがあるから、私はレトニス様に愛されているかも、とほんの少しだけ期待した。だが。

「彼女は、シルビア・ハートネルは私が初めて心惹かれた女性だ」

初めて？　ズキン、と何かが刺さったような痛みが胸を走り抜ける。

やはり、私はレトニス様にとって愛のない相手だったのだとはっきり自覚させられた。

それでも。

「それでも私はレトニス様の婚約者ですわ！」

「セレスティーネ。お前が私の婚約者にふさわしくないということがわかったのだ」

「何故です？　何がわかったというのですか！　それでは彼女ならふさわしいと？　納得できませんわ！」

「セレスティーネ！　いい加減に気づいたらどうだ！　シルビアがここにいる。その理由がわからないというなら、おまえには人として欠けているものがあるのではないか」

人として欠けているもの……？

レトニス様のその言葉に私は衝撃を受け、悔しさでずっと胸に押し付けるように持っていた扇子を堅く握り締めた。そして納得できないという気持ちと共に思わず一歩前に足を踏み出していたが、まるでタイミングを計っていたかのように、シルビアの口から悲鳴が迸《ほとばし》った。

シンと静まり返っていたホールに突然、甲高い少女の悲鳴が響き渡る。

悲鳴に驚いて踏み出した足を止めた私だったが、次に襲ってきた激しい衝撃にぐぅっ！　と息を詰め口から呻《うめ》き声《ごえ》を漏らした。

最初に感じたのは、背後からドンと強く押された感覚。が、次の瞬間強い痛みが襲ってきた。

あ、刺された？　とすぐに理解できたことが疑問だった。

顔を背後に向ければ、騎士見習いのロナウド様が怯えたように目を大きく見開いていた。

その表情は、己がした行為が信じられないというような。

何故、私は彼に剣で刺されたのだろう？

ロナウド！　と、レトニス様の焦ったような声が聞こえ、背後にいた彼は慌てたように後ろへ下がった。

当然、下がった彼の手に握られた剣は私の背から引き抜かれ、傷ついた身体から真っ赤な血が噴き出すのを感じた。そして何故か耳に入った、床に滴る水音に聞き覚えがあるような気がした。

またも女の悲鳴が上がり、それに続くようにホールのあちらこちらから悲鳴が上がり続けた。

私の身体は、引き抜かれた剣に引っ張られるようにして後ろに倒れ込んでいく。

ここにいる誰の手も私を受け止めてはくれなかった。

背から倒れた私の身体はやや跳ね上がってから、ゴンと床に頭を打ち付ける鈍い音がし、それを最後に私の意識は薄れていった。


ああ、私、また死ぬのか――

……え？　また？　何？　また死ぬって、なんのこと？

ふっ、と目の前に霞《かすみ》がかかるのとは反対に意識がはっきりし、頭の中に大量の記憶が、まるで走馬灯のように流れ込んできた。そして、わかった。やっぱり自分が死ぬのは二度目なのだと。

そうよ。セレスティーネの前の私も刺されて死んだんだもの。

はぁ～、私ってつくづく運がないんだなあ……二度も刃物で殺されるなんて最悪だ。


もし……

もし、また生まれ変わることができたなら……今度こそ、好きになった人と恋愛ゲームのような幸せな恋をしたい。そして私は……真っ白なウェディングドレスを着て……

第一章　続編の悪役令嬢

「おめでとうございます、奥様。お元気なお嬢様ですわ！」

安産だったとはいえ、さすがに疲れた顔の夫人は、横になったまま、年配の侍女の腕に抱かれている赤ん坊を見たが、すぐに顔をしかめ声を荒げた。

「なによ、赤毛じゃないの！　本当に私が産んだ子なの？」

タオルに包まれた赤ん坊の髪は、彼女が言うように赤かった。確かに奥方様は白っぽい金髪で、旦那様は黒髪であるが。

「奥様。旦那様もお生まれになった時は赤毛でしたわ。ご成長されるにしたがって髪の色が濃くなり、五歳になる頃には今の黒髪になられたのです」

「あらそう。ならいいわ。不貞を疑われたら嫌だもの。でも、がっかりだわ。私は男の子が欲しかったのに。女なんて私の役には立たないじゃない」

彼女が忌々しそうに吐き捨てるようにして言うと、突然赤ん坊が顔を真っ赤にして泣き出した。

「ああ、うるさいわ！　早くその子を連れていってちょうだい！」

「あの……奥様。お嬢様を抱いては頂けませんか」

「世話をするのはあなた達《たち》でしょ。私は疲れたわ。休むから出て行って」

「……かしこまりました」

侍女は仕方なく、生まれたばかりの赤ん坊を抱いたまま他の侍女達と共に部屋を出て行った。

火がついたように泣いていた赤ん坊は、侍女があやしているうちに大人しくなり、今は時々しゃくり上げるだけになった。生まれたばかりだというのに母親に抱いてももらえず、自分の置かれている状況に気がついているのだとしたらとても哀れだ。

子供部屋に入った侍女は赤ん坊をベッドの上に寝かせると、涙に濡《ぬ》れた顔をお湯で絞った布でそっと拭い、おむつを当て、そうして用意していた真新しい産着を着せた。

それから侍女は、赤ん坊を腕に抱いて椅子に腰掛けると、哺乳瓶でミルクを飲ませ始めた。

まだしゃくり声を上げていたが、泣いてよほどお腹《なか》が空《す》いたのだろう、赤ん坊はチュッチュと勢いよくミルクを飲みだした。

「本当に綺麗《きれい》なお顔立ちをしているわ。ひょっとしたら、奥様より美人になるかもしれないわね」

侍女は無心にミルクを飲み続けている赤ん坊を見つめて微笑《ほほえ》んだ。

実はつい先日、彼女の娘に子供が生まれたばかりだった。女の子で、エマと名付けた。

初めての孫娘。可愛《かわい》くて仕方なかったが、今自分が抱いているこの邸《やしき》の旦那様の子も同じように可愛いと思った。孫は平民の子だが、お嬢様は貴族の子。

それでも、どちらも大人が守ってあげなければならない小さくてか弱い存在だ。

「大丈夫。お腹を痛めて産んだ我が子ですもの。落ち着けばきっとお嬢様を抱いて下さいますよ」

◇◇◇

夢を見ていた。長い長い夢。でも、実際はそれほど長くはなかったかもしれない。

だが、それは二つの人生の記憶だった。

どちらも幸せで。そう……人生が理不尽に絶たれる瞬間まで、私はとても幸せだったのだと思う。

夢の中――それは最後の記憶だ……

視線の先にいた栗色《くりいろ》の髪の少女が悲鳴を上げた瞬間、私は背中から剣を突き立てられた。

すぐには理解できなかった我が身の状況。

激しい痛みと、何故《なぜ》？　という疑問が浮かんでは消えた。誰も助けてくれないという悲しみと絶望に叫び声を上げると、バタバタと大きな足音を立てながら誰かが扉を開けた。

「お嬢様！」

飛び込んできたのはメイド服を着た、まだ十代後半くらいの少女。

ミリア、と名前を呼ぶと彼女はベッドに起き上がっていた私を抱きしめた。

「良かったです、お嬢様！　お目が覚めたのですね！　大丈夫ですか？　ご気分は？」

「夢を見たの、ミリア……」

「ああ、怖い夢だったのですね。もう大丈夫ですよ！　ミリアがお側《そば》におりますから！」

ミリアは、優しく私の小さな背を撫《な》でて落ち着かせた。

小さい――そう私は小さいのだ。

ついさっきまで……夢の中では自分は大人だったのに、今の私はようやく五歳になったばかりの幼い少女だ。

ああ、わかっている。大きかったのは前世とその前の自分だ。

私はどうやらまた生まれ変わったらしかった。

ああ……自分が死ぬ瞬間を。夢とはいえ二度も体験するなんて最悪の気分だ。

今の私の名前は、アリステア・エヴァンス。

父親はライドネス・エヴァンス伯爵。母親は、クレメンテ伯爵の養女だったマリアーネ。

父も母も、生まれた私が女だったことを疎ましく思っていた。

小さくてもわかる。だって、顔を合わせたことなど、数えるほどしかないんだから。

特に母のマリアーネは、私の赤い髪が大っ嫌いだ。

アンナはそのうち髪の色は変わるって言っていたようだけど、五歳になった今も私は赤い髪のままだった。

アンナというのは、生まれた時から私の世話をしてくれた侍女だ。

育児放棄した母に代わって、赤ん坊だった私の世話をずっとしてくれた。

ほんとに、アンナがいなければ、私は物心つく前に天に召されていたろう。

だが、そのアンナは、父の逆鱗《げきりん》に触れてクビになり追い出された。私がようやく歩き出した頃だ。

おかげで母の世話で忙しい使用人が、仕事の合間に私の面倒をみるということになってしまった。

彼らは私だけを世話するわけじゃないので、私はよく食事を忘れられて、お腹を空かせては泣いていた。まだ小さいのでドアノブに手が届かず部屋を出ることもできない。

ただ泣くことしかできない幼い自分。

そして、やっと誰かが気づいて、泣いている私に哺乳瓶を握らせるのだ。

私は泣きながら、冷たい床の上に座り込み必死にミルクを飲むという日々であった。

思えばよく生き残れたな、今の私。

一年ほどして、ミリアが来た。

私のことを気にかけていたアンナが、姪《めい》の子供をメイドとして寄越《よこ》してくれたのだ。

勿論《もちろん》、父はそのことを知らない。おかげで私は無事に成長することができた。

おまけに、前世を思い出したから、普通の五歳児よりも要領よく生きられるだろう。

思うほど動けないというデメリットもあるが、それはしょうがないと諦めよう。

「王宮から戻られてすぐに倒れられ、ずっと目を覚まされないので本当に心配しました。お医者様は緊張からくる疲労だと仰《おつしや》っていましたが」

すぐに食事を運んできたミリアは、黙々と食事をとる私を見て、ホッと息を吐いた。

心配かけてほんとに申し訳ない。

私もまさか、いきなり前世を思い出すとは思わなかったから。

きっかけは、やっぱり王宮だろう。

昨日、私は珍しく父親のエヴァンス伯爵に連れられ初めて王宮に行った。

王宮どころか、部屋から出ることも初めてだったのだが。

貴族に生まれた子供は五歳になると王宮で開催されるパーティーに招待されるらしい。

今は前世の記憶が戻った私だが、そんなのあったっけ？　的な感じである。

だいたい、今がいつなのかわからないし。前世の私が死んでからいったい何年たっているのだろう。前世の時と同じシャリエフ王国に生まれたのは、はたして幸か不幸か。

「王宮で何かあったんですか？」

そうミリアに聞かれた私は、王宮であったことをどう話そうかと考えた。

最初に思い浮かんだのは父親の顔で、彼は王宮に入ってすぐに私を王宮の侍女に預けて仕事に戻ってしまった。

まあ、一緒にいても会話するわけでもなく、息苦しいだけだったので別に良かったのだが。

王宮に着くまでの馬車の中は、今思えば会話もなくまるでお通夜のようだった。

緊張といえば、それが一番の原因だったかも。

案内された部屋は、王宮の中では比較的小さな部屋だったようだが、まだ身体《からだ》の小さな私にとっては十分に広かった。

だいたい、生まれてからの五年間、伯爵邸の子供部屋だけが私の世界だったのだから。

親と一緒に食事したことがないから、家の食堂なんてどこにあるかも知らない。

私が出られる外は、中庭の小さな空間だけ。マジで軟禁だ。

まあ、ミリアが来てくれてからは、花を一杯楽しめるようになったが。

部屋には既にたくさんの子供達が集まっていた。

みんな私と同じ五歳になったばかりの貴族の子供達だ。

自分と同じ年の子供を見るのは初めてで、どう接していいかわからなくて入り口で固まっていると、赤いドレスを着た女の子が近づいてきて私に声をかけてきた。

「あなた、赤い髪なのね——う～ん、惜しいわ。もう少し赤みが強ければエトと同じなのに」

「エト？」

「絵本に出てくる猫耳の女の子のことよ。私、そのお話が大好きなの。私はレベッカ・オトゥール。レガールから来たの。お父様は侯爵よ」

「レガールって、隣国の？」

「そうよ。お父様は外交官としてこの国に来たの。役目が終われば帰国するけど、それまではこの国にいるわ」

「あ、私はアリステア・エヴァンスです。父は伯爵なの」

「そう。よろしくね、アリステア。私のことはレヴィと呼んで」

「じゃあ……私のことはセレーネと」

「セレーネ？　アリスとかアリーじゃないの？」

彼女が首を傾《かし》げるのは当然だった。誰もが、愛称はアリスと思うだろう。

何故、セレーネと言ったのか。記憶が戻った今ならわかるが、あの時はまだ何も思い出していなかったというのに。でも、夢はずっと見ていた。どこかの美しい庭園で、誰かといる夢だ。

その誰かは私のことをセレーネと呼んだ。そう呼ばれるたびに私は懐かしくて嬉《うれ》しくて。

だから、いつか誰かにそう呼んで欲しいなと思っていたと、つい私は彼女に言ってしまった。

「ふ〜ん、そうなの？　いいわ、じゃあ、セレーネ」

ニッコリと笑うレベッカは、本当に可愛らしかった。ダークグリーンの瞳はちょっとキツいけれど。レベッカから話しかけてくれなければ、きっと自分は声すらかけられなかっただろう。

ありがとう、レヴィ、と私が笑って答えると、レベッカの表情がパァッと輝いた。

「良かった〜ここに来てから、声をかけるたびに引かれるか怖がられるかだったから、ほんと、どうしようかと思っていたの」

「え？　そうだったの？」

「私って見た目が凄《すご》くキツく見えるみたい。一つ下の弟にすら、意地悪な魔女か悪役令嬢だって言われたわ。失礼しちゃうと思わない？」

そうね、と同意はしてみたが、こうして話をしていなければ、確かにレベッカの弟がそう言うのもわかる気がした。言わないけれど。

「魔女が何なのかわかるけど、悪役令嬢って何かしら？」

「私も何それって弟に聞いたら、本で見たって言うのよ。いったいどんな本なんだか。弟の方こそ、変人だわ」

私とレベッカは、あはは……と笑い合った。

「まあ！　お友達ができたのですか、お嬢様！　良かったですね。どんなお嬢様なんですか、そのレベッカ様という方は」

「背は私より少し高いの。お父様みたいな綺麗なサラサラの黒髪で赤いドレスがよく似合ってたわ。瞳はダークグリーンでちょっと吊《つ》り目？　そんなにキツくはないけど。化粧してたから目立ったのかも。それでね、とても綺麗な顔をしてたわ」

「お嬢様もとてもお綺麗ですよ。お嬢様と初めて会った時、本当に妖精かと思いましたもの」

「そうかな。だったら嬉しいな。私ってこんな髪だから」

「大丈夫ですよ。おばさんが、髪の色は変わるって言ってましたから。でも、お嬢様の赤い髪、私は好きですよ、あったかそうで」

「ありがとう、ミリア」

「どういたしまして。では、ミリアは仕事に戻りますけど、お嬢様はしっかりとお休み下さいね。まだ、お顔の色がいいとは言えませんし」

「わかった。ミリアの言う通りにする」

「はい、お願いします。お夕食はまたミリアがお持ちしますので」

ミリアはそう言うと食器をまとめてから部屋を出て行った。

あれ？　夕食ってことは、さっきのは昼食？　じゃあ、今はお昼？

時計がないから、時間がまるでわからない。外は少し曇ってるせいか薄暗いから、まだ朝かと思ってた。つまり、夕方戻ってから翌日の昼まで寝ていたということか。そりゃあ、ミリアが心配する筈《はず》だ。

よいしょ、と私はベッドから下りると、姿見に自分の姿を映した。

白い夜着を着た、背の半ばまで伸びた赤髪の小さな女の子の姿が鏡に映っている。

白い肌、子供らしいまろやかな頬、パッチリした青い瞳、小さな唇。

誰が見てもきっと美少女だ。前々世の私は普通だったが、前世の私は美人だと言われていた。

しかし、今度の自分はとびっきりだ。ミリアが妖精だと言うのも頷《うなず》ける。

もしかして、成長したら絶世の美女？　なんてことを思ってしまう。

前世を思い出したので、ついつい第三者の視点で自分を見てしまうようだ。

前世では公爵令嬢だった。名前はセレスティーネ・バルドー。十七歳で死んだ。

卒業パーティーで婚約者に婚約破棄を告げられ、何故か同じ卒業生だった見習い騎士に剣で刺し殺されたのだ。前世を思い出すきっかけは、やはり王宮を出る前に偶然見た、騎士のせいだろう。

そういえば、なんで彼はパーティー会場に剣を持ち込んだのだろうか。

今考えると不思議だ。友人としてだけでなく、殿下の護衛も兼ねていたから？

王家を守る騎士団長の息子だから？　でも、私には刺されるような理由はなかった筈。

レトニス様からの理不尽な言われ様に怒ってはいたが、私は武器など持ってなかったのだから。

何故、殺されるようなことになったのだろう。私は息を吐き出した。やっぱり考えてもわからない。

公爵令嬢だったセレスティーネの前は、ここことは全く違う世界に生きていた。

日本で生まれ育った記憶がある私には、今の状況は異世界召喚か異世界転生だ。

そういえば、本やゲームではその手の話を山ほど楽しんでいたなと思い出す。

日本での私の名前は上坂芹那《かみさかせりな》、女子大生だった。

大学二年の秋、芹那はバイトの帰りに通り魔に遭い刃物で刺された。

芹那は助からなかったのだろう。何故なら、あの後、芹那ではない人生を送っていたのだから。

それが、セレスティーネ・バルドー。異世界の公爵令嬢だ。

その次も同じ世界、同じ国に生まれ変わったというのは本当に驚きだが。

それにしても異世界に転生したら私は公爵令嬢で、しかも王太子の婚約者だったなんて！

それで公衆の面前で婚約破棄を宣言されるなんて、まるでアレみたいじゃない！　アレ――え～と……そう乙女ゲーム！……え？　え、ちょっと待って！　これってホントに乙女ゲームなんじゃないの？　私はそう考え、そして困惑した。

そうよ！　どこかで聞いたことがあると思ったのよ！

セレスティーネ・バルドーって上坂芹那がやっていた乙女ゲームの悪役令嬢の名前だわ！

それに、婚約者の王子の名前がレトニス。ヒロインはシルビア・ハートネル！

王子の取り巻きが、ハリオス、ダニエル、ロナウドだった。

ここまで同じで偶然なんか絶対にあり得ない！

――間違いない。ここは乙女ゲームの世界だ……

そういえば、乙女ゲームをやっていた主人公が、ゲームの悪役令嬢に転生するって話がネット上にたくさん上がってるって、バイト先の同僚だった女子高生が話していた。

私は一度も読んだことなかったけど。まさかホントに……

あれ？　でも、あのゲームはハッピーエンドもバッドエンドも全部やり込んだけど、悪役令嬢が死ぬ展開はなかったように思うのだけど？

せいぜいが国外追放よね。あのゲーム、全年齢対象だったもの。

確かゲームのタイトルは『暁のテラーリア』だった。

普通にざまぁされて、悪役をギャフンと言わせる展開だった筈。

私はなんとかゲームのシナリオを思い出そうと試みた。

高校生の時にやっていたゲームだから、細かいところまでは覚えていない。忘れている所もあると思うが、しかしあんな残酷な展開になるなら全年齢対象になんかならない筈だ。

悪役令嬢が婚約破棄された上にその場で殺されるなんて。

ゲームと現実では展開が変わるってこと？　いやいや、でもなんかヒドくない？

だって、セレスティーネだった時、前世の記憶はなかったけど、ゲームでヒロインに対して嫌がらせをやった覚えないいんだけど？　それとも、私、何かした？

そういえば、レトニス様は、私が何かやったと思ってらしたみたいだけど。

……う～ん？　わからないわ。あの時、私が何かやったというなら具体的に言ってくれたら良かったのに。

あの乙女ゲームはヒロインのライバル役が悪役令嬢と呼ばれるきっかけとなったものだった。

もとは、当時ネットで人気だった小説の中で、ヒロインがライバルの少女に向けて言った言葉だったようだ。なので、ゲームの原案を作ったのはその作者ではないかとも言われていた。

ゲームのシナリオは、確かヒロインである子爵令嬢のシルビアが王立学園に入ってきた所から始まっていたと思う。過去話では、ヒロインであるシルビアの母親は彼女を産んでまもなく亡くなり、妻を溺愛していた父親が娘であるシルビアを嫌って捨てたとあった。

生まれた家どころか国を追い出され、母方の実家に引き取られたシルビアだが、生来の明るさと優しさで誰にでも好かれる少女に育っていった。

そんなシルビアと偶然知り合った老伯爵が彼女を気に入って親しく交流を持っていたが、実は彼は王立学園の理事の一人で、その偶然の出会いと祖父の希望もあって彼女は王立学園に入った。

誰にでも好かれるヒロイン——だが、前世で覚えているシルビアはそういう少女ではなかった。

婚約者のいる貴族令息らに安易に近づいて、令嬢方に嫌われていることに気づきながらも態度を改めようとせず、あろうことか、レトニス殿下の婚約者であるセレスティーネを理由もわからない罪で断罪させたのだ。

確かにゲームでは、あの時期、あの場所で悪役令嬢であるセレスティーネがレトニス殿下に断罪されることになっていた。そう、ゲームのシナリオでは、だ。

だが、前世のセレスティーネは断罪されるようなことはしていなかった。

——わからないわよ、ホントに！

私はもう一度今の自分の姿を見た。

美少女だ。お母様は嫌っているけど、ふんわりと柔らかそうな赤い髪は綺麗だと思う。

前世のセレスティーネは銀髪だった。

ストレートで、サラサラで、父と兄の髪色と同じだったからとても気に入っていた。

瞳の色は母親似だった。とても綺麗なエメラルドグリーンの瞳。

セレスティーネは両親に溺愛されていて、四歳上の兄も私を可愛がってくれた。

私が死んだ後、彼らはどうしたろう。きっと悲しんだだろうな。

会えるなら会いたいけど、同じ世界にいても今の私はセレスティーネじゃない。

それに、あれから何年たっているのかもわからないし。

礼儀作法とかは教えてもらったが、勉強はまだだ。

前世を思い出す前は、そういうことに関心はなかったが、今は知りたいことだらけだ。

私は貴族の娘だから、十四歳になったら王立学園に入ることになると思う。

十四歳から三年間男も女も関係なく勉学に励み、卒業したら、それぞれの道に進む。

女はたいてい卒業したら結婚だ。男は騎士になるか王宮内で文官になるか、もしくは親の領地に戻って後継者としてさらに学んでいくか。

セレスティーネは……卒業したら、本格的に王妃教育を受け、二十歳になったらレトニス様と結婚し王太子妃になる筈だった。

本当にここがゲームの世界であるなら、ヒロインがいた時点で婚約は破棄される運命であったが。

セレスティーネがあれだけ好きだったレトニス様のことを、今の私は他人のようにしか思っていない。そして、セレスティーネを殺したロナウドの事でさえ、私は何も感じていなかった。

まあ、それで構わないのだが。

生まれ変わっても前世の感情を引きずっているなど、最悪以外の何物でもないのだし。

だって、物語の中の悪役令嬢セレスティーネは、その死で全てが終わっているのだから。

今の私はセレスティーネ・バルドーではなく、伯爵令嬢アリステア・エヴァンスだもの。

ミリアと約束したので、私は一応考えるのをやめて、再びベッドに入った。

子供だからか、それともやはり身体は疲れていたのか、私はベッドに入ってすぐに意識がなくなった。どうやらミリアに起こされるまで私はぐっすりと眠っていたようだ。

夢も見なかった。まさしく爆睡だ。おかげで気分はかなりスッキリしていた。

「よく眠れて良かったです。すぐにお夕食をお持ちしますね」

ミリアは用意していた夕食を手早く小さなテーブルに並べていった。

体調が良くなったので、私は椅子に座って食事をとることにした。

昼はお腹に優しいリゾットだったが、夕食はパンと鶏肉の香草焼き、野菜スープにスクランブルエッグだった。

半分ほど一気に食べてから、傍らにじっと立っているミリアの方に顔を向けた。

「ねえ、ミリアは今の国王様のお名前って知ってる?」

「陛下のお名前ですか?　勿論知ってますよ。レトニス様です」

レトニス――

「王妃様は？」

「クローディア様です」

クローディア？　辺境伯のご令嬢だったあのクローディア様かしら？　なんで？

あまりに予想外だったので、つい私はシルビア様じゃないの？　と聞いてしまった。

案の定、ミリアは驚いた顔をした。

「まあ！　お嬢様、よくご存じですね。シルビア様は最初のお妃様《きさき》ですよ。私も小さい頃のことなので覚えてないし、よく知らないのですけど。一応庶民の間では噂《うわさ》が流れていました。最初の王妃様は子供がなかなかできなくて病んでしまわれ、当時まだ側妃で陛下のお子を身籠もられていたクローディア様を毒殺しようとされたとか。それを知った陛下は大変お怒りになって、シルビア様を離縁し王都から遠く離れた山奥の修道院に送ってしまわれたそうです。毒殺は重い罪ですが、さすがに処刑にはできなかったんですね。最初の王妃様ですから。その後、クローディア様が王妃様になられたんですよ」

「そう……なの？」

レトニス様と結婚はしたけど、子供ができなくて逆恨みした挙句に修道院へ。

それって、ヒロインというより悪役令嬢の末路よね。

まあ、あの頃のシルビア・ハートネルは、ゲームのヒロインとは全然違っていたし。

ゲームの展開が狂えばそういう結末もありかな。

あの時の悲鳴――彼女は何故……何をしたかったのだろう。

「ミリア、王様は今何歳か知ってる？」

「勿論です！　私の父と同じ年の筈ですから、三十七歳ですね。でも、陛下を見たという人は皆、年よりずっと若く見えるって言ってました。とっても美男子だとか。一度この目で拝んでみたいですね」

そうか……あれから二十年たっているのね。やっぱり死んですぐに転生したってわけじゃないんだ。

「ミリアは美男子が好き？」

「そりゃあ、勿論ですよ。でも、結婚するなら、顔より優しさと生活力ですけどね」

「まあ。ミリアは現実的なのね」

私はクスクスと笑った。

「じゃあ、ミリア。今度は外のお話を聞かせて」

「いいですよ。では、そのお夕食を食べ終えたら私が住んでいた所の話をしますね」

「ホント？　じゃあ頑張って全部食べるわ！」

王宮に行ったことで前世を思い出した私だが、それで何かが変わったかというと、別に何も変わらなかった。

父親は王都から滅多に自宅に戻らないし、母親は私と顔を合わせたくないのか会いにこない。

同じ家に住んでいるのに、会いたくなければ会うことがないなんておかしな話だ。

まあ、大きな館だし。前世の公爵家ほどではないが、それでも今の私の実家である伯爵家は裕福な部類だろう。

一応公爵令嬢だった時、国の貴族については学んでいたので覚えている。

バルドー公爵家はエヴァンス家とは交流を持っていなかったので会ったことはなかったが、たしか昔から鉱山を持ち、宝石の加工に優れた職人を何人も抱えていたということなので、金の心配はないようだ。

母方のクレメンテ伯爵は子供に恵まれなかったが、夫婦はとても穏やかで優しい方達だと聞いたことがある。が、母が養女となってほどなく二人とも流行り病《はやりやまい》で亡くなったそうだ。

その後親戚が母の後見人となっていたが、学園を卒業すると同時に母は伯爵家を捨て父と結婚した。どういう経緯があったかは知らないが、母にはもう父がいるここにしか居場所がない。

なんか複雑だなあ。

芹那だった時もセレスティーネだった時も、家族にだけは恵まれていたのだが。

面倒くさいと感じてしまうのは、私が前世を思い出したことが原因かもしれない。

ついなんでも他人事《ひとごと》のように思ってしまうのだ。

つらつらとそんなことを考えていると、ミリアが扉をノックして入ってきた。

「お嬢様にお客様です」

「え？」

これまで私を訪ねてくる者なんていなかったから、ミリアの〝客〟という言葉を何かと聞き間違えたかと思って首を傾げた。

「レベッカ・オトゥール様がお嬢様を訪ねてこられたのですが、いかがなさいますか？」

「レベッカ……ってレヴィが！　来てるの！」

はい、とミリアが頷くと、私は慌てた。

「え、え、どうしよう……」

突然のことに私はオロオロしてしまった。

「お天気もよろしいですし、丁度薔薇《ばら》も見頃ですからお庭にお席をご用意しましょうか」

「そ、そうね！　お願いミリア！」

はい、と頷いて、ミリアは部屋を出て行った。

ミリアはすぐに庭のテーブルにお茶とお菓子を用意してくれた。

そこへ、侍女に案内されたレベッカが黒髪の少年を伴ってやってきた。

「レヴィ！」

「突然来てごめんね、セレーネ」

「いいの！　お友達が来てくれるなんて初めて！　嬉しいわ」

「彼は私の執事。私が友人に会いに行くと言ったら付いいて行くって聞かなくて」

「執事？」

「まだ見習いです。初めまして、アリステア様。イリヤとお呼びください」

「イリヤってばこんな顔してるけど、私達より三歳年上なのよ」

えっ？　と私は内心びっくりした。

小柄だし、どう見ても同い年か、年下にも見えなくもない。驚きの童顔振りだ。

顔は絵本で見た精霊のように可愛らしい。

私とレベッカが白く丸いテーブルに隣り合って座ると、ミリアがカップに紅茶を入れてくれた。

イリヤにも勧めたが、自分は使用人ですからと、彼は椅子に座ったレベッカから一歩下がった所に立った。

「実は来週、レガールに帰ることになったの。それで、もう一度セレーネに会いたかったから来ちゃった」

「本当でしたら、前もってきちんとご連絡を入れるべき所、お嬢様が突然会いに行くと仰られたため、このような突然の訪問となり申し訳ありません」

頭を下げるイリヤに対し、主人であるレベッカは知らん顔だ。

「連絡を入れて、その返事を待ってたら時間がかかってゆっくり会えないかもしれないいじゃない。一ヶ月はこの国にいられる筈だったのに。約束が違うわよ」

「お嬢様、それは」

「わかってるわ。納得してるから」

「国に帰るのね、レヴィ」

私が残念そうな顔をすると、レベッカはニッコリ笑った。

「また来るわ！　すぐには無理だけど、この国に留学するのは決定事項だから」

「留学って、王立学園に？」

「ええ。本当は留学なんて全然興味なかったのだけど、セレーネがいるもの。絶対に戻ってくるから待っててくれると嬉しいわ」

「勿論、待ってるわ！　一緒に学園に通えるなんて嬉しい。楽しみだわ！」

私とレベッカは互いの手を取り合って再会を約束した。

「そういえば、あの第二王子も同じ学年になるのね。それだけはウンザリかしら」

「第二王子？」

「エイリック王子。セレーネも会ったでしょ、王宮の庭園で」

え？　と少し考えてから、ああ、と思い出す。

そういえば、花を眺めていたら声をかけてきた男の子がいたが。あれが第二王子？

レトニスに似ていたら気づいたかもしれないが、髪も瞳の色も似たところが全くなかったからわからなかった。

レトニスは金髪で緑の瞳だったが、庭園で会った彼は、明るい茶色の髪に水色の瞳をしていた。黒髪のクローディアとも違う。

すぐにレベッカが来て、お菓子が追加されたから一緒に食べましょうと連れていかれたので、少ししか会話していない。印象に残っているといえば、私に花を摘んでくれたことだろうか。

ありがとうと私がお礼を言ったら、何故か急に固まっちゃって。

ぷっとレベッカは吹き出した。

「そっか。セレーネにはなんの印象も残ってなかったのね。ざまぁみろだわ」

レベッカが声を上げて笑うと、イリヤが顔をしかめて主人を窘《たしな》めた。

「貴族のご令嬢が大口を開けて笑うなど、はしたないですよ」

「だって、面白いじゃない。あの王子様、女の子に囲まれて喜んでたもの。あの悦に入った顔、見るに堪えなかったわ。お父様と一緒に国王様と王妃様方にご挨拶したけど、あのいかにも自分はモテるみたいな笑顔はとーっても気持ち悪かったわ」

「王族に対して気持ち悪いはないでしょう。不敬罪に問われますよ」

「聞かれなきゃいいのよ。ここにはセレーネとイリヤ、それに」

レベッカに視線を向けられたミリアはニコリと笑った。

「ミリアと申します。勿論、私は何も聞いてはおりませんわ」

「レヴィは陛下や王子様方にお会いしたのね」

「セレーネは会ったことがないの？」

「王宮に行ったのはあの日が初めてだったから」

「そうなのね。まあ、まだ私達小さいものね」

「五歳です」

「わかってるわよ。うるさいわね、イリヤは。私はまだ子供子供。でしゃばりません、デビューまでは」

「デビュー？」

「社交界デビューよ。この国は何歳からなの？」

「え〜と、十二歳かしら」

私がミリアの方を見ると、彼女はコクンと頷いた。

「同じね。私社交界にデビューするのが凄く楽しみなの！　うんと着飾って、男達の目を釘付《くぎづ》けにしてみせるわ！」

「お嬢様、はしたないです」

頭を抱えるイリヤに、私はクスクスと笑った。


レベッカが帰って、また部屋に一人きりになったが、なんだか彼女との会話を色々思い出しては笑えてきて幸せな気分になった。

同じ年の、というより誰かとあんなに楽しく会話したのは、ミリアを除けば初めてだったのだ。

レベッカは自分の国に帰ってしまうが、学園に留学してくるというから、また会える。

今度はずっと長く一緒にいられると思うと楽しみで仕方がない。

「お嬢様、お茶をお持ちしました」

ミリアが、カップとポットを運んできて、テーブルの上にのせた。

熱い紅茶がカップに注がれるのを、私はじっと眺めた。

「レベッカ様、本当に良い方でしたね」

ええ、と頷くと、ミリアは私の前にカップを置いた。

「お二人は愛称で呼び合っておられるようですけど、お嬢様がセレーネというのは？」

「夢の中で聞いた名前なの。なんだか響きがいいな、って思って」

「そうなんですか」

前世で、当時王太子だったレトニス様がつけてくれた愛称だなんて、絶対に言えないわね。

「レヴィと二人だけの呼び名だから」

「わかっております。誰にも言いません」

「うん。ありがとう、ミリア」


夜、ベッドに入って寝ていると、いつもは静かな邸内が何故か騒がしくてふと目が覚めた。

とはいえ、半分まだ眠った感じで、ぼんやりとしていたが。なんだか、滅多に聞かない母の声が聞こえた気がした。

そして、翌朝も邸内は騒がしかった。

邸の使用人達とは違う声も聞こえて、なんだろう？　と首を傾げていたらミリアが部屋に入ってきた。珍しく血の気のない青い顔をして。

「何かあったの？」

「お嬢様……奥様が――」

昨夜、突然母が王都にいる父に会いに行くと言って夜の闇の中馬車を走らせ、途中泥に車輪をとられて馬車ごと崖下に落ちたという知らせがあったとミリアが言った。

これから捜索に行くらしいが、生存は絶望的らしい。

私はベッドの中、呆然《ぼうぜん》とした顔で虚空を見つめた。

「ゆうべ……お母様の声が聞こえたの。久し振りだった……何年も聞いてなかったのに、何故か、声、覚えてたの。不思議ね」

「お嬢様――」

昼前に母の遺体が見つかったと連絡があった。

何故、急に母は父に会おうと思ったのか。その理由を誰も知らなかった。

その理由を私が知ったのは、社交界にデビューして間も無くのこと。噂話で聞くことになった。

父に恋人ができ、その女性が妊娠したという噂を母に知らせた者がいたのだ。

それは、ただの噂で、真実ではなかったのだが。

母の死から三日たって、私は七歳になった。

結局、私は母ときちんと顔を合わせて話をすることができなかった。

最後まで。


母が事故で亡くなり、七歳になると私の髪は徐々に色を変え始めた。

最初は頭の上から色が変わり出し、八歳になった頃には私の髪は母親よりも黄色みの強い金色に変わっていた。

アンナの言った通りだが、まさか金色に変わるとは思わなかった。てっきり、父と同じ黒髪になると思っていたのに。そうしたら、学園で再会したレヴィに、お揃《そろ》いだね、と言うつもりだった。

もう少し長く母が生きてくれていたら、赤髪でなくなった私と会ってくれただろうか。

それとも、父と同じ黒髪じゃないから、やっぱり疎まれただろうか。

十歳になってしばらくたってから、私は父に連れられトワイライト侯爵家を訪問した。

ついにか、と私は思った。婚約者との顔合わせだ。前世でもあった。相手はこの国の王太子だったが。どうやら今世の私が婚約する相手は、侯爵家の嫡男のようだ。

トワイライト侯爵家か——そういえば彼もいたな。あの断罪のあった卒業パーティーの場に。

セレスティーネは彼とは殆《ほとん》ど話をしたことはなかったが、確か嫡男だった筈。

ということは、彼の息子が私の婚約者になるのか。

複雑な気分だ。彼もまた、シルビアに憧れていた一人だった。

が、王太子達のあの煌《きら》びやかな中に加われず、ただじっと見つめるだけのようだったが。

トワイライト家では、侯爵と夫人が出迎えてくれた。

侯爵は四十歳を越えたばかりの筈だが、髪は薄くなり皺《しわ》も多く、実年齢よりかなり老けて見えた。

反対に夫人は若々しい。聞けば、侯爵より十歳年下だという。

夫人は私を見て、とても可愛いと喜び笑顔で中へ招き入れてくれた。

私を見る目は、二人とも優しかった。

なんだか、前世の両親を思い出して胸が熱くなるようだった。

そして紹介された彼らの息子、つまり私の婚約者となるサリオン・トワイライトは、薄茶色のくせ毛に、淡い紫の瞳の美少年だった。

何故かムッツリしていたが、私を見るとちょっと驚いた顔をした。

「アリステア・エヴァンスでございます。どうぞ宜《よろ》しくお願いします」

ドレスの端を摘《つま》み、貴族の令嬢らしく挨拶をすると、サリオンは顔を赤くして、ああと答え、プイとソッポを向いた。

この日、私とトワイライト侯爵の嫡男サリオンとの婚約が成立した。

親同士が決めた婚約であったが、私は別に気にしてはいない。

貴族に生まれたら、政略結婚は当たり前のことだから。

婚約者となったサリオンのことはともかくとして、トワイライト侯爵夫妻は、とてもいい方達で私はホッとした。

学生の時の侯爵は、大人しくて目立たない少年だったが、性格は優しく私は嫌いではなかった。

結婚は学園を卒業してからだ。結婚すれば、あの邸を出て、このトワイライト侯爵邸に住むことになる。それは私にとって、とても魅力的に思えた。

だが、絶望は二年後――社交界デビューの日に訪れた。

その日、初めて婚約者であるサリオンにエスコートされ夜会に出席する予定だった。

ミリアは数日前からとても張り切っており、ついにきたパーティーの日には彼女は朝からドレスの準備だ、アクセサリーだ、髪飾りだと頑張ってくれた。

ドレスはトワイライト侯爵家から贈られたものだ。

夫人が社交界デビューのお祝いにと選んでくれたものらしい。

私の瞳の色に合わせた青いドレスだった。胸元や裾にはフリルがたっぷりあしらってあって、とても可愛らしい。アクセサリーは、ミリアが選んだ金のネックレスと青い花がついたイヤリングだ。

ドレスを着せてもらってから、ミリアに薄く化粧をしてもらい、その後、髪をセットしてもらった。

「半分アップにして、残りは背に流しましょう」

ミリアは、ヘアブラシを持ち、手際よく髪をアップにしていく。

「ああ、本当にお嬢様の髪は美しいです！　こんな黄金のような髪色って、滅多に見ませんよ。まるで、美の化身のようです」

大げさね、ミリア、と私は呆《あき》れた顔で笑った。

しかし、私の髪が、ついこの間まで赤毛だったなんて誰も思わないほど劇的に変わったのは確かだ。変わり始めたころはくすんだ金茶っぽかったが、日がたつにつれて色がどんどん輝くような金色に変わっていったのだ。

これが黒髪なら、ここまでミリアも驚かなかったかもしれない。

「こんなことってあるんですねえ。おばさんも、まさかお嬢様の髪が金色に変わるなんて予想もしてなかったでしょうね」

そうね、と私は頷く。実は、滅多に帰らない父親も、久しぶりに見た私の髪の激変ぶりにはかなり驚いた顔をしていた。生まれた時から無表情な父しか見たことがなかった私には、新鮮な出来事だった。

はい、終わりました、とアクセサリーもつけ終えてミリアの手が離れると、私はホッと息をついた。さすがにコルセットはつけていないが、初めて着るパーティー用のドレスはいささか窮屈に感じた。これまで着ていたものがゆったりしたものだから余計にそう感じるのか。

「鏡で見ますか？」

「勿論見るわ」

ミリアがきっちりとやってくれたのはわかっているが、やはり見たい。

ドレスを着た私がどう見えるのか。

私はドキドキしながら姿見の前に立った。

鏡には、青いパーティードレスを着た金髪の少女が映っていた。

鏡で自分を何度も見たことはあったが、まるでお姫様のような自分を見るのは初めてだ。

前世、初めて夜会に参加した時は、どうだったろう。

あの時はまだレトニス様と婚約してなくて、兄がエスコートしてくれたのだった。

そういえば、お父様やお母様、お兄様はお元気だろうか。

社交界に出るようになったら、いつか会う機会があるだろうか。

けれど、自分がセレスティーネだとは言えないから会っても辛《つら》いだけかもしれないけど。

「ほんとにお綺麗です、お嬢様！」

「ありがとう」

ミリアは、どれだけ褒めても褒め足りないとばかりに興奮した様子だった。

鏡の中の私は青いドレスがとても似合っているように見えた。

こんな素敵なドレスを贈ってくれたトワイライト夫人には感謝しかない。

そのうち、お礼に伺わねば。

……あれ？

じっと鏡の中の自分を覗《のぞ》き込んでいた私だが、ふとデジャヴを覚え、目を瞬かせた。

何故か前にこの姿を見たことがあるような気がしたのだ。どこでだろう？

青いドレス。輝くような金の髪。揺れる青いピアス。

薄く化粧を施されたその顔もどこかで見たような気がする。

いつだろう？　セレスティーネだった時？

――違う。もっと前だわ。私が芹那だった時……

そうだ！　本で見たのだ。確か死ぬ少し前、大学の帰りに寄った本屋で見つけた。

私が高校生の時に夢中でやっていた乙女ゲームの『暁のテラーリア』！

その続編が作られるという情報がいつも買っているゲーム情報誌に載っていたのだ。

歓喜してすぐに買って帰り、部屋でワクワクしながら読んだことを覚えている。

まだ企画段階で殆ど情報らしいものは載っていなかったが、何故か続編の悪役令嬢のイラストだけが載っていた。

『最近悪役令嬢の人気が高い傾向のようなので、気合い入れて作ります』とあり、なんだそれ～と私は笑ってしまった。

確かに、前回の悪役令嬢セレスティーネよりも気合いを入れているのがわかる美麗なイラストだった。最初の情報がヒロインでもなく、攻略対象のイケメン達でもない、ライバルの悪役令嬢だったので印象に残った。

名前もアリスなんとか、で可愛らしい感じだった。

アリス……テア・エヴァンスだったんだ。

私はがっくりとその場に頽《くずお》れた。

「お嬢様！」

ミリアの慌てる声が聞こえたが、私はショックで顔を上げられなかった。

もう自分が悪役令嬢だった話は終わったと思ったのに。続編？　続編が始まるって言うの？　しかも、また私は悪役令嬢！

なんてことだ……最悪じゃないか――

「大丈夫ですか、お嬢様！　どこかお身体の具合でも？」

「…………」

「お嬢様！」

私は小さく息を吐き出すとゆっくり顔を上げた。

心配そうに覗き込んでくるミリアに向けて、私は笑みを浮かべる。

「大丈夫。なんだか、ちょっと息が苦しくなっちゃって」

「あ、ああ……そうですね。いつもと違って腰をきつく締めてますから。少し緩めましょうか」

「いいの？」

「はい。少しなら緩められます」

ミリアは背後に回ると腰を締めていた紐《ひも》を緩めた。それだけでも呼吸が楽になり、ほっとなって息を吐き出す。だが、思い出した衝撃はなくならない。なんでまた悪役令嬢なんだ――

だいたい、芹那が日本でやっていた乙女ゲームの世界に転生するなんてあり得ない話なのに、次も同じ世界に転生するなんて。それも、また悪役令嬢？　ふっざけんな！

神様のイタズラか、なんてそんな可愛いもんじゃない。嫌がらせ、とてつもなく悪意を感じる。

しかもだ。前回は、全年齢対象の乙女ゲームの世界の筈なのに、設定では死ぬ筈のないセレスティーネが、あろうことか殺されるという結末になった。

ヒロインは性格悪かったたし、なのに婚約者もそのまわりにいる貴族の男達も皆ヒロインにベタ惚《ぼ》れだった。いやまあ、確かにゲームではそういう設定で、私もヒロイン愛されに夢中になっていたが。

改めて思い出してみれば、ゲームのセレスティーネは設定では悪役令嬢となっていたが、そんなに嫌なキャラではなかった。友人思いで努力家で、家族が大好きで。

ただ、婚約者のレトニス殿下が大好きなのに、彼の心がどんどんヒロインの方にいってしまうのが悲しかっただけ。

そういえば、ゲームでは悪役令嬢はヒロインに嫌がらせをするのだけど、今思うと子供の嫌がらせみたいなものだったじゃない？

日本でよく聞いた学校の虐《いじ》めは、そりゃもう陰湿で。

虐めで自殺というニュースを聞いた時は、なんでそこまで追い詰めるのか、とも思ったくらいだ。

さすがに中高生もやるゲームだから、嫌がらせの類いもそんなに酷《ひど》いものではなかった筈。

って言うより、私、ゲームでやってたような嫌がらせをシルビアにしてない。

教科書破ったり？　足を引っ掛けて転ばせたり？　果ては階段から突き落としたり？

そんな物理的な虐めは絶対にやってない。せいぜいが面と向かって嫌みっぽく注意するくらいだ。

女子達に無視されたり孤立したのは自業自得じゃないか。

なのに、セレスティーネは断罪されて殺された。

この世界はゲーム通りであってゲーム通りではない。

そして、今回は芹那がやったことのない続編。

わかっているのは悪役令嬢の容姿と名前だけ。

ヒロインが誰かも、攻略対象が誰かも知らない。というか、本当に続編は出たのか？

誰か知ってるなら教えて欲しい！

思い出してしまった最悪な状況に頭グルグル状態の私だったが、迎えに来たサリオンを放っておくわけにもいかず、私は夜会に出かけることにした。

とにかく、今夜は何が起こっても目立たず、大人しくしておこう。

私とサリオンはトワイライト家の馬車で会場に向かった。

馬車が走り出してから、向かいに座るサリオンがじっと私を見、口を開いた。

「母上が選んだドレスはそれか？」

「はい。とても素敵なドレスで感謝しています」

「うん。トワイライト家に子供は俺だけだからな。母上はドレスを選ぶのがすごく楽しいようだった」

「そうですか。近いうちにお礼に伺いたいと思います」

「そうしてくれ。母上はお前が来たら喜ぶ」

はい、と私が微笑みながら頷くと、サリオンは頬をやや赤く染めてフイと横を向いた。

あ、ちょっと可愛いな。

考えてみれば、まだ十二歳だ。顔立ちは整っているがサリオンはまだまだ幼い。

前々世の芹那や前世のセレスティーネは今のアリステアより年上なので、その感覚でいくと、つい小さな子を見るように微笑ましく思ってしまう。

十歳で婚約した相手だが、どうしてもまだ子供に思えて、恋愛感情というものが乏しい。

そもそも政略結婚になるから、別に相手に恋をする必要はないのだが。

嫌いでなければいいかという程度で丁度いいのかもしれない。

まあ、将来はどう変わるかわからないが。

そういえば、と私はサリオンのまだ幼い顔を見て考える。

サリオン・トワイライトは、続編の攻略対象なのだろうか、と。

ほんとに、続編の内容が全くわからないからやっかいなことこの上ない。

ゲームの内容通りにいくなら、前もってフラグの一つや二つは折っておきたい所なのだが。

怖いのは、前世の時のようにゲームの展開とは違う方向に進むことだ。

セレスティーネの時は、乙女ゲームの世界だとは知らなかった。思い出したのはまさに死ぬ寸前。

当然フラグを折る余裕などなかった。

展開が変わったのは、私が転生者だったからか。

前世を思い出していなくても、芹那の性格が悪役令嬢であるセレスティーネに影響していた可能性も。あと、考えられる可能性は、ヒロインであるシルビアも転生者だったか、だ。

ゲームのヒロインとは全く違ってたからなあ。

逆ハー設定だとしても、あれだけ貴族令嬢達に嫌われるような行動はおかしい。

ゲームのヒロインはあくまで愛され系。令嬢達にも愛されるヒロインが正しいのだ。

あ、でも私がゲーム世界の異物で、行動がゲーム通りではなかったから、ヒロインもまた行動がズレてしまったとも考えられるか。

サリオン・トワイライトは悪役令嬢の婚約者だから、モブってことはないと思う。

彼は、ヒロインの攻略対象の一人というのはほぼ間違いない。

あと、当然何人か攻略対象がいる筈だ。

王族は確実。悪役令嬢の私に関わってるなら、第二王子かな？　あとは宰相の息子とか、騎士団長の息子あたりだろうか。

ズキリと心臓に痛みが走り私は眉をひそめた。

騎士団長の息子――前世の私は騎士団長の息子であるロナウドに背後から心臓をひと突きにされた。

今度も同じことが起きるとは限らないが用心は必要だろうか。

「どうした？　気分でも悪いのか」

眉をひそめた私を見て、サリオンが声をかけてきた。

つい考え事に集中して彼の存在を忘れていた私は、大丈夫と言うように首を振った。

そうか、と頷いたサリオンは少し考えるように目を細め、そしてまっすぐ私を見つめてきた。

「アリステア――」

「はい」

「実は、俺には気になってる女がいるんだ」

……はい？

「彼女とは七年前に会ったきりだが、俺は今も彼女のことが忘れられない」

「…………」

七年前って、五歳の時ってこと？　ああ、もしかして、王宮での顔合わせパーティーかしら？

同じ年だから、あのパーティーにサリオンもいたのだろうが、記憶にはない。

はっきり言って、私は殆どレベッカのことしか覚えていなかった。

「そんな方がいらっしゃるなら、何故その方と婚約されなかったんです？」

私とサリオンは親同士が決めた婚約者だが、あのトワイライト侯爵夫妻なら、自分の息子に好きな女の子がいると知れば私との婚約など考えはしなかった筈だ。

「できるわけないだろう！」

「身分に差があるのですか？」

あったとしても、あの方達なら問題にはしないと思うが。

「身分は知らん！　俺は彼女がどこの誰かも知らないから」

……なに、それ？

「はあ？　そうですか」

「だが、同じ年だから彼女も社交界に出てくる筈なんだ」

「そうですね」

じゃあ、しっかり探せば？　見つかればいいわね、って以外他になんと返せと？

黙っている私を見て気分を悪くしたと思ったのか、サリオンはすまない、と頭を下げた。

「変なことを言ったな。これは俺の問題であって、お前には関係のないことなのに。でも、俺はずっと気になっていて」

「私のことはどうかお気になさらず。見つかればいいですね、サリオン様」

そう私がニッコリ笑うと、サリオンは、ああ……と頷き、そして首を傾げてしばらくしてから、ふいにハッとしたように瞳を見開いた。

「あ、あの、アリステア！」

はい？　と首をコテンと傾けると、サリオンは慌てて顔を背けた。

「……ごめん」

私はこの時、彼がしまった！　というように顔をしかめたことに気がつかなかった。

何故なら彼の告白に、私は何も思う所がなかったからだ。私にとってサリオンはまだ十二歳の少年にしか見えていなかったから。まさかあれが、彼の黒歴史になるとは思いもしなかった。

（ホントにお子様なんだわ。初恋だなんて、可愛いわ！）

だが、レベッカの考えが私とは全く違うことを後で知って、私は大いに反省させられた。

互いに社交界デビューの話を手紙に書いて送ったのだが、私は婚約者のサリオンから聞いた話もついでに書いた。すると、レベッカは予想もしない怒りの返事を送り返してきたのだ。

『なんなのよ、そいつ！　セレーネを振るなんて、いったい何様！　今すぐそっち行って説教してやるわ！　セレーネ！　そんな奴《やつ》とは婚約破棄しちゃいなさい！』

後日、イリヤから丁寧な謝罪の手紙を受け取った。

レベッカは本当にこちらへ来るつもりだったらしく、それをイリヤと彼女の弟が必死に引き止めたそうだ。ほんとに申し訳ない。

とりあえず私の社交界デビューは無事に終えた。

前世で社交界には慣れていてもやはり緊張はする。何だかんだと言っても身体は子供だ。

大人だった時の記憶を持っていても、身体や精神はまだ成長途中なのだ。

あの日のサリオンの告白には驚いたが、一番驚いたのはダンスのリードがうまかったことだろうか。ダンスは淑女教育の一つで習ってはいたが、得意というほどではなかったから、助かったといえば助かったかも。前世の時も苦手というほどではなかったが、得意でもなかったし。

芹那の時はというと、ダンスには全く縁がなく、ただ、走るのが好きでよく市民マラソンとかに参加していた。身体を動かすのは、体育の授業やクラブ活動くらい？

それ以外の時間は本を読んだり、映画を観《み》に行ったりしていた。そして乙女ゲームに夢中だった。

王立学園に入るまで後二年。

これが私の知る乙女ゲームの続編なら、開始は当然学園に入学してからだ。

ヒロインも学園に入って来る筈。

名前も姿もわからないヒロインだから注意して見た方がいいだろう。

攻略対象も前のゲーム設定と大きく変わることはないだろうから、多分悪役令嬢であろう私の婚約者サリオンと、第二王子のエイリックは攻略対象で確定かも。

後は、目立つ人物をピックアップしておけばいいか。

とにかく、ゲームは学園入学から始まるのだから今悩んでも仕方がない。

入学まで、自分ができることをやろうと私は決めた。

社交界デビューから一週間して、私は再びトワイライト侯爵家を訪れていた。

ドレスを贈ってくれたトワイライト夫人にお礼を言うためだ。

サリオンが言っていた通り、夫人は私をとても歓迎してくれた。

「なんだか、少し大人っぽくなりましたね、アリステア」

そうでしょうか？　と首を傾げると夫人は、まあ！　と目を大きく見開いた。

ああ、本当に可愛いわ！　と夫人は嬉しそうに私を抱きしめた。

少しふくよかな夫人に抱きしめられると、とても気持ちがいい。温かくて柔らかくて、そしていい匂いがする。

実の母親には最後まで抱きしめられた記憶がなかったから、今やっと母親というものを思い出した気がした。

芹那の時もセレスティーネの時も、母親というのは温かくて安心できる存在だったのだ。

「うちの息子にはもったいないくらいだわ。でも、ちゃんとお嫁に来てね」

はい、と私が頷くと、夫人は優しく微笑んだ。

ついてきてくれたミリアもなんだか嬉しそうに笑っていた。

後で聞いたら、父親が決めた縁談には少し不安を感じていたそうだ。

あれだけ娘に無関心の父親が決めてきた縁談だから、娘の幸せなんて二の次のものだろうと思うのも仕方がない。

でも私がここにお嫁に来られるかどうかは微妙かもしれない。

ヒロインがサリオンを攻略対象にしなければ、可能性はあるだろうけど。

あ、そういえばサリオンってば、初恋の子がいるって言ってたじゃない！

もし見つかったら、婚約は解消してサリオンはその初恋の子と結婚することになるかもしれない。

残念だ、ここはとっても居心地がいいのに。

私は夫人に誘われて、お茶の用意がされているテラスへと出た。

空は青く、優しい風が吹いていていて心地いい。庭の手入れもよくされていて、咲き誇る花々が美しかった。

「今日はね、アリステアが来てくれるというから特別なお菓子を用意したのよ」

「特別な、ですか？」

「そうなの。街にね、昔からご夫婦がやってらしたカフェがあったのだけど、高齢で引退して、働いていた人に店を譲ったらしいのね。その人が時々作るお菓子がとても美味《おい》しくて評判なのよ。でもそのお菓子がいつ出るかわからなくてね。しかも、数は限定」

「それは大変ですね」

「そうなのよ。使用人に毎日頼むわけにはいかないしねえ。でも昨日ダメ元で買いに行ってもらったら丁度あったのよ！」

トワイライト家の侍女が、テーブルの上に置いてある銀の器の蓋を開けた。

ふわっと香ったのは甘いチョコの香り。

侍女が器から小皿に取り分けたのは小さな花の形をしたケーキのようなお菓子だった。

どうぞ、と夫人に勧められ、私は小皿から一つお菓子を摘むと口に入れた。

口に広がるのは、チョコの甘さ。クッキーかと思ったが、生地はしっとりしている。ソフトクッキーかな？　甘さもそんなに強くなく、上品な甘さだ。

噛《か》むと、酸味も。オレンジピールが入っていたようだ。

「どう？　美味しいでしょう」

「……」

「アリステア？」

名前を呼ばれて私はハッとした。

「あ、すみません！　初めて食べる味と食感だったものですから」

「そうでしょう。たくさん食べてね」

夫人はニコニコと優しい笑みを浮かべた。

「はい。ありがとうございます。頂きます」

私はもう一つ口に入れた。懐かしい味だった。

昔食べたあれは、ソフトクッキーじゃなくて、少し固めのケーキだったが。

新しいお菓子を作っては持ってきてくれたのは誰だった？

いつも側にいてくれて、明るく笑ってくれていたのは。

「あの……これを売っているお店はどこでしょうか？」

夫人にお店の場所を聞いた私は、帰りに寄ってみたいとミリアに頼んだ。

快く教えてくれた夫人は、行っても限定のお菓子はないだろうから、と残っていたお菓子を全部紙の袋に入れて持たせてくれた。

優しい方だ。サリオンが羨ましい。

貴族の馬車は目立つので、街の入り口で馬車を降り、ミリアと一緒に教わった道を歩いた。

店はさほど迷うこともなく見つかった。

赤いレンガ造りの、年代を感じる小さなカフェだった。

オープンカフェにもなっているらしく、店の外にも三つほど椅子とテーブルがあり、若い男女や老夫婦が、お茶を飲みながら会話を楽しんでいた。

「感じのいい店ですね、お嬢様」

ミリアも初めてなのか珍しげに店の中を見ている。

田舎から出てきたミリアなので、街のカフェは初めてなのだろう。目が輝いている。

私はアリステアとしては初めてだが、前世では侍女と一緒に街に買い物に来たことが何度もあった。二人でアクセサリーを見たり、本屋で好きな本を選んだり。帰りにお母様達のお土産にケーキを買ったりした。

店は本当に小さくて、テーブルが五つ、あと厨房《ちゅうぼう》の前のワゴンにお菓子が入ってるらしい袋が並べて置いてあった。

「紅茶のいい香りがするわ」

「あ、そういえば、コック長のタリスさんが欲しがっていた紅茶の店があるのは、確かこの近くだったかと」

「あら。店の名前はわかる？」

「はい。覚えてます」

「一人で行けそうかしら？」

「人に尋ねればなんとか——有名なお店らしいので」

「じゃあ、買ってきて。私も飲んでみたいし」

「えっ、でも、お嬢様は」

「ここでお茶を飲みながら待ってるわ。大丈夫。店からは一歩も出ないから」

「本当ですね？　ちゃんと待っててくれますね？　約束ですよ！」

「心配性ね、ミリアは」

私はクスクス笑って右手を上げて宣誓する。

「アリステアは、この店でミリアをちゃんと待ってます」

「わかりました。行ってきます」

ミリアは頷くと、最後にもう一度念押しして店を出て行った。

私が奥の席につくと、やや年配の女性が注文を聞きにきた。

「何にするかね、お嬢ちゃん」

「あのね、キリアに会いたいんだけど、いるかしら」

女性は、おや？　という顔で私を見た。

「キリアの知り合いかい？」

私はこくんと頷いた。

「キリアは今買い物に出てるんだけど。そうだね、二階で待ってるかい？　これから客が増えてくるし、さっきのメイドを待つんだろ？　上の部屋で待ってる方がゆっくりもできるし」

「ありがとう。それじゃあ、紅茶とケーキをお願いします」

「あいよ」

人柄の良さそうな女性に案内されて、私は店の休憩室だという部屋に入った。

部屋には古ぼけた二人掛けのソファがある。私はそれに座って待ち人を待った。

ああ、やっぱりキリアなんだ。トワイライト家で食べたクッキーの味。あれはセレスティーネの時に侍女のキリアが作ってくれた味に似ていた。

キリアだと確信したわけではない。

あれから、三十年近くがたつ。ずっとバルドー家で働いてるかどうかわからない。結婚したかもしれない。前世を思い出してから色々考えた。家族のこと、キリアのこと。

違うかもしれない。でも、試しに聞くだけ聞いてみようと思った。

そうしたら、キリアがいると言う。

でも会ってみたら別人ってこともあり得るわね。それはそれで仕方ないのだけど。

ノックの音がして、先程の女性と同じくらいの年代の女性がトレイに紅茶とケーキをのせて入ってきた。

私は、ポカンとその顔を見つめた。

年を取っていた。あれから三十年近い。それでも、髪に白いものが混じっているものの、茶色い髪も、鳶色《とびいろ》の瞳も、いつも明るく笑っていたその顔も紛れもなくキリアだと思った。

キリアはテーブルの上に運んできた紅茶とケーキを置いた。

そして、言葉を失っている私の方に顔を向けた。

「私に会いたいというのはお嬢さん？」

「ええ……ええ、そうよ、キリア！」

「私は確かにキリアだけど、お嬢さんとどこかで会いました？」

キリアは覚えがないというように首を傾げた。

「……」

ああ、どうしよう。会いたいとは思ったけど、会ったらどうしようとか考えてなかった。

ほんとのことを言う？

でも、信じてくれないかもしれない。いえ、信じるわけない。あり得ないもの。けど——

私はソファから立ち上がるとキリアと向き合った。

「キリア。私よ……セレスティーネよ！」

キリアの表情が変わる。驚いた顔をし、私から一歩後退《あとずさ》った。

「な……にを――何を言ってるの！　セレスティーネ……って、あなた……誰！」

「私、生まれ変わったの。信じてくれなくてもいい。ただ、あなたに会いたかった」

戸惑うキリアの表情が、次第に怒りの色を浮かべるのを見て、私は目を伏せた。

「ご……めんなさい」

私が謝ると、キリアの顔から怒りの色が消える。だが、警戒心は残ったままだろう。

ごめんなさいと、私はもう一度謝った。

あの時、キリアはホールにはいなかったが、間違いなく近くにいたのだ。もしかしたら、死んだ私を最初に見たのはキリアかもしれないと、今更に思い至った。

私は顔を上げて、キリアの顔をまっすぐ見上げた。

「ごめんなさい。あなたはきっと見たのよね……私を……セレスティーネを」

「なにを――なんで……」

キリアはきっと見た。剣で殺された私の亡骸《なきがら》を。

キリアはきっと嘆いた。悲しんだ。だって、約束してたから。

「卒業パーティーが終わったら、邸に帰ってずっとお喋《しゃべ》りしようって――ケーキを作ってるからって……新作だから、絶対気に入るって」

「…………」

「ごめんなさい……約束、してたのに…………ごめん、キリー」

キリアは、ハッとして青褪《あおざ》めた顔で口を両手で覆った。

ああっ！

キリアは震える両手を伸ばすと私の身体をきつく抱きしめた。

「あ……あああぁぁぁ！　お嬢様！　お嬢さまぁぁぁぁっ」

キリアと抱き合って、ひとしきり泣いてから、私は改めて彼女の顔を見た。

あれから二十七年がたつ。年をとるのは仕方のないことだが、それでもキリアは変わっていないと思えた。

「キリーに会えて良かった。びっくりさせてごめんなさい」

「いいえ！　いいえ！　こうしてお嬢様と再会できるなんて夢を見ているようです」

「キリーは私がセレスティーネだと信じてくれるのね」

「勿論です！　私をキリーと呼ぶのはお嬢様だけでしたし、それに――約束のことは誰にも言っていませんでしたから」

誰かに聞かれていたとしても、二十七年も前のことを覚えている者などいないだろう。

約束した当人以外は。

「キリーが信じてくれて良かった。新しい生を受けたけれど、やはり前世の自分も私だから。私だけ覚えていればいいと思ったこともあるけど」

いっそ、生まれ変わるのが百年後とかであれば、前世で知っていた人間に出会うこともなかったのだろうが。

ふと何か迷ったように視線を動かしたキリアは、実は――と話し出した。

「私が生まれ変わりの人間に会うのは初めてのことではないんです。妹が生まれ変わりでした」

「えっ？」

あまりに思いがけないキリアの言葉だったので、私は驚きに目を瞬かせた。

「私の三つ違いの妹は、昔、子供の頃遊んでいて木から落ちて亡くなった母の妹の生まれ変わりでした。妹が突然、母のことをお姉ちゃんと呼んだ時はほんとに驚きました。最初は信じなかったんですけど、妹は母と亡くなった母の妹しか知らないことを話し出して。私は知らないことでしたので、何を言っているんだろうと思いましたけど、母は違いました。間違いなく妹だと言い切ったんです。だから、私も信じました。不思議なことだけど、そういうこともあるんだなと思ったのです」

「そうだったの……知らなかったわ。そんな話、全くしてくれなかったから」

「普通は言っても、誰にも信じてもらえない話ですからね。それに、妹に前世の記憶があったのはほんの一時期でしたから」

今はすっかり前世のことは忘れてしまっているのだという。

「……そう」

確かに転生というものを理解はしていても、信じるかどうかは別だろう。

私は自分が二度も経験しているから信じるしかないが、普通の人間には荒唐無稽な話に違いない。

「でも、お嬢様が生まれ変わっておられたなんて。こんな喜ばしいことはありません」

笑みを浮かべながらも涙をこぼすキリアの手を取り、私はそっと自分の顔を寄せた。

十七歳だったセレスティーネはキリアと身長が変わらなかったが、今の自分は十二歳。キリアの肩の所までしかなかった。

「私も生まれ変われて良かった。こうしてまたキリーに会えて話もできたし。ねえ、お父様やお母様はお元気なの？　アロイス兄様はきっともうご結婚されてるわね。相手はどんな方なのかしら」

お兄様は、セレスティーネと四歳違いだったから、もしかしたら孫がいるかもしれないと思うとつい笑みがこぼれてしまう。

この時、私はキリアの顔を見ていなかったので、彼女がどんな表情をしていたのか知らなかった。

何故、キリアがバルドー公爵家ではなく、街のカフェで働いているのか。

もしかしたら、セレスティーネが死んだせいかとも私は思ってしまった。

自惚《うぬぼ》れではなく、キリアは本当に私を……セレスティーネをとても大事に思ってくれていたから。

私はキリアといた日々のことを思い出していたので、私の問いかけに対しキリアが答えを返していないことにしばらく気づかなかった。

「キリー？　どうかした？」

「いえ――お嬢様は、今おいくつですか？」

「十二歳よ」

「では、もう社交界には」

「デビューしたわ。婚約者もいるの」

そう遠くない日に破棄されるかもしれないけど。

「婚約者ですか！　いったい、どこの誰なんですか！　まさか、王家の人間とか」

いいえ、と私は首を振った。

「侯爵家の嫡男。サリオン・トワイライト様。ご両親はとてもいい方よ」

「トワイライト……いつもボ〜としていた、あの男ですか」

私はクスリと笑った。

「そうよ。覚えていたのね、キリー」

「お嬢様と同学年だった方々のことは全て把握しておりましたから」

「そうなのね。キリーは本当に優秀だから。いつも側にいてくれて、とても助かってたわ」

いいえ！　いえ！　とキリアは大きく頭を振った。

「私はいなければいけない時に、お側にいられませんでした！　あの時、私がお嬢様のお側にいれば！」

「無理よキリー。あの場にキリーは入れなかったもの」

それに、あんなことが起こるなんて誰にも予想できなかった。

きっと、あの場で私を断罪したレトニス様にも。

あの日を思い出し黙り込んだ私とキリアだったが、聞こえたノックの音でハッと我に返った。

「お嬢ちゃん、メイドさんが戻ってきたよ」

「あ、はい！　あ……まだケーキ食べてないから、お茶でも飲んで待っているように伝えてください」

「あいよ」

足音が遠ざかると、キリアはカップをトレイにのせた。

「お茶を淹《い》れ替えます。ついでにおしぼりを持ってきますね。綺麗なお顔が汚れてしまっているので」

「あら。キリーもよ」

「ええ。私も顔を拭ってきます。お嬢様はゆっくりとケーキを召し上がっていて下さい」

「美味しそうなケーキね。キリアの手作りなの？」

「いえ、それはネラが」

「ネラって、さっきの人？」

「はい。この店の先輩です。ネラはカフェの以前の経営者からこの店を譲られた、現経営者です」

「あ、そうだったのね」

キリアはカップののったトレイを持ちあげた。

「あの、お嬢様。今のお名前を伺っても？」

「あ、ごめんなさい。まだ言ってなかったわね。アリステア・エヴァンスよ」

「アリステア・エヴァンス……もしや、エヴァンス伯爵様？」

「やっぱり知ってた？　私、エヴァンス伯のことはよく知らなくて。実は今もよくわからないけど」

「はい？　それは、いったいどういうことですか？」

「お父様は、お仕事があって滅多に家には帰ってこられないから」

「そんな――では、お嬢様のお母様は？」

「私が七歳になる前に馬車の事故で亡くなったわ」

「そう……でしたか。ご兄弟は？」

「いないわ。アロイス兄様のようなお兄様がいたら心強かったのだけどね」

「…………」


まだ話したいことがたくさんあったが、ミリアを待たせるわけにはいかないので、私はまた会うことを約束してキリアと別れた。

その夜、私はミリアが購入してきた、コック長お薦めの紅茶を楽しんでいた。

トワイライト侯爵夫人から頂いたクッキーは、やはりキリアの手作りで、私はとても幸せな気分だった。

「ねえ、ミリア。昔のことを知ろうと思ったらどうしたらいいかしら」

「昔って、どれくらいですか？　国の成り立ちからこれまでのことでしたら、歴史書に載っているかと思いますが。確か、図書室にあったかと」

「そういうのじゃなくて、王国の貴族の名簿みたいなものとか」

「貴族の名簿ですか？」

「ちょっと調べてみたい貴族がいるの」

「そうですね。そういうものでしたら、やはり王立図書館とか」

そうよね、と私は溜息《ためいき》をつく。

王立図書館は王都にある。今の私は勝手に王都に足を踏み入れることはできない。

第一、王立図書館に入るには伯爵以上の許可をもらわなくてはならない筈だ。

「旦那さまにお願いしてみられたら」

「駄目！　お父様には知られたくないの！」

「では、トワイライト侯爵様に頼んでみられてはどうです？」

あっ、と私は声を上げた。

「そうね！　そうだわ！」

私は早速トワイライト侯爵にお願いの手紙を書いた。


二日後、手紙の返事を持ってやってきたのは、婚約者のサリオン・トワイライトだった。会うのは社交界デビューの夜会以来だ。

サリオンは騎士団に入りたいらしく、最近はずっと剣の稽古に励んでいるらしい。

見習いとして騎士団に入れるのは十三歳になってからなので、それまで頑張って身体を鍛えるそうだ。

私は、サリオンが乗ってきた馬車に乗せてもらった。

「王立図書館に行きたいんだって？　一応、父上の紹介状を持ってきたから行けるが、何を調べたいんだ？」

「あの……学園に入る前に貴族の方々のことを知りたくて」

「貴族のって？　何が知りたいんだ」

「貴族のお名前や、ご家族のこととか。どのようなお役目を持っておられるかとか」

「なんだ。そんなことでいいなら、わざわざ王都まで行かなくても俺の家の図書室で事足りるぞ」

「え？」

「このまま邸に行こう。母上がまたお前とお茶をしたいと言っていたから丁度いい」

「ほんとに、いいの？　ありがとう！」

「い、いや……礼なんかいい。こ、婚約者なんだから」

サリオンの一言で乗っていた馬車の行き先が、王都からトワイライト侯爵の館に変更された。

トワイライト家には何度かお邪魔したが、図書室に入るのは初めてだった。

驚いた。王立図書館並の蔵書ではないだろうか。

三階まで吹き抜けの広い部屋にびっしりと書棚が並んでいる。

バルドー家の図書室でもここまではなかったわ。

お前が知りたい本があるのは、あのあたりだ、とサリオンが指差したのは、二階部分右端の書棚だった。

「終わったら呼べ。途中で呼びにくるかもしれないが。母上がお茶の用意をしている」

そう言ってサリオンは図書室に私を一人残して出て行った。

夫人とのお茶会は楽しみだ。夫人の話は多種多様で面白く、また勉強にもなる。

私は上にあがる細い階段をのぼり、サリオンが指差した本棚を眺めた。

私は本棚の梯子《はしご》を移動させ、注意しながらのぼるとゆっくり手を伸ばした。

（……あった）

気になっていた。前世の家族のことが。

前世を覚えてはいるが、もうあの人達は家族ではない。娘であるセレスティーネは死んだのだから。今の私はアリステア・エヴァンスだ。

それでも、前世を思い出してからずっと気にかかっていた。

セレスティーネは死んで――殺されて、その後、父や母、兄はどうしただろうかと。

たとえ婚約者だったとしても相手は王族。しかも王太子だ。

公爵である父でも、抗議はできてもどうにもならなかったろう。

だいたい。納得はいかないが、こちらが一方的に悪いことになっていた。泣き寝入りするしかなかったのでは。

両親は、兄は悲しんだだろう。とても大切に娘を、妹を愛してくれた方達だった。

私も……セレスティーネも愛していた。あの方達を。

私が家族のことを聞いた時、キリアは躊躇《ためら》った。

直《じか》に触れていたからわかる。キリアは緊張し震えていた。

だから、前世の家族に何かあったのではないかと思ったのだ。

キリアに言えない事情があるなら、自分で調べるしかない。

どっちみち知らなければならない。今になるか、後になるかの違いだ。

私は貴族名鑑を抜き取り下におりると、本を机の上に置いて椅子に腰かけた。

そして、公爵家のページを開き、ゆっくり名前を確認していった私は、残酷な事実を知ることになった。

前世のセレスティーネが生まれたバルドー公爵の名は、存在は、名簿から消えてなくなっていたのだ。


私は再びキリアに会いに行った。

私は驚くキリアに飛びつき、しがみつくようにして、そして声を上げて泣いた。

私についてきてくれたミリアは突然の私の行動に驚いて戸惑っていたが、説明はできなかった。

キリアと再会したことで、いつかは話さねばと思ってはいたが。

残酷な事実。

これまでは、第三者のように見ていた前世の出来事が、残酷な事実を知ったことでリアルに私に襲いかかってきたようだった。

セレスティーネの家族は、愛していた大切な家族は――もうどこにもいない。

第二章　新しいお母様

「お嬢様、旦那様から今日の午後には戻るという知らせがありました。お嬢様に会わせたい方もご一緒だとか」

「私に会わせたい？　誰かしら？」

さあ？　とミリアも首を傾《かし》げる。

突然の伯爵の帰宅は、家の者達《たち》をも少なからず戸惑わせていた。

どうやら泊まりの客らしく、部屋の用意や食事の用意も言いつかっているらしい。

「それにしても、お父様に会うのは何ヶ月振りかしら。最近ようやくお顔を覚えたのよ」

「お嬢様……」

ミリアは苦笑いを浮かべた。

「冗談よ。お父様ほどの美形は一度見たら忘れないわ」

エヴァンス伯は少年の頃から美男子で有名だったらしい。

前世のセレスティーネは会ったことはなかったが、友人達の会話の中で何度か出てきた名前だった。私は、その美男子である父に似た所はない。

似ているといえば、生まれた時は父も私も赤毛で、成長してから色が変わったということくらいか。もっとも、父は黒髪に、私は金髪になったという違いはあるが。

ミリアは庭で読書をしていた私に紅茶を淹《い》れてくれた。お茶菓子は、キリアの手作りケーキだ。

あれから、何度もキリアに会いに行っている。

家の者には、私がその店のお菓子が気に入ったから、そしてついでにミリアが紅茶の茶葉を買うというのが街に出る理由になっている。

ミリアには私の秘密を話した。

すぐには信じられない話だろうが、キリアも肯定したことで信じる気になったようだ。

さすがにミリアの年齢では二十七年前の出来事など知る筈《はず》もなく、セレスティーネ・バルドーの名前を出してもわからなかったようだ。

ミリアには、前世の私は十七歳の時に事故で死んだと言ってあった。

アリステアは家族には恵まれなかったが、しかし優しい人達に恵まれていると思う。

私が暮らすこの家の使用人はミリアも含め皆優しいいし、婚約者となったサリオンも、トワイライト夫妻も優しい。そして今はキリアもいる。

うん。これで悪役令嬢の不安さえなければ、今度は幸せな日々を送れそうなのに……

あ、そうだわ！　学園に行かなければ、ヒロインにも、どの攻略対象にも会わずにすむ。

そうすれば、断罪イベントもなく、平穏に暮らせるんじゃないか――って、無理だな。

私はハァ～と息を吐き出した。

この国では、貴族の子に生まれたら、絶対に王立学園に行かなくてはならない。

ああ、なんで私はまた悪役令嬢なんだあぁぁあ。乙女ゲームなんかくそくらえだわ！

「お嬢様？」

「王立学園入学まで、後一年半ね」

「はい！　ミリアがお嬢様付きのメイドとしてお供しますので！　それまでに、キリアさんからしっかりお菓子作りを学んでおきますね！」

「ありがとう。とっても心強いわ、ミリア」

私は微笑《ほほえ》んで、ケーキを口に入れ、香りのいい紅茶を楽しんだ。


お昼を回った頃、父親が帰ってきた。

なんだか、いつもと違って表情が柔らかいなと思ったら、馬車から降りた父親に続いて、見たことのない女性が降りてきた。

父親に手を取られて降りてきた女性は、若くはないが、といって老けてもいない。多分、父と変わらない年代の美人だった。

柔らかくウェーブした、光に透けるようなアイボリー色の髪。髪の色は薄いのに、瞳の色はダークブルーだった。

見知らぬ女性は私を見ると、にっこりと優しく微笑んだ。

「マリーウェザーだ。これからおまえの母親になる女性だ」

想定外！　予想もしなかった父の言葉に、私は目を丸くした。続いて納得した。そういえば母が亡くなってからもう五年以上がたつ。しかし、父が再婚するなんて意外過ぎる。

「マリーウェザーよ。よろしくね、アリステア」

優しそうだ。どこの誰かはわからないけど。父は、私に彼女のことを話す気はないらしい。

ポカンとしている私を置いて、父は新しい妻だという女性を連れて奥へ入ってしまった。

「お嬢様」

「綺麗《きれい》な人だったね、ミリア。私のお母さんだって」

不安そうな表情で私を見つめるミリアに私は笑ってみせた。

ミリアが心配するのもわかる。後妻というと、継子との不仲というのが定番だろうから。

そもそも私は実母ともうまくいっていなかったし。

大丈夫。大丈夫だと、私は心の中で何度も呟《つぶや》いた。うまくやっていける。……多分。


父は、三日間家にいて、それから王都へ戻って行った。

再婚しても、やっぱり家にはいないんだ。まあ、父がいてもいなくても、問題はない。

父は私という存在はないもののように考えているみたいだから。

生まれてから今まで、私は父とまともに顔を合わせたことがなかった。

迷子になったら、父は私の顔ではなく髪の色で判断しそうだ。

いや、髪の色も覚えていないかな？　いや、さすがに覚えているか。金色だもの。

「お嬢様。奥様が、お庭でお茶をしないかと」

「まあ、ご招待なの？　行くわ。着替えるから手伝ってくれない？　ミリア」

「はい、お嬢様」

今朝父が王都に戻り、一人家に残った新しい母は、ミリアから聞いたところ、積極的に邸内を動き回っているらしい。

どうやら、活発な女性のようだ。

最初に紹介され挨拶をした日から父が出かけるまで、全く姿を見かけなかったので、ちょっと不安を感じていたからお茶のご招待は嬉《うれ》しかった。

最初の印象は優しそうだったが、人となりはちゃんと会話をしてみないと判断できない。

実の母親からは無視されまくったので、継母となる彼女とは少しでも話ができたらいいなと思っていた。

着替えてから庭に出ると、継母のマリーウェザーが楽しそうに歌を歌いながらお茶の用意をしていた。呟くような小さな歌声だったが、私はその歌を聞いてギョッとなった。

何故《なぜ》なら、昔聞いたことのある歌だったからだ。

この歌——知ってる……。

あら、と私に気がついたマリーウェザーが振り返った。

「良かった。来てくれたのね。嬉しいわ、アリステア」

やはり優しい笑顔。でも、少し緊張してる？　う～ん？

私は予想もしていなかった展開に、とにかく向き合うべく彼女の方へ歩み寄り、そして尋ねた。

「〈ソードキルダー〉、お好きなんですか？」

彼女が持っていた紅茶のポットが、ガチャンと大きな音をたててテーブルに置かれた。

いや、叩《たた》きつけた？

え？　なに？　と彼女は強張《こわば》った顔で私を見つめてきた。

「〈ソードキルダー〉です。今歌っていらしたのは、映画版のオープニングですよね？　私も観《み》に行ったから知ってます」

え？　とマリーウェザーの青い瞳が大きく見開かれた。

「観に行った？　え？　アリステア、あなた……まさか――」

ああ、やっぱりな、と私は思いニッコリと微笑んだ。

「はい。私も日本からの転生者なんです」

やっぱりぃぃぃぃ！　とマリーウェザーは上半身を反らし、右の人差し指を突き出しながらカン高い声を上げた。

あ、なんだかギャップが――見た目は本当に上品な貴族のご婦人という印象なのに。

「そうよね！　この世界で〈ソードキルダー〉を知ってる人間なんていないもの！」

キャア～！　と声を上げながら、新しい母は私を抱きしめてきた。

「まさか、ここで私と同じ転生者に会えるなんて驚いたわ。奇跡よ！　それも、こんな超美少女！」

ミリアはマリーウェザーが唐突に私を抱きしめたので、びっくり顔だ。

いや、驚くのが当然か。私も驚いた。

〈ソードキルダー〉

ＴＶアニメで、そこそこ人気があったが、放送終了後映画化された途端爆発的な人気となって、毎年夏になると新作映画が公開されるようになった作品だ。

異世界に召喚された男子高校生が、人と魔族の戦いに巻き込まれる剣と魔法の物語。

中学の時からの友人が大ファンで、毎年映画館に付き合わされていた。

まあ、面白かったからいいのだが。

テーブルを挟んで座ると、マリーウェザーは気持ちを落ち着かせようと深く息を吸って吐いた。

「私は某ＩＴ企業の社長秘書をしてたの。享年は、多分二十八歳」

「多分？」

「いつ死んだのか、よく覚えてないのよ。覚えている最後の記憶からしてその年かと。死因は過労死かしら」

「過労死！　ブラックだったんですか!?」

「そんなんでもなかったと思うけど。忙しかったのは確かね。あなたは？」

「私は大学生でした。二年です。バイトの帰りに通り魔にあって。刺されて死んだんじゃないかと」

「うわっ……災難だったわね」

「…………」

「でも、良かったわ。あなたが同じ転生者で。私、前世も今世でも結婚はしたけど子供はいなかったから、あの人から娘がいるって聞いた時、どう接しようかと悩んだのよ。だって、丁度思春期でしょ？　難しい年頃なのに。親の再婚なんて嫌だって思うでしょう？」

「あ、いえ別にそんな」

「大学二年なら二十歳？」

「はい。なったばかりでしたが」

実は死ぬ前日が誕生日で、実家の両親が有名レストランを予約しお祝いしてくれたのだ。

まさか、その翌日に通り魔にあって殺されるなんて思いもしなかった。

「だったら、大丈夫よね。普通思春期に突然知らない女が来て、新しいお母さんだと言われたら、やっぱり反発するでしょ？」

「そうですね。マリーウェザーさんは、前にもご結婚されてたんですね」

「ええ。でも先立たれてしまったけど」

「えっ、そうだったんですか。それは〝ご愁傷様です〟」

マリーウェザーはクスッと笑った。

「その日本語、懐かしいわね」

あの……と、ずっと私の側《そば》にいて黙って会話を聞いていたミリアが、耐えられなくなったのか会話に割って入ってきた。

「あら、ごめんなさい。あなたにはわけがわからないわね」

「いえ。お嬢様が一度亡くなって生まれ変わったことは聞いて知ってますので。奥様もそうだったのですね」

「ええ、そうよ」

「聞き取れなかったのですが、奥様が前世おられた国って」

「日本よ。ニホンって国」

「ニホン――聞いたことがありません」

「でしょうね」

「でも、なんだかお嬢様も同じ国にいたような話に聞こえたのですけど。お嬢様？　お嬢様の前世はこの国の公爵家のご令嬢だったのですよね？」

「……ええ」

マリーウェザーは、えっ？　という顔になった。

「どういうこと？　あなた、日本からの転生者なのでしょう？」

「そうなんですけど。実はこの世界に転生してから十七年で死んでしまったもので。それから、何故かまた同じこの国に生まれ変わったんです」

「ええ～っ！　そういうことってあるのぉっ！　だったら、あなた二度目の転生なわけね？」

驚いたわ。じゃあ、私も死んだらそうなる可能性が、と彼女は戸惑ったように呟く。

「いつ亡くなったの？　この国で生きていたのでしょう？　最初の転生」

「二十七年前です」

「あら、それなら知ってるかもしれないわ。公爵家の令嬢だったのよね。どちらの？　前世では、なんというお名前だったのかしら？」

「……」

私は一瞬答えるのをためらった。

マリーウェザーの年齢から言って、当時のことを覚えているかもしれないと思ったのだ。

いや、きっと知っているだろうな。私は、ふっと短く息を吐いてから名前を告げた。

「セレスティーネ・バルドーです」

「は？」

まさか、とマリーウェザーの深い蒼《あお》の瞳が大きく見開かれた。

そんな、と私を見つめる彼女の瞳が、信じられないと語る。

セレスティーネ・バルドー――

◇◇◇

「そうだわ！　女子会をしましょう」

父親が再婚し、私の新しい母親となったマリーウェザーが転生者とわかってから数日後、彼女は突然そんなことを言い出した。

「女子会ですか？」

最近は、母となったマリーウェザーと一緒に食堂で食事をとるようになっていた。

この日も母と朝食を食べていたのだが、唐突に女子会と言われた私は目を丸くした。

女子会――この世界では使われない言葉だ。当然だが日本では普通に使われていたが。

前世と前々世を入れても私より長く生きている彼女だが、時々思いつきで何か言いだしたり行動したりでまわりが結構振り回されているのをよく見掛ける。

生まれてからほぼ軟禁みたいなもので、毎日が変わらない生活を送っていた私には、ここ最近の変化はめまぐるしく驚き続きというか。たまに疲労を感じることがある。

しかしそれは、どこか楽しい疲労感であったが。

「ええ、そうよ。やはり、私達には会話が必要だと思うの。話したくないことは無理して話すことはないけど、それ以外なら好きに話してもいいと思うのよ。まあ、言うなればストレス発散ね」

「お母様もストレスがあるのですか？」

「勿論《もちろん》色々あるわ。前のことも含めてね」

前のこと。つまり前世を含めてということだろうか。

そういえば、マリーウェザーの前世は社長秘書で、死因は過労死だったたか。

そして、転生して結婚はしたものの夫に先立たれたとなれば、ストレス溜《た》まりまくりかもしれない。なるほど。

「ということで、話をしましょう。参加者は、私達二人と、私達のことを知っているミリアでいいわね。他に、誘いたい方はいる？」

既に決定事項。楽しそうな母の顔を眺め、私もにっこりと笑い、それじゃあと一人の名前を出した。

母マリーウェザーは、一度決めると物事を後日に回すのではなく即日行動というのがモットーらしかった。そうでなければ、現代社会の生存競争には勝てないのだという。

さすがに、日本でのほほんと学生生活を送っていた私には、真似《まね》できないことだ。

爽やかな風。緑に色づく庭の木々の葉擦れの音。花壇では赤や黄色の愛らしい花が満開だ。

そんな中、白いテーブルの上にレースのテーブルクロスがかけられ、陶器のポットとカップ、そして摘《つま》める焼き菓子や可愛《かわい》らしいケーキが並ぶ中、四人の女性が集まった。

主催であるエヴァンス伯爵夫人マリーウェザーと、彼女の娘となった私。メイドのミリア。そして、私の前世であるセレスティーネ付きの侍女だったキリアの四人だ。

キリアが私の前世での侍女だと紹介すると、母のマリーウェザーはびっくりした顔になった。

キリアの方も、エヴァンス伯爵が再婚したと聞いて私の身を心配してくれていたが、なんと彼女も転生者であると知って驚いていた。

「今日は無礼講でいきましょう。こうして美味《おい》しいお茶とお菓子もあるし。女四人、色々お喋《しゃべ》りしましょうね」

「女子会ですね、奥様！」

カップに紅茶を注いでそれぞれの前に置きながらミリアが言った。

最近、ミリアはマリーウェザーの話を聞くのが楽しいようで、よく二人でお喋りをしていた。

私もミリアとはよくお喋りしているが、あんなに目をキラキラさせながら喋っているミリアを見るのは初めてだった。

確かにマリーウェザーは人を飽きさせないで話をするのが上手《うま》い。

さすがだなあ、と感心するというか、憧れてしまう。

きっと、バリバリのキャリアウーマンだったのだろうなあ、と私は思う。

「では、お茶を楽しみながら女子会を始めましょうか」

ミリアを席につかせてから、マリーウェザーの音頭で初めての女子会を開催する。

「あら、このお茶、いつもと違うのね」

「あ、わかります？　今日の紅茶は新作なんですよ。まだ一般には出回ってません。店長に感想を聞かせて欲しいからと頂いたものなんです」

「まあ、そうなの。どこかフルーティで香りもいいわね」

それに、この焼き菓子、とマリーウェザーは摘んで口に入れたクッキーを咀嚼《そしゃく》し味わうと幸せそうに笑った。

「凄《すご》く美味しいわ。なんていうのかしら。甘さは控えめなのに蕩《とろ》けそうな深みのある味？」

「ありがとうございます。そんなに褒めて頂いて嬉しいです」

「素晴らしいわ。キリアさんのお店には、こんなに美味しいお菓子やケーキがたくさんあるのね。ぜひとも伺わなくては！」

「その時はご一緒しますわ、お母様。勿論ミリアも一緒にね」

「はい、お嬢様！　店長に新作の感想を伝えなくてはなりませんし……あ、ほんとに美味しい！」

しばらく、お茶とお菓子を楽しみながら、私達はたわいないお喋りをした。

そのお喋りが一段落すると、マリーウェザーが、さて、と私達の顔を一人一人見回した。

「これからは聞きたいこと、話したいことを話すことにしましょう。相談したいこともあれば言っていいわ。みんなで考えましょう」

マリーウェザーの言葉に皆が頷《うなず》くと、では、まずは私に聞きたいことがあるかしら？　と尋ねた。

「じゃあお母様。お父様とどうして再婚されたのかをお聞きしたいわ」

「ああ、そうね。それは話しておいた方がいいわね。突然でびっくりしたでしょう、アリスちゃん」

母は、最近私のことをアリスちゃんと呼ぶようになった。

名前のアリステアからではなく、長い金髪少女の私は、まるで『不思議の国のアリス』みたいだからと彼女は言った。

ああ確かに、と私もつい納得してしまった。

日本でのことが前々世になっているせいか、私は母に言われるまでそのことに思い至らなかった。

はっきりと思い出せるのは、やはり前世のセレスティーネのことになるのだ。

日本でのことは、母のマリーウェザーと話していて思い出すことの方が多い。

とはいえ、思い出せないことも多かったが。

「実はね、彼、エヴァンス伯爵とは王立学園に入学する少し前に知り合ったのよ」

「えっ、もしかしてお父様とお母様は同い年なのですか」

「そうよ。彼って今も美男子だけど、昔は本当に紅顔の美少年だったわ」

「お母様、言い方が古いです」

私がクスクス笑うと、知ってるアリスちゃんもたいがいよ、と笑った。

「エヴァンス伯爵……ライドネスとは、従妹《いとこ》のクローディアを介して知り合ったの」

「えっ?」

「奥様。クローディア様って、まさか王妃様のことですか」

「そうよ。びっくりだったわ。まさか、妹のように思っていた彼女が王妃になるなんて、当時は予想もしてなかったもの。クローディアはライドネスと結婚するとばかり思っていたから」

「ええっ！　そうだったのですか！」

そんな話は初耳で、思わず私はキリアの方を見たが、彼女は眉をひそめただけで何も言わなかった。もしかして、知ってた?

「私の父の妹の子供がクローディアなの。綺麗で頭が良くて自慢の従妹だった。ライドネスとクローディアは互いに好意を持ってると思っていたわ。私は、彼のことは友人としか思っていなかったのだけど。三ヶ月ほど前に偶然教会で再会してね。王立学園を卒業して以来だから三十年振りくらいかしら。お互いよく気づいたと思うわ。まあ、アリスちゃんのお父様は相変わらずのイケメンさんだったけどね。私の方はというと、夫に先立たれ嫁ぎ先を追い出された、未亡人といえば色っぽいけど、ただの老け込んだおばさんだったから」

「そんな！　お母様はまだお若くて綺麗ですわ！」

「そうですよ、奥様！　奥様はとても若々しいです！」

「あら、ありがとう。お世辞でも嬉しいわ。そういえば、キリアさん、だったかしら。年齢は同じくらいなのかしら？」

「はい。そのようですね奥様」

「お互い、頑張って若さを保ちましょうね。こんなに若くて可愛い娘を持ったんですもの。頑張らなきゃ」

　キリアはマリーウェザーの言葉に笑って頷いた。

「はい。私もお嬢様のために頑張ります」

　ぐっと親指を突き上げる母だったが、おそらくキリアとミリアは意味がわかっていないだろう。

「さて、続きね。私が教会にいた理由を話すわ。実は亡くなった夫とは二十歳年が離れていたの。私が生まれたのは田舎の貧乏伯爵家で、男一人、女四人の五人きょうだいで私は一番上だったわ。当時婚約者がいたのだけど、学園を卒業してまもなく突然婚約を破棄されてしまって」

「破棄！　何故ですか？」

「さあ？　真実の愛を見つけたとか笑っちゃうような理由を言ってたけど、要は、うちのような貧乏じゃない金持ちの相手を見つけたということなんでしょ。もともと、お互いの祖父が知り合いで婚約したようなものだから。そのお祖父様《じいさま》達が亡くなれば無理に結婚することはないと思ったのでしょうね。なんかバカらしくなったわ。もう自分の相手を見つけるより、妹達の相手を見つける方に一生懸命になって、気づいたらいき遅れになっていた、というわけ。相手はいないし、もう結婚なんかいいかと思ってた所、偶然初恋の人と再会したの。それが亡くなった夫」

「そうなんですか。え？　でも初恋？」

「私の初恋は七歳よ。彼はその時二十七歳。彼には婚約者がいたのだけど、身体《からだ》の弱い方らしく結婚がなかなかできなかったみたい。私が再会した時も結婚はまだだったわ。彼も伯爵家だったけれど、母方の実家が侯爵家だから、うちとは格が違っていたけれどね。彼は当時父と仕事をすることが多くて、よく家を訪ねてくれて私の相手をしてくれたわ。彼とお喋りするのが大好きだった。そのうち彼は婚約者と結婚し、家に来ることはなくなったけれど。夜会に出ても彼には会えなかったのだけど、噂《うわさ》で彼の奥様が男の子を産んでまもなく亡くなったという話を聞いたわ。やはり身体が弱いままだったのね」

　母マリーウェザーは目を伏せ、紅茶を一口飲んでから話を続けた。

「それから何年かたって、彼が再婚相手を探しているという話を聞いて私は飛びついたわ。今を逃したら結婚できないと思ったし、それが初恋の彼なら振られたって諦めがつくと思ったの。彼は笑いながら私の手を取ってくれた。婚約者に破棄されてなかったら彼との結婚はなかったから、感謝したわね、あのバカに」

「お母様との婚約を破棄された方はどうしてるんですか？」

「さあ知らないわ。興味もなかったから。うまくいってるんじゃないかな。お金だけはあるみたいだったし」

「お母様が結婚されたその初恋の方、息子さんがいらっしゃったんでしたね」

「そう。私が彼と結婚した時、王立学園に通っていてずっと寮にいたの。やはり私が貧乏伯爵家の出というのが気に入らなかったみたいね。金目当てと思ったのでしょう。なにしろ、二十も離れているのだから仕方ないわ。ま、私も七歳の時の初恋なんて話すのは恥ずかしかったから何も言わなかったのだけど。それもあって、彼が病気で亡くなったらさっさと家を追い出されたってわけ。私もこの年だし、実家はもう弟の代になってたから出戻りなんて無理でしょ？　仕方ないから修道尼になろうと思って教会でお世話になっていたの。そこへ偶然ライドネスが来たのよ」

「お父様が？」

「驚いたわ。三十年振りだし。彼は王妃様の使いで教会を訪ねたみたいなの。で、私が教会にいた理由を話したら、じゃあ、自分と結婚してエヴァンス邸に住めばいいと言ったのよ。アリスちゃん、あなたのお父様、言っちゃ悪いけど頭おかしいわ」

ま、その申し出をちょっと迷っただけで受け入れる私もたいがいだけどね、と彼女は苦笑する。

「因《ちな》みに私、お腹《なか》に子供がいるの」

…………

えええぇぇぇっ!?

私やミリア、キリアも唐突過ぎる告白の連続に驚きの声を上げた。

「そ、それって――っ！」

「勿論ライドネスの子供じゃないわよ。亡くなった旦那様の子。彼の息子に家を追い出される前に気づいたのだけど、もう面倒くさくて。彼の息子は私に遺産を取られたくないと思ってるから、子供ができてたと知ったら絶対にトラブルになるわ。伯爵の地位と遺産を巡って骨肉の争いなんて、考えるだけでも身震いするくらいに面倒」

「お父様はそれを……」

「知ってるわ。話したから。私の子供共々引き取るそうよ。やっぱり、変よね。でも、ありがたくもあるの。教会で子供を産んだら、子供は里子に出されることになるから」

「え？」

「そういう決まりらしいわ。だから、産んだ子供を自分の手で育てていくには彼の申し出はありがたかった。しかも、自分の子にしていいって言うのよ。どう思う？」

「お母様、そのこと――お父様は私に話していいと？」

「話す必要はないとは言ってたけど、私は承知してないわ。でも、あなたが転生者でなく、普通の十二歳の子供なら黙っていたかもしれないけどね」

思春期はやっぱり気を遣わないといけないもの。

私はマリーウェザーの顔をマジマジと見つめ、そして深く吐息をついた。

なんというか。お父様って、実は物凄いお人好《ひとよ》しなのでは。

それは、私が父親に抱いていたイメージが初めて崩れた瞬間だった。

「旦那様が、そんな……信じられないです。常に無表情で、お嬢様に対してもいつも冷たい感じの方なのに」

「そうなの？　アリスちゃん、こんなに可愛いのに？　あ、じゃあ、次はミリア、あなたのことを話してくれる？　できれば、アリスちゃんとのことも話してくれると嬉しいわ」

はい！　とミリアは頷いた。

「私は王都から東にある、国境に近い村の生まれです。姉が一人います。父はこの国の生まれなんですが、母は子供の頃にガルネーダ帝国から来た人で、凄く綺麗なんですよ。姉は母に似て美人なんですけど、残念ながら私は父親の方に似ちゃって」

「あら、ミリア。あなた、とっても可愛いわよ。お父様もきっとハンサムなんでしょうね」

「ありがとうございます、お嬢様！　そう言って下さるのはお嬢様だけです！」

「私もそう思うわよ、ミリア。あなた、可愛いわ。何？　あなた、自分の評価、そんなに低かったの？」

「奥様～！」

ミリアはマリーウェザーの言葉に目をウルウルさせた。

「ああ、理解したわ。ミリア、あなた、いつも母親と姉を自分と比べて見ていたのね」

キリアがそう言うと、ミリアは、小さくハイと答えた。

「そんな、比べなくていいのよ。女性はね、それぞれ生まれ持った美を持っているの。皆同じというわけじゃなく、個々に違うものを持っているのよ。それに女性ってね、ある日突然変わってしまうものよ。それこそ、魔法のようにね」

「魔法……ですか？」

ミリアは目を瞬かせてマリーウェザーを見た。

「知らなかったわ。ミリアがそんなことを考えていたなんて」

「でしょう？　だから、こういう女子会っていいものなの。知らなかった相手の一面がわかったりするから。といって、なんでも喋っていいものではないけれどね」

マリーウェザーは人差し指を唇に当てて悪戯《いたずら》っぽく笑った。

「ありがとうございます、奥様。あ、続けますね。姉は五歳年上だったので、私が十を過ぎた頃に結婚が決まり、相手は次男だったので家に住むことになったんです。じゃあ、私は働く所を見つけて家を出ようと思ってた時、村に戻っていたおばさんが、前に勤めていた伯爵家でメイドとして働かないかと言ってくれて」

「アンナね」

「はい。おばさんは父の妹なんですが、会うのはその時が初めてでした。おばさんは十代の頃に村を出て働いていたので。父と母、そしておばさんは幼馴染《おさななじ》みだったそうです。凄く仲が良かったって」

「アンナは私を赤ん坊の頃から育ててくれたの。アンナがいなければ、私、こうして生きていられたかわからないわ」

「生きてって……？　それって、どういうこと？　アリスちゃん！」

「私、母に育児放棄されてたんです。母は男の子が欲しかったのに、私が生まれたから。それに、私、生まれた時は赤毛で、母はそれが気に入らなかったみたいです」

何よ、それ？　と顔をしかめたマリーウェザーだが、赤毛？　と私の金色の髪を見て首を傾げた。

「生まれた時は赤い髪だったんです。七歳の頃から色が変わり出して最後は金色に」

「まあ！　そんなことってあるのね！」

「旦那様も生まれた時は赤毛だったっておばさんが言ってました」

「え～！　ライドネスも？　驚きだわ」

へえ～と、マリーウェザーは本気で驚いているようだった。

「お母様が育児放棄というのはわかったけど、父親のライドネスはどうしたの？　まさか彼も育児放棄？」

「旦那様は、ずっと王都で仕事をされていて、家に戻って来られるのは年に数回でした。帰って来られた時も、殆《ほとん》どお嬢様と顔を合わされませんでした」

「あのバカ、何やってるの。完全に育児放棄じゃない。つまり、アリスちゃんのことは全部使用人まかせだったわけね。アリスちゃんが普通の子供だったら、グレてたわよ」

「お母様」

私が苦笑を浮かべると、彼女は貴族の夫人らしくなく肩をすくめた。

「まあ、アリスちゃんを育てた、ミリアのおばさんという人はしっかりしていたみたいだから、グレることはなかっただろうけどね。それに、ミリアを寄越《よこ》してくれたということは、本当にアリスちゃんのことを大切に思っていたのでしょう」

「はい。アンナには感謝しきれない恩があるんです。いつか、またアンナに会いたい」

「会えるわ。死に別れたわけじゃないのだから」

それにしても、とマリーウェザーは溜息《ためいき》をついた。

「そんな状況だったとは知らなかったわ。だって、ライドネスったら、アリスちゃんのこと、くれぐれも頼むって頭下げたのよ。あら、親バカって思ったんだけど、家にいる間一緒に食事はしないし、顔も合わせてないみたいだしで、変だと思ってたのよ」

「お父様が私のことを？」

「今度帰ってきたら問い詰めてみるわ」

「あの……お母様……」

マリーウェザーはニッコリ笑った。

「心配しないで、アリスちゃん。ああいう男の扱いには慣れているの。任せておいて」

「はい……」

「じゃ、次は私がアリスちゃんに質問してもいいかしら？」

「はい、なんでしょう？」

「まあ、これは、そちらのキリアさんにも聞いておきたいことなんだけど」

マリーウェザーは二杯目の紅茶を一口飲むと、ふっと息を吐いてから口を開いた。

「セレスティーネ・バルドー公爵令嬢のことよ。何故、彼女は亡くなったの？」

…………

いつか聞かれると思っていた。

マリーウェザーはセレスティーネより上の世代だから、どこまでかはわからないが、当然知っていると思っていた。

私の前世がセレスティーネ・バルドーだと告げた時、母マリーウェザーは驚きの表情を浮かべていたから。何故あの時、すぐに聞いてこなかったのかは、わからないが。

「お母様は、どこまでのことをご存じなんですか？」

そうね、とマリーウェザーは少し考えるように視線を上に向けた。

「もう、二十七年がたつのね――」

彼女は小さく呟いてから視線を下げ、まっすぐに私を見た。

「私が知っていることは少ないわ。バルドー公爵令嬢であるセレスティーネ様が王立学園の卒業パーティーで急死されたということだけね。あの頃私はもう卒業していて領地に戻っていたから、王都で起こったことを知った時には既にかなりの日にちがたっていたの。おかしいと感じたのは、バルドー公爵と夫人も同じ頃に亡くなっていて、ただ一人残った嫡男のアロイス様の行方がわからなくなっていると聞いた時」

だっておかしいでしょう？　とマリーウェザーは言う。

「バルドー家といえば、初代国王の頃から仕えている三大公爵家の一つよ。歴史の教科書にだって載っているわ。そのバルドー公爵家が、いつのまにか国から消えていたのよ。異常だと思うのは当然でしょう」

その事を教えてくれた友人に聞いても詳しいことは知らないと言うし、王都でも問題にはなっていない様子で不思議だったのだと、マリーウェザーは言った。

「いったいどういうことなのかと知人に尋ねまくったわ。でも誰も知らなかった。誰も聞いてないということは、あの卒業パーティーに参加した生徒や保護者である貴族、そして学園の関係者全員が口を噤《つぐ》んでいるってことでしょう」

と、なれば……とマリーウェザーは小さく首を振り、溜めていた息を吐き出した。

「王族が関係してるとしか思えないじゃない。結局、父からも余計なことに首を突っ込むなと釘《くぎ》を刺されて諦めるしかなかったけれど」

「あの……奥様」

「なぁに？　ミリア」

「奥様が仰《おつしや》っている公爵令嬢というのは、お嬢様の前世の方ですよね。その方が亡くなられたのは事故じゃないんですか？」

マリーウェザーは目を細めた。

「……そう。〝事故〟なのね」

「…………」

「セレスティーネ様は私が卒業した後に入学されたから、お会いしたことはないのだけど、アロイス様とは学園でご一緒だったわ。勿論、あの方は公爵子息で、うちは貧乏伯爵だからお声をかけることすらできなかったけど。ハンサムで頭が良くて優しくて、とても素敵な方だったわ。どうして居なくなってしまわれたのかしら」

黙って話を聞いていた私は、ふっと息を吐き、母マリーウェザーを見つめた。

「お母様は、乙女ゲームをご存じですか？」

「は？　なに？　え？　おと……め……ゲーム？」

突然脈絡もなく私が想定外な単語を口にしたので、マリーウェザーはびっくりしたように目を瞬かせた。

「はい。乙女ゲームです」

「乙女ゲーム……乙女ゲーム、ね――ええ、知ってるわ。私はやってないけど、高校生の姪《めい》がやっていたわね。私がやるゲームっていうとパズルかRPGくらいなんだけど、姪はパソコンでやってたわ。姪は絶対面白いからって見せてくれたんだけど、よくわからなかったわね。絵はとても美麗だったんだけど。一人のヒロインが、好感度を上げながら何人かの攻略対象である男の子をゲットしていくってゲームでしょ」

「ええ、そうです。実は私もやってました。ゲームには日本が舞台のもあるんですが、私がやっていたのは王様や王子様、貴族や騎士などが出てくる西洋風の架空の国が舞台でした」

「ああ、姪がやっていたのもそんな感じだったわね。昔読んでた漫画で、フランス革命の話だったかしら、あんな、こうキラキラした感じの絵だったわ」

私は笑みを浮かべ、こくっと頷く。

「これからお話しすることは、キリアやミリアにも話してはいないことなんですけど」

私がそう言うと、キリアが心配そうに私を見た。私は大丈夫だ、と頷いて見せる。

「私と同じ日本にいた記憶があるお母様なら、わかるかもしれないですけど、キリアやミリアには、信じられない話かもしれないわね。それどころか、何を言ってるんだって怒られちゃうかしら」

「そんな！　お嬢様のことを信じないなんて絶対にありません！」

「わ、私も！　あ……大丈夫です……多分」

ミリアは、私がかつて生きていたこの国の公爵令嬢の生まれ変わりだと言った時、すぐには信じることができなかったから気になるのだろう。それは仕方がない。

キリアでさえ、信じるのは難しいかもしれないと思えるのだから。

それどころか、同じ転生者である母マリーウェザーも納得できるかどうかと思うほど、これから私が言うことは荒唐無稽な話だろう。

「お母様。この世界が、日本の企業が作った乙女ゲームの世界だと言ったら信じます？」

は？　とマリーウェザーはダークブルーの己の瞳を大きく見開いた。

ポカン、と呆《ほう》けたようなその顔を見ると、彼女が心底驚いているのがわかる。きっと、予想もしていなかった話なのだろう。

「え、何？　この世界が乙女ゲーム？　冗談でなく？」

「嘘《うそ》でも冗談でもありません。この世界は、私がハマっていた、ある乙女ゲームの世界なんです」

…………………

「うっ……そぉぉぉぉぉ！　ちょっと待って！　え？　パラレルワールドとかじゃなく？」

「やっぱり、お母様はここが異世界でも、どこか奇妙なことに気づいてらしたんですね。まあ、似たようなものですけど。私やお母様みたいな境遇は、異世界転生と言うんですよ。私が乙女ゲームをやってる時、そういうお話が大人気で本やネットにその手の物語がたくさんありました。さすがに乙女ゲームの世界に転生するという話は私も読んではいないんですけど」

あることは知っていたが。

「信じられないわ。乙女ゲームの世界ですって？　そんな、人が作ったような世界が本当にあるの？」

「私も自分がそういう世界に転生するなんて思ってもみませんでした。しかも二度も」

あ、ああ、とマリーウェザーが私を見て頷いた。

「そうね。でも、本当にそんなことが――」

いやいや、とマリーウェザーは頭を左右に振り、ウーンと低く唸《うな》った。

「私が前世を思い出したのは、突然婚約者から婚約破棄された時なんだけど。頭に血が上っちゃってね、意識を失ってしまったの。気づいたら、前世を思い出していて、自分が生まれ変わっていたことを知ったわ。最初は混乱したわよ。王国で貴族でしょ？　最初は中世ヨーロッパにでも生まれ変わったのかと思ったわ。でも、色々知るうちに、ここが私の生きていた世界とは違う世界だとわかったの。異世界転生――ええ、そうね。異世界よね……まあ、とにかく前世を思い出したおかげで、婚約破棄を引きずることなく生きてこられたのだけど」

「あのぅ、お嬢様……乙女げーむというのは、いったいなんですか？」

首を傾げながら質問してくるミリアに、私は微笑んだ。

わからないのは当然だ。この世界にはパソコンどころか、ゲーム自体がないのだから。

「え〜と。恋愛小説みたいなものと言ったらわかるかしら」

「恋愛小説ですか――はあ、わかります。お嬢様のお話では、この国は恋愛小説の舞台になっているということですか」

「ええ。でも恋愛小説の舞台というよりは、私達がその小説の中にいると言った方がいいかしら」

う〜ん？　とマリーウェザーは、自分のこめかみに人差し指を当てて小さく唸った。

「アリスちゃんは、ゲームをやったことがあるのよね。だったら、ヒロインや攻略対象となっている人間も存在してるの？」

「はい。私がやっていたゲームのヒロインは、シルビア・ハートネルでした。攻略対象は、レトニス王太子と公爵家嫡男のハリオス・バーニア。次期宰相と言われていたダニエル・クリステラ。騎士団長の子息で騎士見習いのロナウド・カマー。そして、隠れキャラで、学園卒業後に商会を立ち上げたアレック・ドリアンです」

「はあ〜〜!?　アレック・ドリアンですって！」

マリーウェザーの瞳が大きく見開かれた。

「お母様のご存じの方ですか？」

「ご存じもなにも！　アレック・ドリアンは、私に婚約破棄を突きつけたバカよ！　何？　あの男、ヒロインと結婚したかったわけ？」

「いえ、お母様。ここでは、アレック・ドリアンとヒロインのシルビアは会ったことも接点もなかったようなので関係はないかと。隠れキャラは、ヒロインが表に出すイベントをこなさなければ出てきませんから」

「はあ、そうなの？　乙女ゲームのことはよくわからなくて。しかし、本当に見事に実在の人物と重なっているわね。それに、乙女ゲームのキャラの設定ってだいたい、学生じゃなかった？　ということは、乙女ゲームの舞台は二十七年前の王立学園――そうなのね？」

はい、と私は頷いた。

「じゃあ、セレスティーネ・バルドー公爵令嬢も登場人物の一人なのね。どういう役どころだったの？」

「セレスティーネのゲームでの役どころは……悪役令嬢でした」

「悪？　お嬢様が悪だというのですか！　そんなバカなこと！」

幼い頃から、ずっとセレスティーネの側にいて世話をしてきたキリアにとって、納得ができず憤るのはわかる。実際、私は悪役と呼ばれるようなことをやった覚えはなかった。

「悪役令嬢というのは知っているわ。姪がやっていたゲームにも出てきていたから。ヒロインが攻略対象に接近すると邪魔をしまくる存在だったわね。そして最後には断罪されて、ヒロインの前から消えるという、いわばヒロインのライバル役かしら」

なるほどね、とマリーウェザーは納得した顔になった。そういうことだったのか、と。

マリーウェザーは、疑問に思っていた卒業パーティーで何が起こったのか、朧《おぼろ》げながらも理解したようだった。

「でも、ゲームだとしても酷《ひど》すぎないかしら？　セレスティーネ様も、バルドー公爵夫妻も亡くなり、嫡男のアロイス様まで行方がわからなくなるなんて。そんな酷いことをされるようなことを悪役令嬢はしたの？　それに、シルビア様がヒロイン？　王妃にはなったけど、とても幸せだったとは思えないのだけど」

「ゲームの世界といっても、閉じられた狭い空間ではないし、時間も止まったりはしません。この世界は異世界ですが、私やお母様が生きていた日本と同じなんです」

「ああそうね。時間は止まらないわ。私もちゃんと年を取っているし、世界はこの国だけじゃない。ヒロインが望み通りに攻略対象と結婚してめでたしめでたしとなっても、そこで終わるわけじゃない。うまくいかなかったからってリセットできるわけでもない。つまりヒロインは結婚した後、うまくいかなかったのね」

「セレスティーネだった私が前世の記憶を思い出したのは死ぬ間際でした。だから、ゲーム開始の入学式から卒業まで、私は何も知らなかったんです。でも、ゲームであったようなヒロインに対する虐《いじ》めや嫌がらせはした覚えがありません」

「それは、ゲームの悪役令嬢じゃなく、日本から転生したあなただったからじゃない？　持って生まれた性格というのもあるし」

「私もそう思います。転生してきた私達は、この世界では異分子、もしくは特異点のようなものじゃないのかと。だから、ゲーム通りにシナリオが進んでいくわけじゃない。でもゲームを知っている人間がいたら、ゲーム通りに進めようとしますよね。でもゲーム通りには動かない者もいる。それが歪《ゆが》みをもたらすことになるんじゃないかと」

「歪み？」

「私がやっていた、この世界の基になっているだろうゲームでは、セレスティーネは死なないんです。私は隠れキャラも出したし、ハッピーエンドもバッドエンドも全てやり込みました。でも、悪役令嬢であるセレスティーネが死ぬ展開は一つもないんです」

「え？　どういうこと？」

「前世で死ぬ時に、日本にいたことやゲームのことを思い出しました。その記憶はセレスティーネの記憶と共に今の私、アリステアに受け継がれています。不思議でした。この世界が日本でやっていた乙女ゲームだというのは間違いないと思うのに、何故セレスティーネが死ぬのか」

「記憶に間違いないの？」

「間違いないです！　だいたい、あのゲームは全年齢対象でした。たとえ悪役でも殺されるようなことはない筈です」

「殺される？」

マリーウェザーの眉がひそめられるのを見て、私はハッとなって口を閉じた。

失言だった。セレスティーネの死因だけは言いたくなかったのに。

「セレスティーネ公爵令嬢は殺されたの？　いったい誰に？」

「………………」

「お嬢様を殺したのは」

「キリア、駄目！」

名前を言おうとしたキリアを私は止めた。

「お嬢様！　あの男はお嬢様を死なせたのに、なんの罪にも問われなかったのですよ！　お嬢様を無実の罪で責め立てたあいつらは——今ものうのうと生きているんです！」

「でも、シルビア様は修道院に幽閉されているのでしょう？」

「そんなこと！」

「ああ、そうよね。乙女ゲームのヒロインが幽閉っていうのも確かにおかしな話だわ。そういうのもあるのかもしれないけど——アリスちゃんが言いたくなければ言わなくてもいいのよ。女子会する前に言ったでしょ。話したくないことは話さなくていいって」

「すみません、お母様」

「いいのよ、アリスちゃん。それより、ほんとに乙女ゲームの世界なのねぇ」

マリーウェザーは、疲れたように溜息をついた。

「ゲームの世界といっても、先程言ったように普通に歴史も人の営みもある世界で、ゲームと言えるのは、開始の学園入学から、話の終了である卒業式あたりまでの三年ほどです」

「その間は設定通りに物事が動いているのよね」

「だいたいは、です」

「私はゲームの登場人物の中にはいないのよね？」

「はい。お母様の名前はありませんでした」

マリーウェザーは、はぁぁぁぁぁ……と額を押さえ深く息を吐き出した。

「そうでしょうねえ。貧乏伯爵家の人間で、目立ったことがあるわけでもなし。でも、その三年間、関わりがなくても、ゲームの設定の中にいたかと思うと、なんか吐きそうになるわ」

「お母様……」

「でも、もうそのゲームは終わったのよね」

あ、いいえ、と私は困った顔をした。どうしよう、これは言うべきなのか。

「何？　何かあるの？　まさか、その乙女ゲーム、まだ続いてるんじゃないでしょうね！　そういえば二十七年前の関係者、まだ生きてたわね」

「そのゲーム――実は続編があるんです」

「続編ですって！　いったいどんな!?」

「わかりません。続編が出る前に、日本にいた私は死んだので。私が知ってるのは企画があるというだけの情報で、話の内容も登場人物も全くわからないんです。ただ、ゲーム情報誌には悪役令嬢の名前とイラストだけがありました」

「なんで悪役令嬢？　ヒロインじゃないの？」

「そうですよね。でもなんかその頃、悪役令嬢というキャラに人気があったみたいなんです」

「そうなの？　わからないものね。まあ、ライバル役の方に人気が出るというのも確かにあるにはあるけど。それで？　続編の悪役令嬢の名前はなんていうの？　書いてあったんでしょ？」

「はい……アリス……アリステア・エヴァンスです」

マリーウェザーの両の拳が、勢いよくテーブルを叩きつけた。

もう完全に彼女は、自分が伯爵夫人だということが頭から消えているようだった。

さすがに、奥様大好きなミリアも顔が引きつって身体が引き気味になっている。

キリアはというとさすがで、衝撃で倒れかけたポットを支えていた。

「どういうこと、それ？　偶然とは思えないんですけど」

「ええ。私も思い出した時は本気で悪意を感じました。私が前世のセレスティーネのことを思い出したのは五歳の時です。そして、自分が続編の悪役令嬢だと知ったのは社交界デビューの日でした」

「社交界デビューって、十二歳じゃない！　思い出したばかりなの？」

そうですね、と私は笑った。

「笑い事じゃないわよ。前回はあんな酷いことになったのに、今度もなんて」

マリーウェザーは頭を抱えた。

「私、はっきり言って怖いです。あのゲームの内容には人の死に関わるものはなく、断罪された悪役令嬢でも退学か一番重くて国外追放くらいで、死ぬようなことはなかったんです。なのに前世のセレスティーネは――」

セレスティーネだけではない。私を愛してくれていたお父様とお母様が亡くなり、お兄様もいなくなった。どうして？　何故、そんなことになったのだろう。どんなに考えてもわからない。

悪役令嬢が転生者だったから？

セレスティーネの死が原因なのか。家族がもういないことを知って、私は涙が涸《か》れるほど泣いた。

なのに、やはり家族のことを考えるとまた涙が出そうになる。

「お嬢様……」

キリアの手が私の背を労《いた》わるように撫《な》でてくれた。

キリアもまた、あの悲惨な場所にいて怒りと悲しみに涙を零《こぼ》し続けたのだ。

「続編の始まりもやっぱり学園の入学式から？」

「そうだと思います。あのゲーム会社が出すのは殆ど学園が舞台になるものですから」

「アリスちゃんの入学まで後一年余りかぁ……まだゲームは始まってないから、動きようがないわね。まあ、貴族の情報くらいは仕入れられるかしら。ヒロインはわからないけれど、攻略対象の目星くらいはつけられそうね。とにかく、やれることは徹底的にやりましょう。あ、そういえば、第二王子がアリスちゃんと同じ年だったかしら」

マリーウェザーの第二王子という言葉で私は昔のことを思い出した。

「あまり覚えてないんですが、第二王子とは五歳の時にパーティーで会ったことがあるんです。ご両親に似てないので、教えてもらうまで全然気がつかなかったんですけど」

「第二王子はクローディアが産んだ王子じゃないからね」

「えっ、そうなんですか？」

「王太子を産む時、かなりの難産だったみたいで。無事に生まれたけれど、クローディアはもう二度と子供を産めない身体になったのよ。第二王子は側妃になった侯爵家の令嬢が産んだ王子よ。顔立ちも母親にそっくりで、陛下に似た所はないわ。王太子は、アリスちゃんより十歳年が上だったわね。クローディア似の金茶の瞳に、国王レトニス様と同じ金髪の美男子よ。卒業してしばらくは王宮で仕事をされていたようだけど、今はガルネーダ帝国に留学中だったかしら。年齢差はあるし、向こうで婚約されたとも聞いたから攻略対象からは外れるわね」

「そうですね。私も王太子にお会いしたことはないので、攻略対象は第二王子ではないかと」

「後は、アリスちゃんの婚約者あたりかしら。侯爵家の嫡男だから、ありえそう」

「はい。私もそうじゃないかと思ってます」

「私はまだ会ってないけど、アリスちゃんは婚約者のことが好きなの？」

「よくわからないです。弟みたいに可愛いと思うことはあるんですけど」

「ああ、そういう感じなのね。そうか。まだ十二歳だったわね。じゃあ、あと考えられる候補を何人か調べておくわ」

「すみません、お母様」

「いいのよ。私、こういう仕事は大得意よ。任せておいて！　絶対に断罪なんかさせないから！」

「私もお手伝いします、奥様」

「そうね。あなたもこういうことが得意そうね、キリアさん」

顔を見合わせてニッコリ笑う二人は、ほんとに頼もしく見える。

「私はお側にいてお嬢様を守ります！」

まだよく話が理解できていないようなミリアが、これだけは譲らないとばかりに大きな声で宣言した。頼もしい。

また悪役令嬢に生まれ変わった己の不運に嘆いたりもしたが、やっぱり私は恵まれているのかもしれない。芹那《せりな》の時もセレスティーネの時も、そしてアリステアに生まれ変わった今も、こんなにも優しい人に恵まれている。一人じゃない自分はとても幸せだ。

◇◇◇

「全く……何をやってるのかしらね、あのバカは」

眉間に深い皺《しわ》を作ったマリーウェザーは、手に持った紙束を膝の上に置き、大きく溜息をつく。

そして、自室の安楽椅子に座っていた彼女は、目を閉じ眉間の皺に指を押し当てると、グリグリとマッサージを繰り返した。

マリーウェザーは、エヴァンス邸の使用人全員に、主人であるライドネスと娘のアリステアのこれまでの親子関係について書かせていた。膝の上にある紙束がそれなのだが。

読んでみると、もう呆《あき》れるばかりの話がこれでもかというくらい書かれてあった。

先日の女子会でアリステアがどういう状況下に置かれていたかを聞いてはいたが、まさかこれほど酷いとは思わなかった。これでは完全に育児放棄ではないか、と彼女は唸る。

いったい何が悪かったのか。ライドネスとマリアーネとの結婚か？

マリーウェザーの知るライドネス・エヴァンスという男は、彼の両親が視察のため戻っていた領地で災害にあって亡くなり、王都の邸《やしき》に一人残されていた幼いライドネスが跡を継いだということくらいだ。

その時、ライドネスは僅か九歳だったという。

亡くなった彼の父親には実弟が一人いたが、二十代の頃に流行《はや》り病《やまい》で亡くなり結婚もしていなかったので、エヴァンス伯爵家を継げるのは幼いライドネスしかいなかったのである。

母方の叔父が、彼が成人するまではと助けてくれていたようだが、何か問題があったらしく、今は一切関係を持っていないようだ。

ライドネスは、王立学園に通う頃にはもう立派な伯爵家当主であった。

マリーウェザーがライドネスに会ったのは、父親に連れられ王都にあるクローディアの邸に行った時だった。たまたま、そこにライドネスがいたのだが、大人達に交じって話をしている、その黒髪の少年を見て彼女は目をパチクリさせてしまった。

最初に見た印象は、うわあ、美少年！　だった。

艶のある綺麗な黒髪に、まるで猫の瞳のような綺麗な緑の瞳の美しい少年。

あの時に前世の記憶が戻っていたなら、すっげぇ目の保養！　と喜びまくったことだろう。

だが、当時のマリーウェザーは前世を思い出していなかったし、初恋の人が忘れられず、同年代の男なんてガキだとしか思ってなかった。いくら美少年でも、そういう関心を全く持たなかったのである。

彼女が驚いたのは、まだ十代前半にしか見えない少年が、大人相手に貿易の話をしていたことだ。側にいた従妹のクローディアに聞いた所、彼はエヴァンス伯爵家の当主だという。

話が終わったのか、彼はクローディアに挨拶し、クローディアが私を紹介した。

「マリーウェザー・カーツネルです」

「ライドネス・エヴァンスです」

互いに名乗りあってから、二人はメイドに促されて庭に用意されたテーブルでお茶を飲んだ。

そして、あの日クローディアを交えてお喋りをした時の彼の印象だが。

「はっきり言って、無愛想でつまらない男だと思ったわ」

マリーウェザーは目の前に座る男の顔をまっすぐに見てそう言った。

初めて会ったのが十三歳。あれから三十年以上が過ぎるが、やっぱりこの男は無愛想だった。

というか、表情筋が死んでいると言った方がいいか。まるで精巧にできた人形のようだ。

もうちょっと不細工だったら、愛想がなくてもまだ可愛げがあったかもしれないのに。

マリーウェザーがアリステアらと女子会をしてからひと月がたっていた。

とにかく、忙しいとかで、月の大半は王都にある別邸に留《とど》まり、帰ってきても三日いればいい方な彼女の再婚相手だった。

この日、ようやく戻ってきた、今は夫であるライドネスを捕まえて、彼女はアリステアと女子会を楽しんだテーブルに彼を座らせた。

用意したお茶もお菓子も同じものだ。

「どう？　美味しいでしょ」

ああ、とライドネスはカップに口をつけて頷いた。

本人を前にして、初対面の印象をつまらない男だと言い切った現在の妻を彼がどう思ったかなんて、そんなことはどうでもいい。

アリステアは、今日はトワイライト侯爵夫人のお茶会に招待されていて邸にはいなかった。

アリステアの婚約者であるサリオン・トワイライトに会ったが、別に悪い印象はなかった。

トワイライト侯爵夫妻もいい人達で、とにかく息子の婚約者であるアリステアを可愛がっているのがよくわかってマリーウェザーはホッとした。

貴族同士の結婚は政略的なことが多いので、気になっていたのだ。

「今回は何日くらい滞在できるの？」

「商談があるので明後日には王都に戻るつもりだ」

そう、と彼女はニッコリ笑った。

「忙しいのね。でもまあ、今日と明日はゆっくり付き合ってもらえるからいいわ」

なんだ？　というようにライドネスはカップを置いて視線を上げた。相変わらず綺麗な緑色だ。

アリステアの瞳は、透き通るような青い瞳だが。

そういえば、ライドネスとアリステアには似た所があまりない。

母親似といえば、そうかもしれない。

確か、アリステアの母親であるマリアーネは金髪で青い瞳だった筈。

ライドネスもアリステアも、赤い髪で生まれたというからそこは父親似なのだろう。

ただ、成長してから、ライドネスは黒髪に、アリステアは金髪に変わったようだが。

成長と共に髪の色が変わるというのは初めて聞いた。

まあ、前世は黒髪黒瞳の日本人だったから、そういうことには縁がなかったが。

マリーウェザーはテーブルの上に紙の束を置いた。

「貴方《あなた》とアリスちゃんの調査報告よ」

予想外だったのか、ライドネスの目が瞬いた。動いたのはそれだけだったが。

ライドネスの表情が動かないのは、やはり九歳で伯爵家を継ぎ、領地の事業も引き継いだことで無理矢理大人にならなければならなかったせいではないかと彼女は思う。

たかが子供、隙あらば潰そう、財産を奪い取ろうとする大人達を相手にしていれば、自然に子供じみた表情はなくなるのかもしれない。

同情はする。だが、それで娘のアリステアに対する行為が許されるわけではない。

「単刀直入に聞くわ。ねえ、ライドネス、貴方、アリスちゃんを自分の娘とは思ってないのかしら。前の奥様だったマリアーネ様と貴方は上手くいってなかったようだけど。だから生まれたアリスちゃんは自分の娘じゃないとか思ってたんじゃないの？」

いや、とライドネスは首を横に振った。

「そんなことはない。マリアーネが貴族の男達に好意を持たれていたことは知っていたが彼女が私以外に靡《なび》かないことはわかっていた。だから、アリステアが自分の娘だということに疑いをもったことはない」

「あら、よくわかってるじゃない」

ライドネスと結婚したマリアーネとは話をしたことはないが、噂はよく耳にしていた。

出会いは十二歳の社交界デビューの時だったらしい。

マリアーネが彼に一目惚《ひとめぼ》れし、積極的にライドネスにアタックしたのだという。

当時、ライドネスはクローディアと一緒にいることが多く、そのせいで従妹のクローディアはマリアーネに目の敵にされていたらしい。

華やかな美貌のクローディアは、社交界では紅薔薇《ばら》と呼ばれ、そして、まるで月の女神のような凛《りん》とした美貌だといわれたマリアーネは白薔薇と呼ばれていた。

ライドネスを巡る二人の美姫《びき》の戦いは、当時の社交界をかなり賑《にぎ》わせていたようだ。

ようだ、というのは、マリーウェザーが余り社交界に顔を出さなかったせいなのだが。

デビューしてから数回夜会に参加したが、慣れない人付き合いに神経がやられ、王立学園に入学するまで領地の邸に引きこもっていたのだ。今思うと、あの頃の自分は繊細だったな、と彼女は思う。分岐点はやっぱり前世の記憶を思い出した辺りだろうか。

「でも、自分の娘とわかっているのに、余りに無関心すぎないかしら。貴方が、アリスちゃんのことを頼むって頭を下げるのを見た時、ほんと、娘が可愛いんだなあ、と思ったのよ私」

頭を下げる時も無表情だったが、昔からこういう男だと知っていたから気にしてはいなかった。

ミリアから話を聞くまでは、普通の父娘だと思っていたのだ。

「で、聞くけど、アリスちゃんが生まれてから顔を合わせたのは何回くらいかしら？　ああ、それより、アリスちゃんを抱きしめたことある？　今もすごく可愛いし、赤ちゃんの時はそりゃあもうお人形さんみたいに可愛かったと思うけど、抱っこしたことはあるの？　私が集めた報告書には、全くそういう記述がないんだけど」

ライドネスは黙っている。やっぱり覚えがないのだろうか。

「アリスちゃんが今何歳か知ってる？」

「十二歳だ」

ああ、それは覚えていたか。

「十二年間、顔を合わせたのは数えるほどで、抱っこも抱きしめたこともない。それで合ってるわね」

「私は責められているのか」

「当たり前じゃない。可愛い娘のことを話題に、楽しくお話ししてるとでも思った？」

「……怒ってるのか、マリーウェザー」

「かなり怒ってると思ってくれて間違いないわよ、ライドネス。気に入らなければ、離婚してもいいけど、今日は言いたいこと言わせてもらうから覚悟していて」

ニコリと笑うと、仮面のような男の表情がやや引きつったように思えた。実際は何も変わってないので、そんな気がしただけかもしれないが。

いつの日か、この男の表情筋が生き返るような奇跡が起こればいいのだけど。

「マリアーネ様との関係がどうだったか、今は聞かないわ。貴方のアリスちゃんに対する無関心さは彼女との関係にもあったとは思うけど、それを今問い詰めても仕方ないから」

「…………」

マリーウェザーは手の中の紙束をパラパラとめくってから、目の前に座る男の目を見つめた。

知らない人間が見れば、夫の浮気を疑った奥方が報告書を手にこれから問い詰めようとしている図、に見えなくもないだろう。

が、ここは男の家であり、まわりに第三者はいない。

そして、彼女が聞きたいのは浮気ではなく、彼の実の娘に対する扱いについてだ。

ライドネスが、嫁ぎ先から追い出され行き場所を無くした昔馴染《むかしなじ》みを保護し妻としたのに、この態度はなんだと怒りもせず、席を立つこともしないのを見て彼女はふむ、と小さく鼻を鳴らした。

悪い男ではないのだ。だが、育児放棄は断じて許せることではない。

「アリスちゃんに餓死の危険性があったことを、貴方は知ってるのかしら」

「餓死？　なんだそれは」

「母親が育児放棄していたことに気づいてた？　彼女は生まれた娘を腕に抱くことすらしなかったそうよ。それどころか、娘のことを嫌って同じ邸にいるのに会うこともせず、たまたま邸内で鉢合わせても見もしなかったらしいわ。母親の代わりにアリスちゃんの面倒を見ていたのはアンナという侍女だったそうだけど、貴方がクビにしたそうね」

ジロリとライドネスを睨《にら》む。

「それでアリスちゃんの世話をする者が居なくなったため、マリアーネ様付きのメイドや使用人が仕事の合間に世話をするようになったそうよ。だから、忙しい時はよく食事を忘れられて、アリスちゃんはお腹を空《す》かせて泣いてることが多かったみたい。わかっていても、つきっきりで世話ができないからアリスちゃんはいつも一人ぼっち。貴方は帰ってきても、アリスちゃんの顔を見に行くこともしなかったんでしょ？」

「…………」

「使用人達は、貴方が帰ってくるとさらに忙しくなるから、アリスちゃんの世話をする暇もなかった。使用人が食事を持っていくと、アリスちゃんはいつもシーツに包《くる》まってベッドに蹲《うずくま》っていたそうよ。お腹が空いてももう泣きもせず、じっとして誰かが来るのを待っていたみたい」

ライドネスは話を聞いて、ガラス玉のような緑の目を瞠《みは》った。

「一年くらいしてからミリアがメイドとしてやってきてアリスちゃんの面倒を見るようになったから、取り敢《あ》えず餓死は免れたようだけど」

いったい、とマリーウェザーは無言の相手に対し溜息をつく。

「どういうつもりで、アリスちゃんの世話をしていた侍女をやめさせたのかしら。アリスちゃんには愛情を感じてないから、別に死んでも構わないとでも思った？」

「そんなことを思うわけはないだろう。あの侍女がアリステアの面倒を一人でみてたなんて初めて聞いた。あの侍女は私に、少しでいいからアリステアに会って抱いてやって欲しいと言ったんだ」

「それって当然のことじゃない。何が問題？」

「あの頃……鉱山で事故があって私はその対処に追われていた。なのに、マリアーネが邸に戻ってこない私に文句を言いに王都の別宅に押しかけてきた。マリアーネは戻らないならそのまま王都に残ると言い出したので、私は仕方なく彼女を連れて邸に戻ったんだ。だが、問題は次々と起こり頭を悩ませていた時に、アンナという侍女がアリステアのことを少しは考えてくれと訴えてきた」

「それでカッときてクビにしたのね。完全に八つ当たりじゃない。貴方も普通に人間だったのね。感情のないロボットかと思ってたわ」

「？　ろぼっと？」

「人形という意味よ。で、貴方がアンナをクビにしたせいで、アリスちゃんは何度も餓死しかけていたというわけね。よくわかったわ」

「マリーウェザー。君は私を責めて何がしたいんだ」

「別に何かをしたいわけじゃないわ。ただ、私はアリスちゃんが大好きなの。あんなに可愛い子はいないもの。お腹の子と同じくらい守りたい大切な娘だと思ってるわ。ああ、ライドネス、貴方のことは嫌いじゃないのよ。拾ってくれたことには感謝もしてるし。貴方がアリスちゃんに愛情を持てない事情もわからないわけでもないの。理解はできないけど」

　彼女は持っていた報告書をライドネスの前に置いた。

「気が向いたら読んでみて。貴方の知らないアリスちゃんの成長記録よ。ほんと、こんな境遇なのにいい子に育ってるわ。将来は絶世の美女確定なのもいいわね」

　ライドネスはテーブルに腕をのせたまま、じっと目の前の紙の束を見つめていた。

「ライドネス。私は、アリスちゃんに対する態度を変えろとは言わないわ。だって、今更でしょう？」

「今更なのか……」

「そう。今更よ。だって、アリスちゃんにはもう婚約者がいるんでしょう？　向こうのご両親はアリスちゃんのこと本当の娘のように可愛がってるって言うし、既に貴方の出る幕はないわ。それに、今更どう接していいかもわからないんじゃない？　だったら、何もしない方がいいわ。下手なことされたらアリスちゃんも困っちゃうわよ」

ライドネスは、下を向いたままフゥッと息を吐いた。

「あら？　溜息？」

珍しいという顔で彼を見る。

「私でも溜息をつくことはある」

「それでも表情は変わらないのはさすがよ、ライドネス」

「君は──私に怒っているのだろう。アリステアをずっと放っていたこと」

「そうね。怒ってる私を見て貴方は気分が悪くなった？　カッとなったんなら、私を追い出してもいいわよ」

「いや。君にはずっとここにいて欲しいと思っている」

「貴方が後悔しないなら、私は構わないけど。ただし、言いたいことは言わせてもらうわね。貴方とアリスちゃんが普通の父娘関係なら何も言わないけれど、これはあんまりだもの」

マリーウェザーは右の人差し指で、トントンと彼の前にある紙束を叩いた。

「貴方がアリスちゃんに愛情を感じないのをどうにかしろ、とは言わないから。無理なものは無理だと思うの。苦しい思いをして産んだ我が子に愛情を持てない母親だっているし。これじゃ駄目だから頑張って愛そうと思っても難しいことだと思うわ。第一、子供は騙《だま》せない」

「…………」

「アリスちゃんのことは私に任せて。貴方は自分のしたいことだけしてればいいわ」

お仕事頑張ってね、と笑みを浮かべて言うと、目の前の男は二度目の溜息をついた。

「君は相当に怒っているのだな」

「笑ってるのに？」

「君は怒った時より笑っている時が一番怖い」

彼女はニッと口角を引き上げる。

「さすがは、長年事業をやってるだけのことはあるわね。人を見る目はあるわ」

実業家はそうでなくっちゃね。空気が読めない人間って最悪だと思うわ、と彼女は笑う。

「聞きたいことや、やってもらいたいことはたくさんあるわ。まあ、それは一度にでなくてもいいんだけど。まずは、アリスちゃんの着る物ね。アリスちゃんも社交界にデビューしたから、これからドレスがたくさんいるわ。これまでは、誰が用意してたの？」

クラウスが、とライドネスは己の執事の名を言った。

月に一度、邸の使用人から必要なものを聞いて送っているらしい。

その中に、アリステアの着る物も入っているようだ。

奥方のマリアーネは、業者を呼んで自分のドレスだけは作らせていたようだが。

「道理でセンスの欠片《かけら》もない服ばかりだと思ったわ」

アリステアの部屋のクローゼットの中を見て絶句したのだ。あまりにもお粗末な内容に。

驚くことに、クローゼットの中で燦然《さんぜん》と輝いていた唯一のドレスは、トワイライト侯爵夫人からの贈り物だということだった。つまり、他はどうしようもない代物だったのだ。

あんなに可愛いのに！　天使のように可愛い女の子なのに！　許せないわ！

「まずは業者を呼んで作らせないと。アクセサリーも必要ね」

「わかった……君に任せる」

「任されたわ。文句は言わないでね」

「ああ、言わないよ」

マリーウェザーはメイドを呼んでお茶のお代わりを頼むと、再びライドネスと向き合った。

「アリスちゃんの部屋を見たことがある？」

いや、と首を横に振るライドネスを見て彼女は肩をすくめた。

「でしょうね。ま、見ても貴方なら何も感じないと思うけど」

「問題があるのか？」

「大いに問題よ。本当にびっくりしたんだから。アリスちゃんの部屋にはベッドと鏡台と小さなテーブルしかなかったのよ」

「？　それだけあればいいだろう。何が足りないんだ？」

「うん、わかる。貴方ならそう思うわね。でも私は違うの。あれは女の子の部屋じゃないわ」

可愛い小物も、人形もオモチャもない。かろうじて絵本が数冊置いてはあったが。

伯爵令嬢なのだから、社交界にデビューする前に学ばせることはたくさんあった筈だ。

なのに、週に二回マナーとダンスの教師が来て教えるだけ。

ライドネスは、女に学問は必要ないという思想の持ち主だったか？

幸いなことにアリステアは前世が公爵令嬢だったから、教わるまでもなく教養もマナーもダンスもバッチリだったが。ついでに、王妃教育まで受けていたから文句のつけようのない貴族の令嬢だ。

ま、ライドネスはそんなことは知らないのだろうが。

いくつか手乗りサイズの可愛らしい人形があったが、それはミリアがアリステアのために作ったものだったらしい。

「母親って必要ね。でも、いても育児放棄するような母親はいらないけど」

「わかった。全て君に任せる。君の思う通りにやってくれ」

「貴方――不器用な所は本当に変わらないのね」

何も問題がなく普通に、クローディアと結婚していたら、どうなっていたかしら。

二人は仲が良かったとは思うが、愛し合っていたかというと疑問だ。

だが、クローディアの両親はライドネスとの結婚には乗り気だったし、彼も断らなかったとは思う。あ、そうしたらアリスちゃんは生まれてないかしら。

納得したくはなくても、アリステアを生んだのはマリアーネだ。

マリーウェザーは新しく淹れてもらったお茶を一口飲んだ。少し甘くしてくれているのがありがたい。

いい使用人がいるじゃない。ミリアもいい子だし。

彼女は、チラッと目の前の男を見る。

思うにライドネスは、人に興味が持てないのではないか。

幼くして両親を失い、愛情を持って育ててくれる人間がいなかったことが原因か。

まわりの人間は、僅か九歳の子供に大人の対応を求めた。確かに、当時は問題が山積みだったようだ。そのせいで、ライドネスの両親が事故死したと聞く。

詳しい事情まではさすがに彼女もわからないが。

人に興味がなく愛情を知らない男。だから、自分も人に愛情を持てない。妻や実の娘に対しても。

本当にやっかいね、と彼女は溜息をつきたくなった。

「さて。じゃ、次の問題点を話し合いましょうか」

ライドネスの目が半分閉じられた。それが、無表情な筈なのに心底嫌そうに感じられて、彼女は笑い出しそうになった。

「まだあるのか」

「今日と明日、付き合ってもらうと最初に言った筈よ。だから」

気合いを入れてね、とマリーウェザーはニッコリ笑ってみせた。

第三章　王立学園

王立学園は王宮を間近に見られる小高い丘の上に建っていた。

眼下には王都の街並みが、視線を上げれば白壁の荘厳な造りの神殿と、それに並び建つ王宮が見える。

私が王宮に入ったのは五歳の時が初めてで、それ以降は社交界デビューした後も王宮とは殆《ほとん》ど縁がなかった。もっとも、セレスティーネの記憶が戻った私にとって、王宮は鬼門のようなものだ。

それは、ここ王立学園も同様だが。

なにしろ、ここはセレスティーネだった時の思い出があり過ぎるから。

「お嬢様？　大丈夫ですか？」

学園内にある女子寮の部屋に入って、持ち込んだ荷物を整理していたミリアが、心配そうに私を見つめてきた。どうやらカバンから荷物を出しながら、ぼう～っとしていたようだ。

「大丈夫よ。またオスカーのことを思い出しちゃって。あの子、泣いてないかしら」

ミリアは、ああ、と苦笑を浮かべた。

オスカーというのは、母マリーウェザーが産んだ、私が初めて得た弟だ。

芹那《せりな》の時は一人っ子だったし、セレスティーネの時は兄が一人だった。

アリステアとなって、初めて私に弟ができたのだ。

たとえ、血が繋《つな》がっていなくても、現在私の母親であるマリーウェザーの子だから、私にとって間違いなく可愛《かわい》い弟だった。

オスカーは、髪色は母親に似た柔らかな薄茶色だが、瞳の色は灰色で、顔立ちは父親似だということだった。

マリーウェザーの前の夫は、女性的な顔立ちだったそうで、父親に似たオスカーは男の子だが女の子のように可愛らしい子供だった。将来女性にモテまくるのは決定だと私は思った。

例に漏れず、私もオスカーにはメロメロだ。

たとえどんなに大泣きしていても、私が抱っこすると泣き止《や》んで可愛らしい笑顔を見せてくれるのだから、メロメロにならないわけがない。

オスカーは可愛い！　この世界で一番可愛い私の天使だ！

そんなわけで、私もオスカーも、別れの日はとても辛《つら》かった。

私が出て行くのがわかったのだろう、マリーウェザーに抱かれたオスカーが私の方に向けて小さな手をいっぱいに伸ばし、あーたん、あーたんと泣くのを見せられてはたまらなくなる。

心臓を鷲摑《わしづか》み、後ろ髪を引かれるとはこのことだ。

ちなみに、一歳を過ぎてから言葉を少し喋《しゃべ》るようになったオスカーは、母が私のことをアリスちゃんと呼ぶのを覚えて、あーたんと呼ぶようになった。

舌ったらずの可愛らしい声で呼ばれては、どんな冷酷な人間でも勝てるわけはない。

父であるエヴァンス伯も、オスカーを可愛がっていた。……と思う。

だが、赤ん坊を見ても無表情なので、いつもオスカーに泣かれている。

今更気づいたが、父の表情筋は鋼鉄製のようだ。

オスカーに泣かれて困惑してるだろうに、その顔がピクリとも動いていないのを見て、私はさらに父親の見方を変えた。そうか、こういう人だったのか、と。

母マリーウェザーが父を締めると言った通り長い話し合いをしたようで、その後、短い時間だが、父と言葉を交わすことが増えた。

相変わらず、かたい表情で私を見るが、なんとなくこういう性格なんだとわかって気にならなくなった。

朝早くに寮に入ったが、まさに引っ越し荷物というくらい色々持たされたので、荷物の整理には相当時間がかかりそうだった。気がつけば、もう昼近くになっていた。

「もう、こんな時間。お腹空《なかす》いたわね。ミリア、お昼をもらってきてくれない？」

「はい、お嬢様」

新入生は入学式を終えるまでは食堂を使えないので、食堂から料理を運び部屋で食べることになっている。入学式は明日の午後からなので、明日の夕食は食堂で食べることができる。

まあ、学園に慣れるまで、しばらくは部屋で食べてもよいことになっているのだが。

「ミリアも一緒に食べましょう。ちゃんと自分の分も持ってきてね」

生徒が面倒をみさせるために自宅から連れてきた使用人には、使用人用の食堂が学園内にあってそこで食べることになっていた。

しかし、それも、生徒が慣れるまではという条件で共に食事をとっても良いことになっていた。

まあ大抵は、使用人が主人の食事の世話を終えてから使用人用の食堂で食事をとるというのが普通らしかったが。

ミリアと私は、子供の頃からずっと一緒にいた仲なので、共に食事をするということに違和感などなかった。

ミリアがワゴンに二人分の食事をのせて戻ってくると、私とミリアはテーブルに向かい合わせになって昼食をとった。

寮内でとる料理のメニューに、主人用と使用人用の区別はない。

それぞれの食堂でとるようになると、メニューが変わってくるが。

当然、貴族令息令嬢用の料理はメニューも多く豪華になる。

「懐かしいわ、この味。料理人は変わっているだろうに、味は同じなのね」

「そういえば、お嬢様は前世でもこの学園に通われていたんでしたね。だったら、迷うことはないので安心ですね」

「そうね。でも、前は公爵家だったから棟が違ったのだけれど。間取りは似たようなものかしら。違うのは個人に与えられる部屋数ね」

「部屋数……ですか?」

「公爵家の子息令嬢は、使用人を多く連れてくる者も多いので、たとえば個人で雇う護衛とかね。公爵家は狙われやすいから。なので、使用人の部屋も入れて五部屋は用意されているの。本人も二間続きの部屋になっているわ。今の私は伯爵家だから私とミリアの二部屋ね」

「そういうことになってるんですね。勉強になります。あ、では留学されてくるレベッカ様はどちらになるんですか?」

「レヴィは侯爵家だから、公爵家と同じ棟になるんじゃないかしら」

「そうなんですか。ご一緒かと思っていたのに残念ですね」

「でも授業や食事の時は一緒よ。九年振りだからレヴィとお喋りするのが楽しみだわ」

「レベッカ様はもう寮に入られているんでしょうか」

「まだじゃないかしら。手紙で、国を出るのが遅くなるから着くのは明日の明け方になるとあったもの」

「えぇーっ。じゃあ、着いてすぐに入学式に出られるんですか? 大変ですね。お疲れでしょうに」

そうね、と私はミリアに答えたが、なんとなく彼女なら平気なんじゃないかと思った。

レヴィとは、五歳の時にたったの二回しか会ってないから、ただの主観であるが。


入学式は学園のホールで行われた。この年の新入生は六十人ほどらしい。

下は男爵、今年は第二王子が入学したので王族が一番高い身分だろう。

貴族の令嬢がキョロキョロするのはみっともないのでやらなかったが、パッと見、レベッカの黒髪は見当たらなかった。

新入生の中に黒髪の令嬢はそれほど多くはないが少なくもない。だが、レベッカの黒髪は特別だ。

純粋な漆黒というのだろうか、艶があってまっすぐで、とにかく美しいのだ。

一目見てわかるほどに。

婚約者のサリオンの姿はすぐにわかった。

薄茶色の跳ねたような特徴的なくせ毛は後ろから見るとよくわかる。

私の席から四列離れた斜め前に座っているので、私には気づいていないようだ。

サリオンとは、半年ほど前にトワイライト侯爵家で行われたパーティーに招待されて以来だ。

騎士になることを目指しているサリオンは、一年前から騎士団の訓練場に入り浸っているらしい。

剣の腕もかなり上がっているようだ。

最近とみに身長が伸びて、身体《からだ》つきも細いなりに筋肉がしっかり付き、ちょっと見直した。

もう来年には弟のような、とは言えなくなるかもしれない。

とはいえ、まだ、異性として好きだという気持ちにはなっていないが。

将来はどうなるかわからない。

無事に学園生活を終えることができれば、私はサリオンと結婚し、トワイライト家の一員となる。

それはきっと、私にとってこの上なく幸せなことに違いなかった。

だが、この三年の間に何か問題が起きれば、私はトワイライト家の者になれないかもしれない。

いや、私に問題が起こらなくても、彼の初恋の相手が見つかったなら婚約は解消になるかも。

寂しいけれど、それは仕方のないことだ。

もし神様に願うことができるなら、前世と同じ最後にだけは絶対になりませんように。

——大丈夫。今度は、そうならないために、お母様も、ミリアもキリアも、私のために動いてくれているのだから。

もし、避けられずに私が悪役令嬢として断罪されてしまっても……その断罪の結果が国外追放であるならば、私は他国で新たな幸せを探そうと思う。きっとできないことではない筈《はず》だ。

今はまだヒロインの正体はわからないけれど、できる限り彼女との接触は避けたい。

常に誰かと一緒に行動するのもいいかもしれないし、私を監視してもらっても構わない。だって、悪役令嬢はヒロインを虐《いじ》めたことで断罪されるのだから。

ああ、でも……前世ではヒロインであるシルビアとは殆ど関わらなかった筈なのに。

いったい、どうして？　どうしてセレスティーネは断罪されたの？


式が終わり、私はサリオンに挨拶をしようと席を立ったが、いつのまにか彼の姿はホールから消えていた。

あれ？　いつ出て行ったのだろう？

私が席を立って行こうとするまでにホールから出て行ったのか？

私が入学式に出ることを知っているのだから、ちょっとくらい探してくれてもいいのにと思ってしまった。式が終わったら速攻で出て行かなくてはならない用事でもあったのだろうか。

結局、レベッカの姿も見つけることができずに私は、残念な気分で寮に戻った。

「あら、終わったのね」

部屋に戻ると、意外な人物が優雅な仕草で紅茶を飲んでいた。

漆黒の髪にダークグリーンの瞳の美しい少女が、私に向けてニッコリと微笑《ほほえ》んでいる。

「え？　まさか、レヴィなの？」

「そうよ、セレーネ」

レベッカは立ち上がって私の方へ歩み寄ると、両手を伸ばして私を抱きしめた。

「レヴィ！　どうしてここに？」

「式に出る前に酷《ひど》い目にあってね。せっかくのドレスは汚れちゃうし、気分も悪いから出席しなかったのよ。それなら、セレーネが戻ってくるまでここで待たせてもらおうと思って来たの」

「酷い目って？　いったい何があったの？」

「その話は後でね。会いたかったわ、セレーネ！　ほんとに髪が金色になったのね！　信じられないくらい綺麗《きれい》よ！」

レベッカは、ギュッとまた私を抱きしめた。

「レヴィの髪だって凄《すご》く綺麗だわ。こんなに綺麗な黒髪なんて私、今まで見たことないわ」

ウフフ、と私達《たち》は、お互いの髪を褒め合いながら、九年振りに会う友人と笑い合った。

本当にレベッカは美しくなった。まるで本物の女神様のようだ。

「お嬢様。お茶を淹れましたので、どうぞお座り下さい」

ミリアがそう言って、私を椅子に促した。

レベッカも席につくと、初めて見るメイドが彼女のカップに紅茶を注ぎ入れた。

「私についてきてくれた、メイドのマイラよ」

「マイラです。お会いできて光栄です」

「私は、アリステア・エヴァンス。アリステアと呼んで下さい」

「わかりました、アリステア様」

「このお菓子は国から持ってきたの。木苺《きいちご》ジャムを練りこんだ焼き菓子よ」

私は器に入った菓子を一つ摘《つま》んで口に入れた。

「美味《おい》しいわ」

「良かった。他にチョコのスコーンもあるの。たくさん食べてね」

「ありがとう、レヴィ」

私とレベッカはしばらくお菓子を摘み紅茶を味わいながら、九年間、互いにあったことを話した。

私は特に、弟が生まれ、とても可愛いのだとレベッカに話した。

「いいわね、可愛い弟。私のところは姉が二人と弟がいるわ。姉二人はもう嫁いでいるけどね。前妻の子だから年が離れているの」

「え？　前妻って……じゃあ、レヴィって」

「私と弟は後妻の子。といっても、母は前妻の妹だから、姉二人とは従姉妹《いとこ》同士でもあるわけ。母の姉は十六年前に流行《はや》り病《やまい》で亡くなったそうよ」

「そうだったの。私とは逆なのね」

私は父の前妻の子だ。

しかし、後妻となったマリーウェザーが産んだ弟とは血が繋がっていない。

「ところで、レヴィ。いったい何があったの？」

「ほんと、バカみたいなことよ。庭を眺めていたらホールのある方向がわからなくなってしまって。一度戻ろうと思った時に赤い髪が目に入ったの」

「赤い髪？」

「五歳の時のセレーネより濃い赤だったわ。そう、あの〝エト〟のような」

「ああ、思い出したわ。レヴィが好きなお話の登場人物ね」

「そうよ。だから、つい声をかけてしまったの。ホールの場所もわかればとも思ったし。そうしたらその子、私を見た途端怯《おび》えちゃって。なんでいるんだみたいなことを言われて、いきなりこの私を突き飛ばしたのよ」

「突き飛ばした!?」

「壁に向けてね。だから転倒はしなかったけれど、ドレスが汚れてしまったの。ほんと、酷い目にあったわ。なんなの、あの子」

「どんな子だったの？」

「顔はまあ可愛い方かしら。ふんわりした感じの赤い髪が背の半ばまであって、目の色は赤っぽい青ね。ほっそりしているわりに胸が大きい子だったわ」

「レヴィってば、よく見てるのね」

ほんの通りすがりみたいだったのに、人の特徴をよく記憶しているレベッカに私は感心した。

「こんなことは基本中の基本よ。一度会った人間の顔と名前は忘れないわ。そういう教育も受けたしね」

「そうなの？　凄いわ、レヴィ」

「ふふ。そんなに褒めてもらえるようなことじゃないけど、嬉《うれ》しいわ。ありがとう」

この日、私とレベッカは食堂には行かず、私の部屋で一緒に夕食を食べた。

話題は尽きることなく、私達は楽しい夜を過ごした。


翌朝、教室のある棟へ向かうと、廊下の掲示板にクラスと名前が張り出してあった。

新入生は三クラス。やはり婚約者同士同じクラスにはならないのか、サリオンとはクラスが違った。だが、レベッカと同じクラスだったのは嬉しい。

「レヴィ？」

一緒に掲示板を見ていたレベッカだが、ふと見ると、視線が右側、廊下の向こうに向いているので、いったい何があるのかと私もそちらに顔を向けた。

まず目に入ったのは赤い髪だった。

燃えるような赤い髪というのか、子供の頃の私の赤毛とは違いその色は鮮やかな赤だった。

昨日、レベッカを突き飛ばした赤髪の子というのは彼女なのだろうか。

誰かと話をしてるようだ。

薄茶色のくせ毛が見えた時、私はハッとして息を詰めた。

「あれよ。あの赤髪。公然と男と喋ってるなんて、相手は婚約者か何かかしら」

貴族の令嬢が、男性とあんなに接近して喋るのは身内か婚約相手くらいしかない。

「……ええ。婚約者よ」

私の、と続けると、レベッカのダークグリーンの瞳が大きく見開かれ、それがきつく吊《つ》り上がっていった。


私の婚約者であるサリオン・トワイライトと親しげに話をしていた、赤髪の少女と私は同じクラスだった。

名前はエレーネ・マーシュ。マーシュ伯爵家の令嬢らしいのだが、前世の記憶を探ってみてもマーシュ伯爵という名に聞き覚えがなかった。

私がセレスティーネだった時、貴族、特に伯爵以上の名前は全て覚えていた筈なのだが。

レベッカは、赤髪の少女と話しているのが私の婚約者のサリオンだと知ると一気に険しい表情になったが、それだけで何かを言うことはなかった。

ただ、眉をひそめ何事かを考え込んでいる様子だった。

昔、社交界デビューの日にサリオンが私に向けて、気になる人がいると言ったことを、レベッカに送る手紙に書いたことがある。

その時レベッカは私のためにとても怒ってくれて、直接説教をすると言う彼女をイリヤと彼女の弟が必死に引き止めたという経緯があった。あの時は本当に申し訳なかった。

二人が何を話していたのかはわからない。親しげに見えたが、実際親しいのかもわからなかった。

何故《なぜ》ならその日、サリオンとは一度も顔を合わせることがなかったから。

昼食時、食堂にもサリオンの姿はなかった。

代わりといってはなんだが、食堂で私は奇妙な光景を見た。

伯爵令嬢のエレーネと第二王子であるエイリック殿下、そして彼の身近なご友人らしい二人の貴族令息が、仲良さそうに食事をしているという光景だ。

エレーネと王子達とはクラスが違う筈なのだが。入学前からの知り合いだったのだろうか。

「あら、嫌だ。あの光景、なんだか初めて見る気がしないわ」

レベッカと同じテーブルについて昼食をとっていた私は、彼女の言ったことに首を傾《かし》げた。

「何、レヴィ？」

「なんでもないわ。どこも同じだと思っただけ。まあ、あのバカがセレーネに近づいてこないだけ良かったかしら」

ほんとバカで助かったわぁ、とレベッカはクスクスと笑った。

なんのことか私にはわからないが、レベッカが楽しそうなのはいいことだ。

慣れない他国で勉学に励む友人が、少しでも学園生活を楽しんでくれると嬉しい。

ちなみにレベッカの言うバカとは、十中八九、第二王子のことだと思う。

五歳の時、初めて王宮のパーティーに出た時にも、レベッカは第二王子のことをあまり良く思ってはいないようだったし。

不敬罪になるからやめろとイリヤから注意されても、人に聞かれなきゃいいのよと彼女は笑っていた。

第二王子のエイリックを見るのは、五歳の時に会った時以来だった。

その時は王子であることに全く気づかなかったが。

記憶通りのライトブラウンの髪に水色の瞳。

背はそれほど高くはないが、まだ十四歳。これからどんどん成長していくことだろう。

顔はまだ幼さは残るが整っていて、まずまずの美少年と言っていい。

ご友人だろう二人は同じクラスではないので誰なのかわからないが、一人は赤っぽい金髪で華奢《きやしや》な身体付きをした美少年。もう一人は背が高く灰色の髪で大人っぽい顔立ちをしていた。

そんな目立つ少年達が、赤い髪の少女を囲んで楽しそうに食事をしていたら、注目の的になるのは至極当然だろう。

貴族令嬢達は王子やご友人方に見惚《みと》れていて、あの赤髪の少女はいったい誰だと気にしている様子がありありとわかる。

貴族の令息方はというと、王子や高位貴族だろうご友人達が気になるのと同時に、赤髪の可愛らしい少女にも関心を持っているようだった。

私はというと、彼らとは違う意味での関心があった。あの光景はまさにデジャヴなのだ。

セレスティーネだった時に見た、子爵令嬢のシルビアと楽しげに語り合うレトニス王太子とその

ご友人達の姿が重なるのだ。とはいえ、あの中に私の婚約者はいない。だが、今朝見た光景が私の中に暗い影を落としているのは確かだ。サリオンはやはり、ヒロインの攻略対象なのか。

「気にしなくていいわよ、セレーネ」

「え？」

「第二王子はバカだけど、あの男は少なくともバカじゃないから」

「あの男って誰のこと？」

「今セレーネが頭に浮かべた男のことよ」

私はドキッとしてレベッカを見た。私が思い浮かべたのは婚約者のサリオンだ。

何故――

不思議そうに目を瞬かせる私に、レベッカは赤い唇を弧にして笑う。

何だろう？　と私は首を傾げるが、レベッカは、もうその話は終わりだというように最後のデザートに手を伸ばした。今日は苺のムースだった。とても美味だった。

その夜、私はエレーネという伯爵令嬢のこととエイリック王子とそのご友人方のことを、母マリーウェザーに送る手紙に詳しく書いた。

私が王立学園に入学したと同時に、続編のストーリーは始まったと思っていいだろう。キャラも内容も、この先どう展開していくのかも全くわからないが。

私がセレスティーネだった時と同じ展開を辿《たど》るのであれば、婚約者であるサリオンとエイリック王子とそのご友人である貴族令息方が、ヒロインであろうエレーネ伯爵令嬢に恋し、邪魔な私を排除しようと動くに違いない。

そして最後は断罪か？

ヒロインに対する悪役令嬢の虐めや嫌がらせに我慢できなくなった攻略対象達が、元凶を断罪するというのがゲーム『暁のテラーリア』の終盤で起こる展開だ。

おそらく、続編だったとしてもそれは変わらないと思う。

どのような形になるかはわからないが、普通は退学か国外追放だろう。

だが、悪役令嬢がヒロインと関わらなければ？

それでも断罪は行われるのか。セレスティーネの時と同じように。

「お嬢様。お嬢様宛に花束が届いたのですが」

「花束？　どなたから？」

「サリオン・トワイライト様からです」

えっ？　と私は驚いて立ち上がり振り返って見ると、メイドのミリアが黄色い薔薇《ばら》の花束を抱えて立っていた。ミリアの顔が見えなくなるほどの大きな花束だ。

花束を抱えたミリアが歩み寄ると、薔薇の香りが私の鼻腔《びくう》をくすぐった。

「凄いですねえ。こんなにたくさんの黄色い薔薇は初めて見ますよ」

ミリアは主人の婚約者であるサリオンから贈り物が届いたということがとても嬉しいようだった。

しかもそれが黄色い薔薇の花束だということが。

ミリアは私が黄色い薔薇が好きだということを知っているが、サリオンにそのことを言ったことはない。偶然だろうか？

花束には手紙が添えられていた。

私が手紙を抜き取ると、ミリアは薔薇を花瓶に入れるために部屋を出て行った。

サリオンから手紙をもらうのは初めてではない。

婚約してから、何度か手紙のやり取りをしたことがあった。

サリオンが騎士になるために剣を学んだり、騎士団の訓練場に出入りするようになってからは手紙のやり取りはなくなったが、私がよくトワイライト夫人のお茶会に誘われて行くのでそこで会って直接話すことはあった。

手紙には入学を祝う言葉と、近況報告が書かれていた。

母から入学前に知人の娘を紹介され、ずっと領地の家で育ち家族以外の貴族と関わってこなかったようなので、入学後はできるだけ相談にのってやって欲しいと頼まれたことが書いてあった。

トワイライト夫人の知人の娘？

誰とは書いていないが、もしかしてエレーネ・マーシュ伯爵令嬢のことだろうか。

入学式の日、彼女と話していたのは夫人に頼まれたから？

最後に手紙には、騎士見習いとなったサリオンは、早朝と授業終了後には騎士団の訓練場に顔を出さなくてはならないことと、第二王子のエイリックの護衛を頼まれたことが書かれていた。

「え？　そうなの？」

食堂でレベッカが、サリオンのことは気にしなくていいと言っていたが、このことを彼女は知っていた？

あの朝、サリオンがエレーネと一緒にいるのを見たレベッカは何も言わなかったが、もしかしたら直接サリオンに会いにいったのではないだろうか。

思いついたら即行動の彼女ならあり得る。しかし、いつのまに……

私は一つ吐息を漏らすと、サリオンからの手紙を封筒にしまった。

事情がわかったせいか、なんだかホッとした。

私はサリオンのことは好きだが、それは友人に対するような好意でしかない。

だから、彼が初恋の相手と再会できたなら、応援したいと思うし、勿論《もちろん》その時は婚約解消も考える。だが、その相手がヒロインかもしれないエレーネ・マーシュであれば、私は嫌かもしれない。

彼女がどんな少女なのかは知らないが、ヒロインというだけで警戒心を持ってしまうようだ。

やはりそれは、前世の記憶が影響しているのかもしれないけど。


花束のお礼を言いたい。でも早朝からサリオンは訓練場に行っているし、昼は第二王子のエイリック殿下とご友人達と一緒なので声をかけられなかった。

婚約者なのだから何も遠慮することはないのだが、やはりゲームの攻略対象だろう彼らに近づきたくはなかったのだ。

食堂では、いつもあの赤毛の伯爵令嬢が一緒にいて彼らと楽しげに笑っていた。

その光景に眉をひそめる者も多数いたが、さすがに王族がいるあの場に行って文句を言う者はいない。ただ、陰で不満が出ているのは、エレーネ・マーシュが婚約者のいる男子生徒にも親しげに話しかけているからだ。それが、前世の時に関わったヒロインのシルビアと重なって見えて不安をかきたてられた。

エレーネ・マーシュと私は同じクラスだが、彼女とはまだ一度も話をしたことはない。できるなら、学園にいる間顔も合わせたくはないのだが、そうすると不自然に避けているように見られてしまわないかと気になる。

幸い、同じクラスにレベッカがいるので、常に彼女と一緒にいればエレーネ・マーシュと話をすることはなかった。たまに視線が合うことはあっても、何故かレベッカが近くにいると向こうが避けてくれるのだ。

この日もエレーネ・マーシュと接触することはなく、一日の授業を終えた。

いつものように私はレベッカと一緒に教室を出た。と、隣のクラスも同じ頃に授業が終わったのか、生徒達が教室から出てきていて、私は丁度サリオンが廊下の角を曲がるのに気がついた。

あ、と私が声を上げると、レベッカも気づいていたのか、私の背を軽く押した。

「追いかけていきなさい。話したいことがあるんでしょ？　そんな顔してる」

「え……でも」

「私は先にセレーネの部屋に行って待ってるから」

「ありがとう、レヴィ！」

すぐに戻るからと言って私はサリオンの後を追いかけた。

中庭に出る手前で追いつき声をかけると、薄茶色のくせ毛が揺れて彼の足が止まり、驚いたように振り返った。

「アリステア？」

「忙しいのにごめんなさい。少しお話ができるかしら」

「あ、ああ、勿論だ」

頬をうっすら赤くしたサリオンが、こくこくと頷《うなず》いた。

「花束をありがとう。とても嬉しかったわ」

いや、とサリオンは赤くなった顔をふっと背けた。その仕草は出会った頃と少しも変わらないなと思う。トワイライト夫人は、照れ屋なのよ、とコロコロ笑いながら教えてくれたが。

「黄色い薔薇は私の一番好きな花なの」

「知ってる」

え？　と私は驚いた。彼に話したことはないのに、何故？

「サリィ！　こんな所でどうしたの？」

目に入ってきた赤い髪に、私は息を止めた。

いつもは、授業が終わるとエイリック殿下らとサロンにいる筈の彼女が何故ここに？

「エレーネ？　君こそどうしてここにいるんだ。殿下は？」

「忘れ物をしたから先に行ってもらったの。サリィは何をしてるの？　訓練は？」

「これから行く所だ」

エレーネ・マーシュが、サリオンのことをサリィと呼んでるなんて知らなかった。

サリィって愛称？　聞いたことがないわ。

「前にも言ったが、その呼び方はやめてくれ」

「どうして？　愛称じゃない」

「それは君が勝手に決めた呼び名であって愛称でもなんでもない。不愉快だよ」

「酷い……何故そんなことを言うの？　それに、どうしてその人と一緒にいるの？」

「どうして？　彼女は俺の婚約者だ」

エレーネ・マーシュは泣きそうな顔で私とサリオンを見た。

まさか……これってゲームのイベント？　そんな！　どうしよう！

「行こう、アリステア」

サリオンが私の手を取って歩き出す。残された彼女の視線が私の背に突き刺さるように感じた。

ああ、どうしよう……やっぱり断罪は避けられないというの？

「……アリステア」

はい、と私は先を歩くサリオンを見つめた。見えるのは後ろ姿だけで、彼がどんな表情をしているのかわからない。かけられた声は小さく、よく耳を澄まさないと聞こえないものだった。

私は、しっかりとつながれた手に視線を落としてから次に続く言葉を待った。

「手紙に書いた通りだから。母に頼まれただけで彼女とは何もないんだ」

「誰かに、何か言われました？」

「ち、違う！　あ、いや違わないけど……そうじゃなくて、ただ、信じて欲しいんだ」

「はい。信じますわ」

私がすぐに答えを返すと、サリオンは溜息《ためいき》をついた。それは、いったいなんの溜息なのか。

「ま、いいか……今はまだ」

続いた彼の呟《つぶや》きは私にはよくわからないものだったが、その後サリオンは黙り込んでしまったのでなんとなく尋ねる機会を失ってしまった。

寮の入り口までサリオンに送ってもらった私は、別れてから、そういえば私が黄色い薔薇を好きなことをどうして知っているのかも聞きそびれてしまったな、と思った。


学園に入学した時はまだ吹く風にひんやりとしたものを感じていたが、学園生活に慣れてきた頃には陽《ひ》の明るさと爽やかな風を感じるようになった。

授業にも慣れ、同じクラスの令嬢達と話す機会も多くなったそんな頃、私とレベッカは、侯爵令嬢であるマリアーナ・レクトンのお茶会に招待された。

マリアーナ侯爵令嬢はレクトン侯爵が溺愛する一人娘だという。

四歳年上の兄がいるようだが、当然卒業しこの学園にはいない。

レクトン侯爵のことは覚えている。

強面《こわもて》なので子供には怖がられていたが、性格は豪快で明るい方だった。

子供は令嬢がお一人だけ。夫人がもう子供を産めない身体なので婿養子をとるのだとよく言ってらした。

そのご令嬢は、私が会った時は確かまだ三歳くらいで、アッシュブロンドに紫の瞳の可愛らしい女の子だった。

母がたまに開いていたバルドー家のお茶会で、侯爵夫人とその小さなご令嬢を見かけることがあった。マリアーナ侯爵令嬢は、あの小さな令嬢の娘なのだろうか。

お茶会は、学園内にあるサロンの一つで行われた。

小さな社交場と言われている通り、お茶会は学園内では大切な交流の場として奨励されている。入学してひと月余り。まだまだ知らないことも多く、こういう交流の場は情報収集する上でもありがたい。

この日、招待されたのは、私とレベッカ、そしてマリアーナ嬢のご友人だという二人の令嬢達だった。マリアーナ嬢とレベッカが侯爵家、私を含めた三人が伯爵家だった。皆今年の新入生だ。

マリアーナ嬢は、驚いたことに私の知るレクトン侯爵の小さな令嬢にそっくりだった。

アッシュブロンドの髪に紫の瞳の美しい少女。

まるで、前世で会った小さな少女が成長した姿のようだ。

「レベッカ様、アリステア様、いらして下さって嬉しいですわ」

微笑む顔はとても愛らしい。

「レベッカ様は、レガール国からの留学生でいらっしゃいましたね。アリステア様とは、ご入学された頃より仲がよろしいみたいですが、お知り合いでしたの？」

「ええ。アリステアとは五歳の頃からの友達ですの」

「まあ、それは素敵ですわ！　幼馴染《おさなな》《じ》みのご関係ですのね」

「お二人は入学された頃からとても有名ですのよ。ご存じかしら？」

は？　と私とレベッカは、マリアーナ嬢のご友人だという伯爵家の令嬢の言葉に首を傾げた。

有名とはいったい？

「私達の間では、お二人は黄金の姫と漆黒の女神と呼ばれていますのよ」

私とレベッカは、自分達がそんな御大層な呼び方をされていると知り、びっくりした。

そんな私達に、彼女らは、ふふふと楽しそうに笑う。

「お二人は、とてもお美しいですから。皆さん遠くからいつも見惚れていましたのよ」

「そうでしたか。少しも気づきませんでした」

私がそう答えると、彼女達は、まあと口元を押さえて笑った。

嫌な感じではない。なんだか、とても仲が良さそうな三人だった。

聞いてみると、社交界デビューの時に知り合い、友達になったのだという。

「マリアーナ様は、第二王子のエイリック殿下の婚約者候補ですのよ」

第二王子――レベッカを見ると、気の毒そうな顔で彼女を見ている。

まあ、まだ候補。婚約者になると決まってはいない。

だが、名家であるレクトン侯爵家のご令嬢マリアーナであれば、第一候補ではないだろうか。

つまり、もうほぼ婚約者になることが決定している。

「エイリック殿下の婚約者になれるかどうかはわかりませんわ。最近は気になる方ができたご様子ですし」

マリアーナ様がそう言うと、友人の令嬢達がムッとした顔になった。

「あの赤髪の方ですわね。エレーネ・マーシュ伯爵令嬢でしたかしら。あの方、どういうおつもりかしら。エイリック殿下だけでなく、モーリス様、レオナード様にまでべったりと」

「そういえば、私のクラスの子爵令嬢の婚約者が、この所マーシュ伯爵令嬢のことばかり気にかけていて、話もしてくれないと嘆いておられましたわ」

「ああ、ユリアン様のことですわね。私も聞きましたわ。なんでも、エレーネ様は私達と違ってとても親しみやすく、愛らしくて守ってあげたくなるそうですわよ」

「そうね。確かに可愛らしい方だわ」

「マリアーナ様！　マリアーナ様の方が素敵ですわ！　負けないでください！」

「そうですわ、マリアーナ様！　あんな、男達を侍《はべ》らして喜んでいるような下品な方が王子の妃《きさき》になるなんてゾッとしますわ！」

なんか早くも嫌われているな、ヒロイン。

前世の時のヒロインも、令嬢方にはかなり嫌われていたが。逆に令息方には好かれていた。

だから悪役令嬢が、ヒロインに好意を持つ彼らに嫌われ断罪されるのだ。

ヒロインだったシルビアが選んだのはセレスティーネの婚約者だったレトニス王太子だった。

その結果、ヒロインにとって邪魔者だったセレスティーネが断罪された。

だが、今回はどうなる？

「侯爵家のサリオン・トワイライト様は、アリステア様の婚約者だと聞きましたが」

「え？　はい、そうです」

私はマリアーナの方を向いて頷いた。

「あの方もマーシュ伯爵令嬢といつもご一緒のようですけど、ご心配じゃありません？」

「いえ。サリオン様は、エイリック殿下の護衛をされているので、いつもお側《そば》におられるのです。エレーネ様のお側についているわけではありませんわ」

エイリック殿下がいつもエレーネ嬢の側にいるから、まるで取り巻きの一人のように見えてしまうが、注意して見ればサリオンの視線は常に殿下に向いているのがわかる筈だ。

食堂で私も何度か見ることがあったが、彼の視線はちゃんと殿下に向いていた。

エレーネ嬢の方を見る時は、話しかけられた時だけだ。

「そう。でしたら良いのですが。もし何か心配事があれば、いつでも言って下さいね。相談にのりますわ」

「ありがとうございます、マリアーナ様」

私がニッコリ笑って礼を言うと、マリアーナ様は、ぽっと頬を赤く染めた。

「あ、ごめんなさい。恥ずかしい顔をしてしまいましたわ」

マリアーナ様は子供のように両手で頬を押さえた。

「ふふ。アリステア様は気づいてはおられなかったでしょうが、私、以前あるパーティーでアリステア様をお見かけしてましたのよ」

「えっ？　そうでしたか。私、気づかなくて申し訳ありません」

「いいえ、アリステア様は婚約者の方とご一緒でしたから、お声をかけるか紹介されない限り、気づかれることはありませんわ。アリステア様を初めてお見かけしたのはクレマン伯爵邸のパーティーで、丁度馬車から降りられるところでした。私、その時本気で妖精を見たと思いましたのよ」

まぁ、と今度は私の方が赤くなった。

「こうしてアリステア様とお話しできて、私、とても嬉しいですわ」

「ありがとうございます。私も嬉しいです」


「いい方だわ。可愛らしい方だし。なのに第二王子と婚約だなんて、本当にお気の毒」

「レヴィったら、相変わらずエイリック殿下の評価が低いのね」

「当然だわ。でも、五歳の時の印象を引きずっているわけではないわよ。ちゃんと成長していれば認めたわ。でもねえ、アレだもの」

マリアーナ様のお茶会を失礼した私達は、寮へ戻るために中庭へ抜ける道を歩いていた。

道の両側の木々が、気持ちの良い葉擦れの音をたてている。

「ねえ、セレーネ。あなたのお部屋に行っても構わないかしら。もう少しあなたとお喋りしたいわ」

「勿論よ、レヴィ。ミリアが新しい茶葉を手に入れたって言っていたから淹《い》れてもらいましょう」

私とレヴィは部屋に戻ると、早速ミリアに紅茶を淹れてもらった。

「ああ、美味しいわ。マリアーナ様のお茶会で飲んだお茶も美味しかったけれど、ここで飲む紅茶はもう絶品！」

「ありがとうございます、レベッカ様」

レベッカに褒められたミリアは嬉しそうに微笑んだ。

確かにミリアが淹れてくれる紅茶はどんどん美味しくなっている。

ここ最近はハーブティーにもハマっているらしい。

「それにしても、どこも同じなのね」

紅茶を楽しんでいたレベッカが、ふっと息を吐いた。

「どうかしたの、レヴィ？」

「そうね……ああ、そういえば私の弟が変人だってこと言ったかしら」

変人って。さあ？　と私は首を傾げた。

「変人なのよ、昔から。実の姉である私に対して、悪役令嬢だなんて言うくらいにね」

悪役令嬢！

私はギョッとして目を大きく見開いた。

ミリアも驚いた顔で私の方を見つめる。

そんな驚く私達に気づかずにレベッカは話を続けた。

「悪役令嬢というのは弟のルカスに言わせると、物語のヒロインを虐めまくって、最後は婚約者から婚約破棄を言い渡される、ヒロインの当て馬だそうよ。それが私だというんだから失礼しちゃうわ。血の繋がった弟でなければ、頭を踏みつけて謝罪させていた所よ」

悪役令嬢――そういえば、昔レヴィから聞いたような気がする……

まだ前世の記憶が戻る前だったからすっかり忘れていたけど。まさか、レベッカの弟は転生者？

「まあ、最近になって、弟が言ってたような光景を見るようになって、この私も、もしかして、と考えるようになったのだけど」

「光景って、どのような？」

「あの赤髪の女にデレデレな第二王子達の姿。あれと同じものを私もレガールで見せられていたの」

「………」

「ここでは学園に入学するのは十四歳だけど、レガールでは入学は十三歳なの。だから、一年間だけ、私はレガールの学園に通っていたのだけど。そこにあの赤髪の令嬢に似た子がいたのよ。男爵令嬢で、髪はピンクブロンド、瞳は薄い青色……水色と言った方がいいかしら。そういえば、あの第二王子の瞳の色にちょっと似てるわね。顔は可愛くて、無邪気な笑い顔には貴族の令息方もメロメロだったわ。私の婚約者も例に漏れず彼女にべったり」

「婚約者！　レヴィの？」

私には初耳だった。しかし、考えてみれば侯爵家の令嬢であるレベッカに婚約者がいない筈はなかった。

「五歳の時、予定より早く帰国したでしょう？　あれ、急にお見合いが決まったからなのよ」

「お見合いって――五歳で！」

「まあ、レガールでも早い方ね。普通は七歳を過ぎてからだから。で、その婚約者は元から私に対して関心が薄かったけど、ピンクブロンドの彼女と出会ってからはもう完全に放置状態。まあ、どうせ留学するし勝手にすればいいわ、と私も無視することに決めたのだけど」

「それって大丈夫なの？」

「心配ないわよ。私がこちらに来ると同時に向こうの学園に入るルカスと色々計画を練ってきたから。留学のことは誰にも言ってないし、いない間に私のことを悪者にするならすればいいわ」

「でも、学園に通っていたなら友人がいたのでは」

「いないわよ、そんなの。入学当初はやたらすり寄ってくる男女はいたけれど、興味ないから全部無視したわ。私、人を侍らすのって好きじゃないの。それより、こうして気の合う本当のお友達と付き合いたいわ。レガールでは得られなかったけれど、ここにはセレーネがいるし。マリアーナ様も悪くはないわね。ただマリアーナ様はちょっと心配かしら」

「心配？」

「第二王子との婚約はまだみたいだけど、おそらく第一候補よね。それからすると、ルカスの言う

〝悪役令嬢〟ってことじゃないかしら。ヒロインというのは、あの赤髪の伯爵令嬢で決まりでしょう。やってることが、私の婚約者に手を出してきた男爵令嬢にそっくりですもの」

ああ、そういえば乙女ゲームのパターンからいえばそう思えるかな。

マリアーナ様は侯爵令嬢で、婚約者候補は第二王子。その第二王子は、いきなり現れた、婚約者候補でもなんでもない貴族の令嬢にぞっこん。

しかも、王子の側近のような高位貴族の令息方も彼女にべったりだ。

なんだか、私よりマリアーナ様の方が悪役令嬢のポジションにいそうだ。

それでも、続編の悪役令嬢はこの私、アリステア・エヴァンスだ。それは間違いない筈。

もしかして、続編の悪役令嬢は複数いるのだろうか。

私はミリアに紅茶のおかわりを淹れてもらっているレベッカを見つめた。

さっきのレベッカの話が本当なら、レベッカは別の乙女ゲームの悪役令嬢なのだろうか。

彼女も悪役令嬢の役割を持たされて酷い目にあう未来が？

しかし――それを転生者らしい彼女の弟が阻止しようと動いている。

…………

会ってみたいな。ルカスというレベッカの弟に――

◇◇◇

キャアッ！

甲高い悲鳴が学内に響き、何事だと集まってきた数人の男女は階段の下に倒れこんでいる赤髪の少女を見つけた。

「どうしたんだ！　落ちたのか！」

「大丈夫か!?」

彼らはすぐに赤髪の少女のもとへと駆け寄った。

少女は足を痛めたのか、顔を苦痛に歪《ゆが》めながら右足首を手で押さえていた。

彼らは、赤髪を見た時から彼女が誰であるかわかっていた。

第二王子や高位貴族の子息達がいつも側にいるので、今や彼女は学園内の超有名人だ。

そして、最近彼女のまわりでよく目についていたのは——

「もしかして、誰かに突き落とされたのか？」

落ちたのかではなく、落とされたのかという発想になるのは、最近噂《うわさ》になっている、彼女に対する嫌がらせのせいだ。

彼女、エレーネ・マーシュ伯爵令嬢の悪評も多いが、彼女に対して嫌がらせをする令嬢方の振る舞いには眉をひそめる者も多かった。

確かに婚約者のいる子息とも親しくする彼女には責められるべきところもある。

だが、それは注意すれば良いことであって、虐めや嫌がらせをしていいことにはならない。

エレーネが黙っているのを見て彼らは確信した。彼女は誰かに突き落とされたのだと。

そういえば、と彼らの一人が、ここに来る途中ですれ違った少女のことを思い出した。

滅多に見ない美しい黄金の髪の伯爵令嬢。

彼女は、嫌がらせの主犯格と言われているマリアーナ・レクトン侯爵令嬢と親しい人物だった筈だ。彼女はその容姿から入学時よりとても目立っていたので見間違いではない。

（ああ、そうだ。きっと彼女に違いない）

「俺……突き落とした犯人を見た」

第四章　断罪

三ヶ月に一度、学園では生徒主体の夜会が学園のホールで行われる。

その時ばかりは、学園内で婚約者や意中の異性とダンスをすることができるので、皆この日を楽しみにしていた。この夜も華やかに飾られたホールで賑《にぎ》やかに夜会が開催されていた。

それが一変したのは、第二王子がホールに姿を見せてからだった。

あら、と彼らに気づいたレベッカがそちらへと顔を向けた。

私もレベッカも今回は決まったダンスの相手がいなかったので、互いを相手に踊っていた。

夜会は生徒達《たち》のレクリエーションのようなものなので、相手がいない場合は同性同士で踊ってもいいことになっているのだ。

黒髪のレベッカと金髪の私が踊ると目立つのか、あちこちから歓声が上がり少々恥ずかしかったが、レベッカと踊るのはとても楽しかった。

本当なら、私の相手は婚約者であるサリオンになる筈《はず》なのだが、彼はエイリック殿下の護衛の任を与えられている。

エイリック殿下は夜会に参加されることはないので、残念ながらサリオンも不参加だ。

その参加しない筈の第二王子のエイリック殿下が、友人であるモーリス、レオナードそしてサリオンの三人を連れて入ってきたので、ホール内にいた生徒達は動きを止め彼らの方に注目した。

エイリック殿下は勿論《もちろん》、側近の友人とされる彼らは、将来この国を背負う地位につくことが決まっている。

モーリス・グレマンは宰相に、レオナード・モンゴメリはいずれ文官トップになると言われている。そして、サリオン・トワイライトは、いずれは騎士団の団長に、と期待されていた。

エイリック殿下はホール内を見回し、そしてある令嬢の姿を認めるとゆっくり彼女の方へ歩み寄った。

「マリアーナ・レクトン侯爵令嬢」

「はい」

突然、エイリック殿下が自分の前に来て名前を呼んだので、彼女は驚いた顔になったがすぐに微笑《ほほえ》みを浮かべた。

第二王子の婚約者候補となって七年になるマリアーナ様は、社交界デビューの時に一度踊っただけで、殿下からあまり親しくされたことはなかったと聞く。

それでも、他の候補者の中では一番爵位の高い侯爵家の出自ということもあり、第一候補とされてきた。

卒業後は新しく爵位を受け、王太子である兄を助け、国を守っていくことになる第二王子のエイリック殿下の結婚は多くの貴族達の関心ごとだ。

最近は伯爵家の令嬢であるエレーネ・マーシュにご執心のようだったが、やはり結婚相手となるのは侯爵令嬢であるマリアーナ様以外にはいないだろうと彼らは思っていた。

だからこそ、この時エイリック殿下がマリアーナ様の名を呼んだ時、彼らもこれで決まりだと考えたのは当然だった。それがまさか、あんな騒ぎになるとは私も想像だにしなかった。

「君には失望したよ、マリアーナ嬢」

「は？」

「たとえ、どんな理由があろうとも、虐《いじ》めや嫌がらせは人として最低な行為だ」

「………」

「君は私の婚約者候補となっているが、この時をもって、候補から外れてもらう。君のような人間とはうまくやっていけないし、軽蔑する」

マリアーナ様の顔から表情がなくなった。

頬を染め、笑みを浮かべられたマリアーナ様は、とても可愛《かわい》らしく見えたのに、今は血の気が失《う》せて今にも倒れてしまいそうに見えた。

だがマリアーナ様は気丈だった。毅然《きぜん》とした態度でエイリック殿下に言葉を返したのだ。

「私を、殿下の婚約者候補から外されると仰《おっしゃ》るのですか」

「そうだ」

「それは、私が了承するだけでは無理なことですわ。邸《やしき》に戻り、殿下のご意志を父に話した上、手続きをするということになりますが、それで宜《よろ》しいでしょうか」

「なんだ、そんなに面倒なことなのか」

「単なる口約束ではございませんので」

「そうか。ではそれで良い」

「ありがとうございます。では、私の方から、失礼ながら殿下にお尋ねしたいことがございます」

「なんだ？　言っていいぞ」

「虐めや嫌がらせとはいったい何のことでしょうか？　私には全く心当たりがございません」

「何を言ってる。お前がマーシュ伯爵令嬢に対して行った数々の卑劣な行為は明白だ」

マリアーナ様の眉が僅かにひそめられるのが見えた。

「そうですか。殿下がそう仰るのでしたら、確実な証拠がございますのね。でしたら、私がマーシュ伯爵令嬢に行ったという数々の虐めや嫌がらせでしたかしら、それを全て文書にして頂けますか。私には全く覚えがないので、それを見て自分がやったことなのかを確認させて頂きたいと思います」

エイリック殿下は、隣に立つ友人のレオナードに顔を向けた。それを受けてレオナードは答えた。

「わかりました。メモがありますので詳細をまとめ書類にしてお渡しします」

「よろしくお願いします。では、私はこれから父に報告しに戻らねばなりませんので、書類はレクトンの邸に届けてくださいませ」

「わかりました。そのように致しましょう」

「それを見て納得し己が犯した罪を理解したなら、きちんとエレーネに謝罪するのだな」

納得できましたら、とマリアーナ様が答えると、エイリック殿下は、呆《あき》れたように小さく息を吐き、ホールから出て行った。

彼の後を、三人の貴族令息が続く。

去り際に婚約者のサリオンの心配そうな視線が私と合った。

実は、先程のエイリック殿下とマリアーナ様とのやりとりが前世での記憶を呼び起こし気分が悪くなっていたのだ。

「大丈夫？　顔が真っ青よ。椅子に座って休みましょう」

「ありがとう、レヴィ。私は大丈夫。私のことより、マリアーナ様が心配だわ」

レベッカに支えられていた私は、何度か深呼吸を繰り返し、気持ちを落ち着けてからマリアーナ様の方へと向かった。結局、何もできなかった自分が情けない。

ああ、そうだ。ほんとにあの場面では、誰も何もできないのだ。

それだけ、王族が相手だと恐ろしいのだと私は思った。

前世では、王太子であるレトニスに断罪された。

もし、あの時、マリアーナ様のように反論できたなら。いや……そんな余裕はなかったか。

気づけば、私は背後から剣で貫かれていたのだから。

「マリアーナ様」

彼女の側《そば》には既に友人であるご令嬢方がいて慰めていた。

お茶会で会ったお二人の顔も見える。

「大丈夫ですか」

マリアーナ様は私を見ると、ニコリと笑った。

顔色はやはり悪いが、倒れるようなことはなく、しっかりと立っていた。

本当にお強い。

「ええ、心配ありませんわ。私は殿下に婚約破棄されたわけではなく、候補を外されただけですもの。何も問題ありませんわ」

「マリアーナ様……」

問題がないわけはない。

第一候補と言われていたマリアーナ様が、生徒だけの夜会とはいえ、公の場でエイリック殿下に直接断罪を受けてしまったのだ。

今日のことはすぐさま貴族内に知れ渡ることだろう。

「いくらエイリック殿下でも酷《ひど》すぎます！　マリアーナ様が虐めや嫌がらせをしたなんて、証拠などあるわけがありませんわ！　マリアーナ様がそのようなことをなさらないことは、私達がよく知っていますもの！」

「これは、罠《わな》？　それとも、マリアーナ様に対する嫌がらせでしょうか」

そう言ったのは、栗色《くりいろ》の髪の令嬢だった。初めて見る顔だったが、彼女はユリアンという名の、以前お茶会で耳にした、婚約者がマーシュ伯爵令嬢に夢中だと嘆いていた子爵令嬢だった。

「滅多なことを言うものではありませんわよ」

マリアーナ様が窘《たしな》めると、ユリアン様は目を伏せ。申し訳ありません、と謝罪した。

「もう、夜会どころではありませんわね。私、父に報告しなければなりませんのでこれで失礼しますわ」

「今から戻られるのですか」

夜会は夕方からだったので、まだ夜が更けるまでには時間があるが、それでも外はもう暗くなっているだろうと私は心配した。

「大丈夫ですわ。実家は王都に近いので、それほど時間はかかりませんのよ」

その言葉通り、マリアーナ様は寮の部屋にも戻ることなく、馬車に乗ってレクトン侯爵邸に戻っていった。

マリアーナ様を見送った後、私はレベッカと共に寮の私の部屋に戻った。

予定より早い時間に戻ってきた私達に、ミリアは何かあったのかと心配した。

私が夜会で起こったことを話すと、ミリアは、なんということを！　と拳を作って怒った。

私はミリアのその怒り方を見てクスクスと笑った。

「ミリアったら、お母様に似てきたわね」

「え、そうですか？　でも、奥様もきっとこのことを聞かれたらお怒りになりますよ。だいたい、それって公の場で言うことですか」

「断罪というのはそういうものらしいわ。私も弟から聞いた話しか知らないけど、今夜の断罪はまだまだ甘いわね」

「でも、マリアーナ様は顔色を失《な》くしていたわ」

「そりゃあ、いきなり身に覚えのないことで責められたら青くもなるわ。それも、相手は王族なんだから。でも私は負けないわ！　見てなさい、公衆の面前でバカ共に倍返ししてやるんだから！」

「ど、どうしたの、レヴィ？」

いきなり、一人盛り上がり始めたレベッカに私は戸惑った。

「ふふ……今朝弟のルカスから連絡があったの。そろそろ私の婚約者が断罪イベントを始めようとしてるみたいだって。普通は卒業式にやるものらしいわ。でもルカスが、どうせ婚約破棄するなら早い方がいいって、色々手を回したみたいね。確かに早々に終わらせて、セレーネとの学園生活を楽しみたいわ」

「大丈夫なの、レヴィ？」

「平気よ。私の婚約は向こうがゴリ押ししたものよ。政略結婚なんて、貴族には当たり前にあるものだけど、さすがにずっと無視された上に、別の女が好きになったからお前はいらないなんてやられたら頭にくるでしょ。だいたい、初対面の時、私の顔を見た途端泣き出した奴《やつ》よ。好きになる要素など皆無だわ」

「ええ～レベッカ様を見て泣いたんですか？　なんて失礼な！」

「でしょう？　だから未練なんかないわ。王妃教育はきつかったけど、ま、無駄にはならないし」

え？

私とミリアは、レベッカの口から漏れた、王妃教育という言葉に驚いた。

「王妃教育って……まさか、レヴィの婚約者って」

「言ってなかったかしら？　私の婚約者はレガールの王太子よ」

「聞いてなかったわ！　てっきり、貴族の令息だとばかり」

レベッカの家は侯爵家。王太子の婚約者となってもおかしくはない。

ないのだが、私は相手が王族だなんて、全く思い浮かばなかったのだ。

それは、レベッカが婚約者を語るとき、全く王太子に対する物言いではなかったからだが。

らしいといえば、らしいのだろうか。

「マリアーナ様のことは心配だけど、あの様子なら問題ないわ。マーシュ伯爵令嬢に対するマリアーナ様の行いは責められるべきことではないことは私達も知ってることだし」

「そうね。マリアーナ様のご両親も、不確かなことで娘を責めることはしない方々だと思うわ」

少なくとも私の知っているレクトン侯爵は、相手がたとえ王族であろうと、間違いは間違いだとはっきり言える方だった。

そして、とても身内を大事にされる方でもあった。

「それなら安心ね。ただ、バカがまだ言いがかりをつけてくる可能性があるけど」

「大丈夫よ。マリアーナ様には信用のおけるご友人がいらっしゃるし、私もマリアーナ様の側にいるわ。だから、心配しないで行ってきて、レヴィ」

「ごめんね、セレーネ。まさか、今日、断罪イベントがあるなんて思わなかったから」

「いつレガール国に行くの？」

「明日の朝には馬車でレガールに向かうわ」

「明日の朝って。急なのね。気をつけてね、レヴィ」

「ええ。さっさと茶番を終わらせて帰ってくるわね」

レベッカらしい明るい笑顔を向けられ、私も笑顔で頷《うなず》いた。

まさか、それから一年以上も会えない状況になるとは、この時私もレベッカも予想すらしていなかった。


翌朝レガール国へ戻るレベッカを見送ってから、私は寮の部屋でミリアと一緒に朝食をとった。

「レベッカ様が早く学園に戻ってこられたらいいですね、お嬢様」

「ええ、ほんとに」

五歳の時に王宮で初めて出会ったレベッカは、今では私にとって親友とも言える、大切な存在になっていた。

前世でも友人はいた。だが、親友だと思える相手はいなかったと思う。

何故《なぜ》なら、今、会いたいと思える前世の友の顔が思い浮かばないからだ。

だがレベッカは、私がまた生まれ変わることがあり、前世を覚えていたなら、きっと会いたいと思える友に違いない。

しかし、その親友が私と同じ悪役令嬢と呼ばれる存在であったことには驚いている。

私の前々世である芹那《せりな》が初めてプレイした乙女ゲーム。

セレスティーネ・バルドーが悪役令嬢である『暁のテラーリア』が今のこの世界。

サブタイトルがついていたと思うが、それは思い出せなかった。

テラーリアというのがゲームの舞台となる世界の名で、ちゃんと地図も作られていた。

大陸と、小さな島々があり、それぞれに国の名前が記入されていた。

そのせいか『暁のテラーリア』は出た当初からシリーズになるのではないかと言われていた。

なので、レベッカがレガール国の悪役令嬢で、断罪イベントが存在するとわかった時、ああ、やっぱりそうなんだと思ったのだ。

私がやっていた乙女ゲームは、あれからシリーズになっていたのだと。

私は第一作目だけしかできなかったが、続編が出ることは知っていたし。

それから、テラーリアに存在するそれぞれの国の物語が作られたのだとしたら。

いくつかあった島国の名前までは覚えていないが、私のいるシャリエフ王国とレベッカのいるレガール国、そしてガルネーダ帝国。大陸に存在する大きな国はこの三つ。

それは、我が家にある地図でも確かめた。

ゲームがどこまで作られたのかわからないが、それぞれにヒロインがいて、攻略対象がいて、悪役令嬢がいるのだとしたら。

そして、そこに私のような転生者がいるとすれば。

少なくとも、私が知る異世界転生者は二人だ。母マリーウェザーとレベッカの弟のルカス。彼は間違いなく、ゲームを知っている人間だと思う。

だから会ってみたい。彼はどこまでゲームのことを知っているのだろうか。

この日の授業は、昨日夜会があったため午後からになっていた。

昼もミリアと一緒に食事をしてから私は教室に向かった。

マリアーナ様はどうされただろう。

実家に帰られたので、今日は登校されないだろうが。

昨日の夜会で目にした光景は確かに前世の記憶を刺激したが、マリアーナ様の堂々とした対応には私も感動した。

それにしても、婚約者候補の段階であっても、第二王子のあの一方的な言い方はどうかと思う。

それも、人の目の多い場所で。

マリアーナ様の血の気を失った顔は今も思い出せるし、とても理不尽だと思う。

「アリステア・エヴァンス」

「はい？」

教室へ向かうため、二階の渡り廊下を歩いていた私を呼び止めたのは、昨日の夜会でエイリック殿下と共にいたレオナード・モンゴメリだった。

呼び捨てされたことには気づいていたが、私は何も言わなかった。

レオナード・モンゴメリは侯爵家。伯爵であるエヴァンス家より爵位は上だ。

とはいえ、初めて声をかける女性に対して呼び捨てでは失礼ではあるが。

なんだろう？　私を見る目が冷たい？

「なんでしょうか、モンゴメリ様」

「マリアーナ嬢のことで、貴女《あなた》に聞きたいことがあるんだけど、一緒に来てもらえるかな」

「マリアーナ様のことですか。はい、わかりました」

私は頷くと彼の後についていった。

この時、授業があるからと拒否すれば良かったのかもしれない。

彼の態度が、なんとなく、おかしいと思ったのに。

「ねえ、アリステア・エヴァンス。君って、虫も殺せないか弱い令嬢に見えるけど、実際は凄《すご》いんだね。こういうのをギャップというのかな」

「は？　なんのことでしょうか」

私が首を傾《かし》げると、彼は口角を上げて笑った。

「そう！　その顔！　ほんと騙《だま》されちゃうよね」

「……」

レオナード・モンゴメリは、サラサラした髪質の金髪の美少年で、頭は凄くいいが、どことなく子供っぽい印象があった。

そこがいいと令嬢方には人気だが、私はあまり関わりたくないタイプだった。

好き嫌いが激しいところがあり、感情がはっきり表に出るのだ。

明らかに、彼は私のことを嫌っている？　何故なのかわからないが。

嫌な予感がする。ついてきたのは間違いだったろうか。

その予感は、促されて入った部屋で待っていた人物を見て確信した。

そこにいたのは、エイリック殿下と、公爵令息のモーリス・グレマンだったのだ。

婚約者のサリオンの姿はない。

「よく来てくれたね、アリステア・エヴァンス伯爵令嬢」

私に向けて優しげに微笑むエイリック殿下だが、彼の水色の目が笑っていないことがわかる。

ああ、彼らはまだ若いのだ。感情をうまく隠すことができないほどに。

あの目を私は知っている。

前世のセレスティーネが見た婚約者のレトニス様とご友人の二人の、まるでゴミを見るようだった、あの目とそっくりだ。

憎しみではなかった。あれは人を蔑む目だった。

そして、今アリステア・エヴァンスである私が向けられている目もまた、蔑みだった。

前世の時もわからなかったが、今この現状にあっても私にはわからない。いったい、私が何をしたと言うのだろう？

私は覚悟を決めるように、心の中で深呼吸を繰り返した。

「マリアーナ様のことをお聞きになりたいとお伺いしましたが」

「ああ、そうだね。でも彼女のことは今はいいんだ。昨日ちゃんと話したからね。マリアーナ嬢がちゃんと罪を自覚してくれれば、もう何も言わないよ」

私は眉をひそめた。

何故そんな言い方をするのだろう。

「マリアーナ様の罪とはいったい何なのでしょう？」

「ああ、君もわからない人なんだ」

「怖いよねえ。こんな綺麗《きれい》な顔してて、中身は醜い嫉妬の塊なんだものね」

嫉妬？　私は首を傾げた。

レオナード・モンゴメリは、何が言いたいのか。

「あの……サリオン様はいらっしゃらないのですか？」

サリオン様は確か、学園内でのエイリック殿下の護衛をまかされていた筈だ。

なのに、この場にいないのは変だなと思って尋ねたのだが、レオナードは、ハッと鼻で笑った。

「それを知ってどうするの？　また、やっちゃう？」

やっちゃう？　何を言ってるんだ、この人は？

彼の思考回路は不可思議だ。言いたいことがあるならはっきり言えばいいのに。

「サリオンには、私の代わりに彼女の見舞いに行ってもらった。その方が、彼女も喜ぶからね」

「彼女？」

「君が階段から突き落としたエレーネのことだ。幸い軽い右足の捻挫ですんだけれど、下手をしたら怪我《けが》だけではすまなかったところだ」

そう言ったのは、モーリス・グレマンだった。

「階段の一番上から突き落としたんだって？　死んでもいいとでも思ったの？」

「…………！」

私はエイリック殿下達の言葉に衝撃を受けた。驚きのあまり、息がつまって声が出せない。

やっとわかった。今、私は彼らに断罪されているのだ。

「わからないとでも思った？　エレーネは何も言わなかったが、目撃者がいたんだよ」

「私が……突き落としたと？」

「マリアーナ嬢がエレーネにした嫌がらせは許せるものではないが、身体《からだ》を傷つけるものではなかった。だが、君がやったことは、彼女を死なせてしまったかもしれない。重罪だよ」

エイリック殿下が、私に対し反論を許さない口調で断言するのを見て、私はもう駄目だと思った。

王族である彼が、ヒロインであるエレーネ・マーシュを殺そうとしたと思い込んでいるなら、今の私にはそれを覆すことはできない。

これは、続編ストーリーの中の悪役令嬢を断罪するイベントなのだろうから。

昨夜のマリアーナ様の、毅然とした受け答えが思い起こされるが、今思えば、あの時の断罪は断罪と呼べるようなものではなかった。

レベッカも言っていたではないか。甘い、と。

彼らが本気で断罪したかったのは、きっと私の方だったのだろう。

しかし、それは完全な思い違いだ。

私はエレーネ・マーシュを階段から突き落としたりはしていない。なのに、私は否定するのではなく、怯《おび》えてしまうのだ。

「私を……殺すのですか？　私に死ね、と」

この瞬間にも、背後から剣を突き立てられる幻覚に私は襲われた。

背後には誰もいないというのに。

「はあ？　何言ってんの？」

レオナードが可愛らしい顔をしかめる。

「処刑なんかしないよ。君がやったことは重罪だけど、彼女は無事だったからね。だが、罰は受けてもらう。君には学園から出て行ってもらおう。つまり退学だ。そして、王都に立ち入ることも禁じる」

エイリック殿下がそう私に告げた。

これが、彼の断罪か。

なんだか、バカバカしくて笑いがこみ上げてくる。やっぱり茶番ではないか。

彼らの言う、私が犯したという罪など最初からないというのに、彼らは私を裁こうというのだ。

「私はエレーネ様を突き落としたりしていません」

「往生際が悪いね。目撃者の証言があると言ったろう。マリアーナ嬢も罪の認識がなかったけど、君のそれは悪質だからね。でも言い訳があるなら聞くよ」

私は目を瞬かせながら、エイリック殿下を見た。

「殿下は私を殺さないのですね」

「さっきから何を言ってる。そんなに死にたいのか」

いいえ、と私は首を振った。

「ただ、レトニス様なら、ご自分が愛する令嬢に害をなした人間は生かしてはおかないだろうと思うので。冤罪《えんざい》だと訴える余裕も与えてもらえず。なのに、殿下は私の話を聞くと仰ったので少し驚きました」

　お優しいのですね殿下は、と私が言うと、目の前の顔は驚いた表情になった。

「何を——いや、それより、レトニスというのは父上のことか。父上はそんな非道な方ではない。相手が罪人だろうとちゃんと話を聞くぞ」

　そうなのですか、と私は微笑んだ。

　私の態度が奇妙だったのか、さっきまで責めるような目をしていた彼らは、奇妙なものでも見るような表情を浮かべていた。

　私は殿下達に向けて、淑女の礼をした。それもまた、彼らには奇妙に見えたろう。

「エイリック殿下が私を罪人と仰るなら、私には言うべき言葉はございません。王族の言葉は絶対ですので。殿下のご意思であれば、私は学園を出て行き、二度と王都に立ち入らないことを誓いましょう」

「あんた、何言ってるの。まるで、自分は無実だと言いたげだけど。エレーネはサリオンのことが好きで、サリオンもエレーネのことが好きなんだ。それは身近にいる僕達には、はっきりとわかる。あんただってわかった筈だ。だから、エレーネに嫉妬して階段から突き落としたんだろ」

「サリオン様は、私の婚約者です」

「解放してやれよ。あの二人は好き合ってるんだから」

「婚約者の心が自分にないのは辛《つら》いだろう。辛くて階段から突き落とそうとするくらいだから。許せる罪ではないが、同情はする。だが、私達にとって大事なのは、友であるサリオンとエレーネだ。私は、彼らを傷つけることは絶対に許さない」

「……わかりました。サリオン様が私との婚約を解消したいと思われているのでしたら、私はそのように致します」

私はエイリック殿下に向けて退室の礼をすると、部屋を出て行った。

彼らは何も言わなかった。最後に罵倒されるかと思ったのだが、意外だった。

部屋を出て、震える足を寮の方へと向けた私は、ホッと息をついた。

倒れなかった自分を褒めてやりたい。

怖かった……何度も殺される恐怖を感じて身体が震えた。

それを、殿下達は罪を暴かれたことによる恐怖で震えているとでも思ったかもしれないが。

続編の悪役令嬢であるアリステア・エヴァンスは、やはりヒロインに害をなしたという理由で断罪される運命だったらしい。実際は何もしていないのだが。

前世に受けた恐怖で、意識を失ってもおかしくはなかった。踏みとどまれたのは、予想したよりもエイリック殿下が優しい性格だったからだ。

レベッカはエイリック殿下のことをバカだと言っていたが、傲慢とは言っていない。

続編を知らない私は、悪役令嬢が断罪の後、どうなるのか全くわからなかった。

だから、母と色々話し合っていた。

サリオンがヒロインと恋愛関係になれば、婚約破棄のイベントが起こるかもしれない。

その場合は、前もってトワイライト侯に婚約解消の意思を伝えようと決めていた。

だが、サリオンがマーシュ伯爵令嬢と恋仲になっているようにはとても思えなかった。

だから、サリオンが関わる断罪イベントは起こらないだろうというのは、母も同意見だったのだが……まさか、殆《ほとん》ど関わりのなかった第二王子のエイリック殿下から断罪を受けるなんて。

しかも、どう考えても言いがかりだ。

どんなに避けようと頑張っても、シナリオは変わらないということなのか。

だから、前世でも断罪されたのか。これが所謂《いわゆる》ゲームの強制力なのだとしたら、母の言う通りゲームを終わらせ舞台から退場するしか、助かる道はないのだろう。


「お嬢様？　どうされたんですか？　授業は？」

授業に向かった筈の私が早々に部屋へ戻ってきたので、ミリアは驚いた顔で歩み寄ってきた。

「ちょっと問題が起きたの。紅茶を飲みたいわ、ミリア」

「はい、すぐに」

私は長椅子に腰を下ろすと、細く息を吐き出し、気を落ち着けようと目を閉じた。

「ほんとに、どうされたんですか、お嬢様」

ミリアが淹《い》れてくれた紅茶を一口飲むと、私はやっと震えが止まり笑みを浮かべることができた。

私が硬い表情で部屋に戻ってきたので、ずっと気にしていたミリアもホッとした顔になる。

「エイリック殿下に学園を出ていくように言われたの。つまり、退学ね」

「退学！　何故、お嬢様が！」

「前世の時と同じよ。私が何もしていなくても、断罪されるようだわ」

「わかりません！　どうしてそうなるんですか！　やっぱり、レベッカ様の仰る通り、第二王子はバカなんですか！」

「そうね。バカなんだわ。普通、人を罰するならその前にちゃんと真相を調べる筈なのにね。私が悪役令嬢だから、最初から悪だと決めつけているのかしら」

「お嬢様が、悪役令嬢であるわけはないです！　だいたい、ヒロインとか悪役とか勝手に役を当てはめるなんてあり得ないです！　小説やお芝居じゃないんですから！」

そう、そうよね、と私はクスクス笑った。ああ、ミリアが側にいてくれて良かった。

「お嬢様……エイリック殿下がお嬢様に何を言ったのかわかりませんが、お嬢様が無実だとわかってもらうことはできないんですか」

「本当なら、そうするべきなんでしょうね。でも、できないの」

「何故です？　マリアーナ様はちゃんと殿下に意見されたと聞きました。黙っていては罪を認めることになりますよ」

「………」

私は、カップを持ち上げ紅茶を飲むと、ゆっくり口を開いた。

「学園に入る前からずっとお母様と話し合ってきたわ。どうしたら悪役令嬢の役を与えられた私がその役割を終えられるかって」

「役割を終える、ですか？」

意味がわからないのか、ミリアは首を傾げた。わからなくて当然かもしれない。

一応、ゲームの話はしていたが、やはり自分が人の作ったストーリーの中に組み込まれている、なんて納得できるものではない。

この世界は架空の世界であっても、そこに生きている者達にとっては現実世界なのだから。

「話を一旦終わらせる、と言えばいいかしら。私はここで退場し、その後のことは成り行きに任せるの」

「成り行きに任せる、ですか」

「でも、お母様には何かお考えがあるようだったけど」

「そうですよね！　奥様が黙っていらっしゃるわけないですもの！」

明るく断言するミリアを見て、私も笑って頷いた。

「それで、お嬢様は伯爵邸に戻られるんですね」

「いいえ。私はこの国を出るわ。ずっとではないけど」

「ええっ！　まさか、お嬢様！　国外追放とまで言われたんですか！」

「違うわ。国王陛下ならともかく、第二王子であるエイリック殿下にそこまで言える権限はないでしょう」

ああ、でも王都に足を踏み入れるなというのも、エイリック殿下だけの判断では無理かしら。

退学については、学園長に言えば可能だろうけど。

「これもお母様と話をして決めたことなの。もし王族が断罪イベントに関わることがあれば、しばらく国外に出ていることにしようと」

「その必要があるというなら仕方ないですけど。勿論、私はお嬢様について行きますから！」

「ありがとう、ミリア」

「奥様と決めたなら、どこへ行くのかも、もう決まっているんですね」

「ええ、勿論よ」

私がこの国を去ることによって、続編の悪役令嬢の存在は消えてなくなるだろう。

後は、ヒロインとそのまわりにいる者達の物語になる筈だ。

「迷いもあったけれど、行くことに決めたわ」

私は、アロイス兄様に会うために、ガルネーダ帝国へ行く。

◇◇◇

「奥様。サリオン・トワイライト様がお嬢様にお会いしたいとおいでになっておられますが、どういたしましょうか」

「あら、そう。思ったより早かったわね」

部屋で幼い息子に絵本を読み聞かせていたマリーウェザーが、顔を上げた。

来るだろうとは思っていたが、予測したより早い訪問に彼女は少し驚き、そして見直した。

（愛されてるのね、アリスちゃん）

「そうね。中庭へご案内して。お茶とお菓子を用意してちょうだいね」

「かしこまりました」

メイドが頭を下げて出て行くとマリーウェザーは、再び膝の上の息子に絵本を読み聞かせ始めた。

息子を侍女に預け、身支度を整えたマリーウェザーは、サリオンを待たせている中庭へと向かった。サリオンが石像のように硬くなって座っているのを見て、彼女は微笑ましい気持ちになった。

彼がここに来た理由はわかっている。

もし、アリステアが学園からこの邸に一旦戻っていれば会えたかもしれない。

だが、戻ったのは事情を伝えにきたミリアだけで、彼女はまとめてあった荷物を受け取ると、すぐに邸を出て行っている。

アリステアには、もし王族が関わる断罪イベントが起きたなら、エヴァンス邸には戻らないよう前もって言っておいた。それは、遅くなると国を出にくくなるからだ。

「お待たせしてごめんなさい」

声をかけると、サリオンは席を立ちマリーウェザーに向けて綺麗に頭を下げた。

最後に会ったのは一年前だったが、さすが男の子の成長は早い。

まだ顔に幼さは残るものの、背が伸びて身体つきもしっかりしてきていた。

「突然お伺いして申し訳ありません。どうしても、アリステアと話さなくてはならないことができましたので」

「ええ。事情はわかっていますわ」

マリーウェザーが答えると、サリオンの顔はサアーッと青くなった。

「誤解です！　俺、いや私はアリステアを裏切ってなどいません！」

あらあ、とマリーウェザーはコロコロと笑った。

「大丈夫よ。私もアリスちゃんもあなたのこと疑ってないから」

「え？」

目を丸くするサリオンに、座るよう促したマリーウェザーは、彼と向き合うように自分も椅子に腰かけた。メイドが、用意したカップに紅茶をいれてサリオンの前に置く。

「あの……それで、アリステアは」

「ごめんなさいね。アリスちゃんは出かけていて邸にはいないの」

「出かけた？　何処《どこ》にですか！」

「それは言えないわ。私にはアリスちゃんを守らなきゃならない責任があるから」

「で、殿下が言ったことはデタラメです！　マーシュ伯爵令嬢とは、母に頼まれたこと以外何もありませんから！」

だいたい、とサリオンは顔をしかめ唇を噛《か》み締めた。

「だいたい、アリステアがエレーネを階段から突き落とすなんて絶対にありえない！　なんで、そんな思い込みで彼女を責めるなど――」

何故、あの時おかしいと思わなかったのか、とサリオンは自分を責める。

今朝、エイリック殿下から今日は授業に出なくていいから、怪我をして部屋で休んでいるエレーネの見舞いに行って欲しいと言われた。

エレーネが足を捻挫したことは聞いて知っていたが、まさかエイリック殿下が、彼女に怪我をさせたのがアリステアだと思っていたなんて知らなかった。

授業を終えてエレーネの見舞いに顔を出したレオナードから、アリステアのことを聞いた瞬間、頭の中が真っ白になったような気がした。何を言っているのかと思った。

レオナードがエレーネに向けて、もう二人を邪魔する悪女はいなくなったから安心して、と言った時、サリオンは怒りのあまりレオナードを殴りつけてしまった。

友人を殴るなど、一度だってしたことはなかったのに。

(いや、もう友人だとは思わない！)

スッと目の前に小皿にのった数枚のクッキーが差し出された。

ハッとして顔を上げると、マリーウェザーがサリオンに向けて優しく微笑んでいた。

「アリスちゃんお薦めのクッキーよ。ドライフルーツが入っていて、甘さ控えめ」

マリーウェザーに勧められるまま、サリオンはクッキーを一枚手にとって口に入れた。

お菓子はあまり食べることはないが、サクッとした口当たりと、ほんのりした甘さは好みだった。

「アリスちゃんのことは心配しないで。そうね、他国へ留学したと思えばいいわ」

マリーウェザーの予想外な言葉にサリオンは驚いた。

「他国って！　アリステアは国外へ出たってことですか！」

だって、とマリーウェザーは笑う。

「…………！」

サリオンは己の背に冷たく鋭い怖気《おぞけ》を感じて硬直した。

この人は……見かけはおっとりした印象だが、実は怒らせては駄目な人なのではと、サリオンは認識を改める。

「だって、アリスちゃんを断罪したのは、王族でしょう？」

「え、ええ」

「さっきも言ったと思うけど、私にはアリスちゃんを守る責任があるの」

その後に声にならない言葉が続き、サリオンは息を呑《の》んで、そっと紅茶の入ったカップに手を伸ばした。

さあ、どうしてくれようかしら。

マリーウェザーは口元を押さえ、ふふっと笑った。

◇◇◇

エイリックが王の執務室に入ると、父王であるレトニスは、大きく重厚な机の上に積み上がった書類を見ていた。王宮では、それぞれに役目を持った者は数多くいるものの、国王自身がやらねばならない仕事も多い。

最近は問題も増えていると聞くが、まだ学園に入学して間もない、第二王子であるエイリックがそれを知ることはなかった。

父レトニスと顔を合わせるのは久しぶりだった。

学園に入学する数日前に、挨拶のため母と共に会って以来だ。

実年齢より下に見られがちの父であったが、なんだか久しぶりに見た父は少し老けたような気がした。皺《しわ》が増え、顔色もなんだか悪いように見える。

仕事が忙しすぎるのだろうか。留学している兄が早く帰国すれば、少しは父も楽になるのに、とエイリックは思った。

自分にも何か手伝えたらとも思うのだが、まだ学生の身分では何もできなかった。

父レトニスが書類を置き、顔を上げた。

「学園の生活はどうだ、エイリック」

「はい、順調です」

「順調、か。まあ、成績に問題はないな。では、聞くが、エヴァンス伯爵家の令嬢を退学にしたお前の判断は間違っていないと、この私に言い切ることができるか」

ハッとしたようにエイリックの目が瞬く。

「ご存じでしたか」

それは二日前のことであったが、何故かスッキリせず、わけのわからないシコリのようなモヤモヤ感がエイリックの中に残っていた。

間違ってはいない筈だ。自分は、大切な友のためにやったのだから。

「マリアーナ・レクトン侯爵令嬢を婚約者候補から外したそうだな。それも間違っていないと言い切れるか」

「侯爵家から何か言ってきたのでしょうか。抗議、とか」

「いや。令嬢の祖父であるあの男は、嬉々《きき》として手続きを求めてきた。もともと、孫娘をお前と婚約させるのは反対だったようだからな。関係がなくなってせいせいした顔をしていた。お前に感謝までしていたぞ」

「は？」

「意外か？」

「え、いえ……レクトン侯爵が反対していたなど、初耳でしたので」

「貴族なら誰でも、王族と繋《つな》がりを持ちたいと望んでいるとは思わないことだ」

「……はい」

「では、もう一度聞こう。お前は、何も間違っていないと思っているか」

「勿論です、父上。私は、私が信じる大切な友人のために判断したのです」

「それは、ちゃんと証拠があってのことだな」

「はい。証拠もなしに、人を断罪したりはしません」

それは胸を張って言えると、エイリックは父王レトニスに向けて断言した。

そうか、とレトニスはふっと辛そうに目を伏せ、そして再び息子であるエイリックを見つめた。

「昔、私もそう信じていた――」

「え？」

レトニスは顔をしかめると、小さく息を吐き出した。

「やはり、クローディアが言っていたように、私はお前にも話しておくべきだったかもしれん」

「父上？」

「昔――私は学園の卒業パーティーの時に、一人の公爵令嬢を断罪したことがある。彼女は、私の婚約者だった。愛していた。結婚するのは当然のことだと思っていた。だが、私は学園に入学してから別の女性に心惹《ひ》かれたのだ」

エイリックは驚いた。

父親から昔の話を聞くのは初めてのことだった。

「彼女に会って、私はこれまで婚約者のセレスティーネ・バルドーに抱いていた愛情は違うのではないかと思った。本当に自分が愛する者は、セレスティーネではなく彼女なのではないか、と信じ込んでしまったのだ」

そして、私はあってはならない間違いを犯したのだ、と父王は懺悔《ざんげ》のような言葉を続けた。

「私が真に愛する者と思った子爵令嬢を常に側に置こうとしたために、セレスティーネが嫉妬のあまり危害を加えたと思ったのだ。それまでにも、階段から突き落とそうとしたりと、子爵令嬢に対する嫌がらせは続いていたし、気にかけてはいたのだが、ついに彼女が池に突き落とされたと知り、私は激怒した」

「……突き落とした？」

エイリックは、己の水色の瞳を大きく見開いて、父である王の顔を見た。

どういうことだ。父の話はまるっきり自分のまわりで起きたことと同じではないか。

これは偶然と言えるのか――そこには誰かの思惑、シナリオでも存在しているようではないか。

「セレスティーネが嫌がらせをするのは、全て私が悪いのだと思っていた。婚約者であるセレスティーネを放置し続けたせいで、その怒りが子爵令嬢に向かったのだと。実際、嫌がらせはセレスティーネがやったことだという証言も得ていた。だが、さすがに泳げない彼女を池に突き落とすという行為は許せなかった。それだけではなく、彼女に毒を飲まそうとしたという話まで出てきた。それで、私は放っておけなくて、卒業パーティーの夜、セレスティーネを断罪したのだ」

エイリックは父の話をこわばった表情で聞いていた。

あまりにも同じだ。自分が、エヴァンス伯爵令嬢にしたことと。

「父上――間違いというのは」

「セレスティーネは無実だった。彼女は何もしていなかった。子爵令嬢に対する嫌がらせも、階段から突き落とそうとしたのも別の者がやったことだったのだ」

「……！」

「私は最後までセレスティーネを信じなかった。彼女が何かを訴えようとするのさえ疎ましく思いはねつけたのだ」

父の、最後までという言葉にエイリックは、何故かあの時アリステアの言ったことが頭に浮かんだ。どうして？　と思うが、あまりにも状況が似ていたせいかもしれない。

そうだ、責められたアリステア・エヴァンスは、エイリックにこう聞いたのだ。

殺さないのか？　と。レトニス様ならそうした、と。

「父上は――ご自分が断罪した婚約者を殺したのですか？」

エイリックがそう問うと、父レトニスの顔色が変わった。

「……誰に聞いた？」

本当なのか！　本当に父上は罪のない令嬢を殺したのか！　それも愛していたという婚約者を！

蒼褪《あおざ》めて声を発することもできないでいる息子の顔を、国王レトニスは寂しげに見つめ、ゆっくりと頭を振った。

「まあいい。確かに私は間違いを犯した。言い訳など到底できない過ちだ。お前もよく考えろ。間違っていないとお前は言うが、本当にそうなのかどうか。調べることに時間はかからない。いや、時間がかかってもやるべきだな。お前は、私と違いまだ間に合う」

いつ王の執務室を出たのか、気づいたらエイリックは学園に向かって歩いていた。

父から聞いた話は衝撃的だった。

婚約者でない女性を愛し、冤罪で婚約者を殺した。

どんな状況だったのかわからないが、あってはならないことだ。

そんなこと、エイリックは知らない。聞いたこともない。

だが、知ってる者はいる筈だ。レクトン侯爵は王族と関係を持つのを嫌がっていた。

レクトン侯爵は多分知っているのだ。いったいどれだけの人間が知っている？

公爵令嬢が殺されたのだ。大事件と言っていい。

なのに、そんな話はどこからも聞こえてはこなかった。口止めしたのか。

父が関わったことだから、公爵令嬢の死は闇に葬られたのだろうか。

「父上は、私にも話すべきだったと言っていた。兄上には、話していたということか」

「エイリック？」

学園の廊下を歩いていたエイリックは、階段をおりてきたモーリス・グレマンに声をかけられた。

「どうした？　顔色が真っ青だが、何かあったのか？　そういえば、陛下に呼ばれたと聞いたが」

「ああ――断罪のことを聞かれた」

「勝手なことをしたと、叱責でもされたか？　まあ、相手は侯爵家と伯爵家だからな」

エイリックは顔を歪《ゆが》めて黙り込んだ。

「おいおい、本当にどうしたんだ、エイリック。そんなにきつく叱られたのか？」

「マリアーナ嬢から何か言ってきたか？」

「え？　ああ、言ってなかったか。マリアーナ嬢が、我ら三人とエレーネに話がしたいと言ってきた。レオナードがやっと罪を認めて謝る気になったかと言っていたが」

はたしてどうかな、とモーリスは思う。

大人しそうな見かけに反してクセものだと、あの夜のマリアーナを見て感じた。

油断すれば、こちらが反撃をくらってやられかねない。

「レオナードはどうしてる？」

「まだ少し落ち込んでいるな。まさか、サリオンに殴られるとは思ってなかったろうから。私も聞いて驚いたが、何故、あいつはそんなに怒ったんだ？」

レオナードが落ち込んでいるのは、友人であるサリオンに殴られたこともあるが、エレーネの前で情けない姿を見せてしまったことが大きいに違いない。

サリオンは、あの日から姿を見せなかった。

「モーリス。マリアーナ嬢に会うが、そのための舞台を作りたい。手伝ってくれ」

◇◇◇

王宮の侍女に案内された部屋では、黒髪をアップにした女性が彼女を待っていた。

四十半ばを過ぎている筈なのに、年を感じさせない美しさを保っている女性。

王妃クローディア——

「お久しぶりですね、クローディア様」

「本当に。二十年振りかしら、マリーお姉様」

「ふふっ、懐かしいわ、その呼ばれ方」

ニッコリと笑みを浮かべるマリーウェザーの従妹《いとこ》は、王妃としての気品と貫禄《かんろく》を身につけていた。

子供の頃、伯爵家の庭を二人で走り回った時の面影はもうどこにもない。

「今回のことは、エイリックが本当に申し訳ないことをしました。まさか、あの子がマリーお姉様の娘であるアリステア嬢に対し、あのような暴挙に出るなんて」

「そうね。三十年前の再現かしら。血の繋がりって恐ろしいわ。そう思わない？　クローディア様」

ぎくりとクローディアは身体を強張《こわば》らせた。

滅多に動揺しない、鉄の王妃と呼ばれる彼女にしては珍しいことだった。

「ご存じでしたの？」

マリーウェザーは、当時は領地に戻っていて王都にはいなかった筈だが。

「どんなに緘口令《かんこうれい》を敷いても、全ての口を閉ざすことはできないということよ」

そうですね、とクローディアは苦しそうに目を伏せると、用意したお茶の席にマリーウェザーを案内した。二人が椅子に座ると、侍女が、用意したカップに紅茶を注いだ。

「先程、エイリックが王に呼ばれたようなのですけど……お姉様、何かなさいました？」

「あら、たいしたことはしていないわ。陛下に報告するのを迷っていた学園長に助言を与えただけよ」

「助言、ですか」

クローディアは、小さく息を吐いた。

「それで？　お姉様はどうされたいのでしょう？」

クローディアが尋ねると、マリーウェザーは綺麗に口角を上げた。

「何事も経験に勝るものはないわ。そう思わない、クローディア様。あの王子様次第ではあるけれど、逆の立場というものも経験すれば、きっと得るものがあると思うの」

「相変わらず怖い方ですね、マリーお姉様は」

「そうかしら。最近は年をとったせいかしら、自分でもだいぶ甘くなったと思うわ。先立たれてしまったけど、初恋だった夫との生活は幸せだったし、私と息子を保護してくれたライドネスとの生活も悪くないしね。幸せ太りというものも知ったわよ」

「…………」

「ただね、クローディア様。わかるかしら？　私、とってもとっても怒ってるのよ」

◇◇◇

ようやく馬車がシャリエフ王国に入ると、ずっと機嫌が悪かったレベッカの表情がほんの少し和らいだ。とはいえ、それは幼い頃から彼女を知っている者だけがわかる些細《ささい》な変化であったが。

「お嬢様。そのように眉間に皺を寄せていては、跡が残りますよ」

「いいのよ。そんなのは化粧でいくらでもごまかせるから」

またそんなことを、とイリヤは、しょうがないなという顔で肩をすくめた。

馬車には真っ赤なドレスを着たレベッカと、白いシャツに上下黒の執事服のイリヤの二人だけが乗っていた。シャリエフ王国の王立学園についてきてくれたメイドのマイラの姿はない。

何故かというと、レガールの王宮にいたレベッカが、いきなり走り出して馬車に飛び乗ったからだ。幸い、レベッカの突飛な行動には慣れているイリヤだけが彼女に追いついた。

バカをやらかしたのは王太子だが、それにしても王宮内を騒がせた一人がさっさと国からいなくなるというのはどうだろうか。

王や王妃には前もって、ある程度の報告がいっていたので、騒動を収めるのにそれほど長い時間はかからないだろう。が、それでも関係者の一人であるレベッカの突然の出奔は大問題に違いない。

「何？　言いたいことがあるなら言えばいいでしょ」

「いいえ。今考えれば、騒ぎの最中に国を出たのは良かったと思いますよ。騒ぎが落ち着いた頃になれば、簡単に国から出してもらえなかったでしょうから。ま、お嬢様のことですから、それを見越しての行動ではなかったんでしょうけど」

「単細胞とでも言いたいわけ？　そもそも、ルカスがあんなこと言うからじゃない！」

ルカスは以前から、レベッカが留学するシャリエフ王国にも悪役令嬢がいて、やはり断罪イベントが行われると言っていた。

だから、マリアーナ侯爵令嬢が第二王子のエイリック殿下から、エレーネに対する虐めや嫌がらせを糾弾されるのを見て、それがルカスの言っていた断罪イベントだとレベッカは思ったのだ。

それが違うとわかったのは、弟のルカスが初めて悪役令嬢の名前を口にした時だ。

『え？　悪役令嬢は、マリアーナ・レクトンじゃないけど？　シャリエフ王国の悪役令嬢はアリステア・エヴァンスだよ』

あの時、拳を握りしめたレベッカのまわりは、怒りのオーラが渦巻いて、さすがに彼女に慣れている弟のルカスでさえも顔を引きつらせ後退《あとずさ》りしたくらいだった。

「ふざけてるわ！　なんでセレーネが悪役令嬢なのよ！」

だいたい、あの弟はそんな重要なことを、何故もっと早く言わないのだ！

「ルカス様に怒っても仕方ないですよ。ルカス様は、お嬢様のご友人の名前をセレーネだと思っていらしたのですから」

「わかってるわよ！」

弟に、初めてできた親友のことを愛称でしか伝えていなかった己のミスだ。

だが、そんな事実があるなんて思わないではないか。

レベッカは、プイと顔をそむけ、馬車の窓から外を見た。

「遅いわね！　まだ王都に着かないの！」

イリヤは、イライラして御者に八つ当たりするレベッカに対し、もう何も言う気はなかった。

レガールを出て丸一日が過ぎる。それでもうシャリエフ王国に入るというのはかなり早いのだ。

普通三日はかかる。夜通し馬車を走らせるわけにはいかないので、途中の村で宿泊するためだが、今回は一刻も早くというレベッカの希望で山越えを避け、船で海を渡って時間を短縮した後、休むことなく馬車を複数回乗り換えての強行軍となった結果、一日で国境を抜けることになったのだ。

普通の貴族の令嬢なら、とても耐えられたものではない苦行だろう。

だが、夜会用のドレスを着たままの状況であるにも拘《かか》わらず、レベッカはこの苦行をものともしていなかった。

驚異的な速さでシャリエフ王国に戻ってきたレベッカだが、既にアリステアがこの国にいないことを彼女はまだ知らない。

◇◇◇

「マリアーナ様！」

夜会があった日より実家に戻っていたマリアーナの姿を学園の窓の外に認めた二人の少女が、急いで彼女のもとへと駆けていく。

社交界デビューの時より、これまで変わることなく友人としてマリアーナの側にいた彼女達は泣いていた。公の場で第二王子に断罪され、婚約者候補を外されたマリアーナのことを、彼女達はずっと心配し心を痛めていたのだ。

「ああ、お元気そうなご様子で安心致しました！」

「マリアーナ様に何かあったらと、本当に心配で……」

マリアーナは、いつも側にいてくれる彼女達に向けて優しく微笑んだ。

「心配してくれてありがとう。私は大丈夫です。それよりもアリステア様のことですわ」

ハッとしたように彼女達はマリアーナを見た。

「ああ！　お聞きになられていたんですね！　ほんとに、なんて酷いことを！」

「そうですわ！　国外追放だなんて酷すぎます！」

「国外追放？　いったい誰がですの？」

三人だけで誰もいないと思っていた所、突然声をかけられた彼女達はビクリと肩を揺らした。

声の方を見ると、豪奢《ごうしゃ》な赤いドレス姿のレベッカが立っていたので彼女達はさらに驚いた。

「ま……あ！　レベッカ様！　お帰りになられていたんですの？」

「たった今、帰ってきましたわ。それより、先程お話しされていたことですけど。誰が国外追放になったのですか？」

レベッカに問われた二人の少女は、困ったようにマリアーナを見た。

マリアーナは、仕方ないというように小さく息を吐き出すと、アリステア様ですわと答えた。

途端に、目の前のレベッカの表情が険しくなり、彼女のまわりにブリザードが吹き荒れた。

勿論、そう感じただけであったが、マリアーナの友人二人は短い悲鳴を上げて固まってしまった。

「どういうこと？　私がいない間に何があったの？」

「お嬢様。事情をお聞きになりたいのはわかりますが、その前にブリザードを収めて下さい」

「はぁあ？　ブリザードってなんのことよ」

レベッカの背後にひっそりと控えていたイリヤが注意すると、彼の存在に初めて気づいたというようにマリアーナ達は目を瞬かせた。

「レベッカ様、そちらの方は？」

「ああ、彼は私付きの執事ですわ。メイドのマイラが出発に間に合わなくて代わりに連れてきましたの」

「イリヤと申します。お見知り置き頂けると幸いです」

イリヤは右手を胸に当て、令嬢達に向け頭を下げた。

その綺麗な所作に、彼女達は見惚《みと》れてほぉっと息を吐く。

イリヤが声をかけたことで、なんとか気を鎮めたレベッカに向けてマリアーナが微笑む。

「何があったかお話ししますわ、レベッカ様。でも、その前にお着替えした方がよろしいわ。かなりの強行軍で帰っていらしたようですわね」

マリアーナに言われてレベッカは己の姿を顧みる。

確かに見苦しいほどではないと思うが、髪はやや乱れ、ドレスも埃《ほこり》がついて汚れていた。

「部屋へ行きましょう。メイドがいらっしゃらないのでしたら、私、お手伝いしますわ」

「え？」

「ええ！　そうですわ！　お風呂に入られた方がよろしいわ。私達もお手伝いします」

レベッカはマリアーナ達にそう促され、寮の方へ足を向けた。

その後を、少し離れてイリヤが続く。


この日、マリアーナが学園に戻ってきたのは、エイリック殿下よりパーティーの招待を受けたからだった。

マリアーナがモーリス・グレマンより受け取った虐めの記録について説明をしたいと伝えると、何故か返ってきたのがパーティーの招待状だったのだ。

先日の夜会が不本意に終わったので、休日の午後に同じ会場で立食パーティーを開催するということだった。主催はエイリック殿下だ。

不本意とは笑わせる。夜会を断罪の場にして台無しにしたのは、エイリック殿下本人ではないか。

「また公の場でマリアーナ様に恥をかかせるおつもりでしょうか」

友人の二人は心配そうにマリアーナを見た。

開始時間になってパーティーは始まったが、主催者であるエイリック殿下の姿はまだなかった。

生徒達はほぼ全員がホールに集まっている。今はまだ殿下とその友人達の姿がないので、彼らは用意された料理を口にし、のんびりと歓談していた。

彼らが気になるのは、先日の夜会で第二王子に断罪されたマリアーナの姿があったことだろう。また何かが起こるのではないかと心配している。

そして、もう一人。何故、今ここにいるのだろうと疑問に思う令嬢の姿があることが、余計彼らの不安を掻《か》き立てていた。

彼らは、アリステア・エヴァンス伯爵令嬢がどうなったのかを知っていた。

いくら人目のない場所で断罪が行われたとしても、突然それまでいた伯爵令嬢の姿が学園から消えたとなれば当然噂《うわさ》になる。

しかも、その理由に心当たりがある生徒もいるのだ。

だが、さすがにその話題をここで口にする者はいない。

生徒達は長いテーブルに置かれた料理を摘みながら、気になる話題を避け、たわいのない話をするしかなかった。できることなら、殿下が来る前に帰りたいと思っているだろう。

そんなことできはしないが。生徒といえども、王族が関係していれば勝手な行動は許されない。そして、学園で得た情報は実家に持ち帰らねばならないのだ。

ようやくエイリック殿下がホールに姿を見せた時には、彼らの緊張はピークに近かった。

皆の視線が、ホールに入ってきたエイリック殿下達に向けられる。

彼らが驚いたのは、殿下達に守られるように一緒に入ってきた少女の姿だった。

鮮やかな赤い髪の小柄な少女は、学園内では有名人と言って良い人物だ。

エイリック殿下とそのご友人達が大切にしているエレーネ・マーシュ伯爵令嬢。

確かに小柄で愛らしい顔立ちの彼女は、男達に守ってあげたいと思わせる所がある。

足を捻挫したということだったが、見る限り少し足を引きずる程度で、それほど酷くはないようだった。

「皆よく来てくれた。今日の料理は王宮の料理人に作らせたので最後まで楽しんでくれ」

エイリックの言葉に、彼らは感謝の礼で返した。

確かに料理は豪華で美味《うま》いが、はたして最後まで楽しめるかどうか。

実際、マリアーナが彼らの方へ歩み寄るのを見ると、のんびり料理を味わうどころではなかった。

「ご機嫌麗しく、殿下」

さすがは第二王子の婚約者第一候補とされた侯爵令嬢。完璧なカーテシーは目を瞠《みは》るものがあった。

薄緑色のドレスは、派手さはないが、上品で大人びた色気をほんのり感じさせる。

まだ幼さの残る印象は在るものの、マリアーナ侯爵令嬢は間違いなく美人だった。

「マリアーナ嬢。送った資料は確認してくれたな」

「はい。全て目を通させて頂きましたわ、殿下」

「では、自分がやったことをちゃんと理解できたろう」

「確かに、書かれてあったことが事実だと確認は致しましたわ。ただ、それらを私がやったという事実はありませんが」

「なに？」

「どれもが覚えのないことでした。いったい殿下はなんの証拠があって、私がエレーネ・マーシュ伯爵令嬢を虐めたと判断されたのでしょうか？」

「何言ってるの！　エレーネに嫌がらせする人間は、あんたしかいないじゃないか！」

レオナード・モンゴメリが顔をしかめてそう言ったが、マリアーナは、いいえと首を振った。

「私だけしかいないと決めつける理由がわかりませんわ。どんな根拠がございますの？　エレーネ様ご自身が、私に虐められたと仰ったのですか？」

マリアーナが問うと、彼らはエレーネの方に顔を向けた。

彼女は彼らの視線を受け、怯えたようにビクッと震えた。

「怖がらなくていい、エレーネ。マリアーナ嬢からされたことを言ってくれないか」

「え、あの……マリアーナ様は、殿下達とばかりいるのはどうかと思う、と私を窘められました。それに安易に男性に近づくのははしたないことだと私に……」

「間違ったことは言っておりませんわ。学園はいろんな人と交流を持つことができる場所です。学園長も入学式の時に仰いましたわ。卒業までの間に多くの人と付き合えるようにしなさい、と。なのに、エレーネ様の交友関係は狭くかなり偏っていて、同性のご友人は一人もおられませんわ。それと、エレーネ様が親しくされる男性の中には既に婚約者がおられる方もいます。その婚約者が、この学園に一緒に通ってる方もおられますから、無闇に仲良くするのはどうかと思うとご忠告させて頂いたのです。それ以外のことは存じませんわ」

マリアーナの言うことは正論だ。だが、エイリック達が追及したいのはそういうことではない。

「エレーネの教科書が池の中にあったり、彼女の靴や大事にしていたブローチがなくなったことも、彼女が食べる料理に異物が入っていたことも、彼女の鞄《かばん》に虫が入っていたこともなかったとでも言う気か？　我々はちゃんとこの目で確認しているぞ」

「なかったとは申しませんわ。実際にエレーネ様がそのような嫌がらせを受けていたことは私もちゃんと調べて存じております」

「他人事《ひとごと》みたいに言うんだな。全て貴女がやったことだろう」

マリアーナは、そう断言するモーリスに向けてニッコリと微笑んだ。

モーリスは向けられた彼女の笑みに嫌な予感を覚えた。自分はもしかして、今、墓穴を掘ったのではないかと。

「ユリアン様、こちらへいらして下さいます？」

彼らから距離を置いて、じっと成り行きを見ている生徒達の方にマリアーナが声をかけると、一人の少女がおどおどした感じで歩み出てきた。

いつのまにか喋《しゃべ》る声もなく、ホールの中がシンと静まり返っていることにエイリック達はようやく気づいた。まあ、そうなるのは当たり前だったが。

またもマリアーナ侯爵令嬢相手に断罪かと、彼らは息を呑んで見守っていたのだ。

栗色の髪の少女は、エイリックに向けて淑女の礼をし、やや震える声で名乗った。

「ユリアン・カーティスでございます、殿下」

「カーティス子爵の令嬢か。で、彼女が何か？」

エイリックがマリアーナの方を見て問うと、突然目の前の子爵令嬢が深く頭を下げた。

「も……申し訳ありません！　エレーネ様に嫌がらせをしていたのは私です！」

は？

エイリック達は、震えながら、それでもしっかりと前を見つめ謝罪を口にする子爵令嬢を、ポカンとした顔で見つめた。

「君がエレーネを？」

「そんなわけない！　あんた、マリアーナ嬢に言わされてるんじゃないの!?」

マリアーナは侯爵家の人間だ。マリアーナにそう言えと言われれば、子爵令嬢である彼女が逆らえるわけはない。

疑うレオナードに、ユリアンは、いいえ！　とはっきり否定した。

「私がやりました！」

「ユリアン様だけがやったのではありません！　私も！」

そう同時に声を上げて二人の少女が進み出ると、ユリアンを支えるように彼女達は両脇に立った。

「私達もエレーネ様に嫌がらせをしました！　ユリアン様がお可哀想《かわいそう》で——何もせずにはいられなかったのです！」

「どういうことだ？」

「ユリアン様には子供の頃に決められた婚約者がいたのですわ。親同士が決めた婚約でしたが、ユリアン様は幼馴染《おさなじ》みでもあるその方をとても愛しておられました。それなのに、その方はエレーネ様と親しくされ、ユリアン様は婚約者の方からダンスに誘われることもなくなり、無視されるようになったのです。最近では、その方がユリアン様との婚約を解消したがっていると、彼のご友人が言っていたそうですわ」

「なんと——その婚約者はここにいるのか？」

「いいえ。彼は騎士見習いで、今日は演習に参加していておりませんわ」

そういえば、エイリックはサリオンもパーティーに呼ぼうとしたが、演習で王都にはいなかったことを思い出す。

「つまり、婚約者がエレーネに好意を持ったことが許せなかったというわけか。だが、悪いのは婚約者の方だろう。何故エレーネに嫌がらせをしたんだ」

殿下、とマリアーナは苦笑を浮かべてエイリックを見た。

「先程も言いましたわ。婚約者のいる男性と安易に親しくするのは良くないことだと。こういう問題が起きているのは、ユリアン様だけではありませんのよ」

え？　とエイリックがホールにいる生徒達の方に顔を向けると、思ったより多くの生徒が目をそらした。

「…………」

エイリックは、マリアーナに指摘されて初めて気づいた事実に、なんとなく気不味《きまず》げな表情を浮かべた。どう返せばいいのか迷っているようだが、既に彼の判断は最初から間違っている。

そのことに、彼も、友人達も気づいていなかった。

「エレーネに対する嫌がらせについてはわかった。全てユリアン嬢とそこの令嬢達がやったことなのだな」

「ユリアン様達だけではありませんわ。頂いた資料からユリアン様に一つ一つ確認を取りましたが、半分くらいは知らないそうです」

「なにっ！　では他にも嫌がらせをしていた者がいたというのか！」

「そのようですわ。殿下は、エレーネ様のために誰がやったことか全て調べられますか？」

「勿論だ。理由はどうあれ、彼女にやったことは許せることではない」

エイリックの言葉に、ホール内はザワッとなった。

おそらく彼は、自分が言ったことがまわりにどういう影響を及ぼすのか理解していないだろう。

この国の第二王子は、王族としての自覚がまるで足りない。彼の感覚は、普通の貴族の令息となんら変わらないように思えた。

エイリックの答えを聞いたマリアーナは、持っていた扇を広げ口元に当てた。

「まあ、そうですか。ご立派ですわ、殿下。では、エレーネ様が大事にされていたというブローチの行方も捜してみられたらいかがですか」

「当然捜す。あれはエレーネが、亡くなった祖母から譲られたものだというからな」

「本当に大切なものなのですね」

はい、とエイリックの傍らにいるエレーネが愛らしい顔で頷いた。

「とても大事なものなんです」

「だそうですわよ、レオナード様。そろそろ返して差し上げたらどうです？」

レオナードはギョッとした顔になり、すぐさまマリアーナに噛み付いた。

「ハア？　いきなり何を言うんだ！　いったいどういうつもり？　僕がエレーネのブローチを持ってるとでも？」

「あら、持っていませんの？」

「持ってるわけないだろ！　だいたい、自分は関係ないみたいな顔をしてるけど、結局嫌がらせの黒幕はあんたじゃないのかい！」

「まあ、逆ギレですの？　小さな子供みたいですわね。まさか、既に処分なさった後ですか？」

「なんだってぇぇっ！　僕を侮辱するのか！」

怒りで顔を赤くしたレオナードがマリアーナに摑《つか》みかかろうとした時、スッと彼女の持っていた扇が目の前を塞ぐように動いた。

レオナードは視界が塞がれたことで動きを止めたが、振り上げた右手はそのままだ。

「レオナード！」

モーリスが慌ててレオナードの腕を摑んで止めた。

こんな公の場で侯爵令嬢を殴ったとあれば、たとえ正当な理由があろうともこちらが罰を受ける。

そもそも、マリアーナのレクトン侯爵家は国王も一目置く家系なのだ。

だからこそ、マリアーナは第二王子であるエイリックの婚約者第一候補だった。

とにかく、レオナードがマリアーナに危害を加える前に止められて良かったとモーリスはホッとしたが、既に主導権がマリアーナの方に移っていることにはまだ気づいていない。

「落ち着け、レオナード」

エイリックが窘《たしな》めると、レオナードは悔しそうに唇を噛んだ。

モーリスは、嫌悪に顔をしかめてマリアーナを睨《にら》みつけた。

友人を貶《けな》されたことが許せないようだ。

だが、当のマリアーナは平然として、薄く笑みを浮かべている。

そんな彼女に怒ったのは、それまでお姫様のように守られていたエレーネ・マーシュだった。エレーネは、キッとマリアーナを睨みつけた。

「マリアーナ様、見損ないました！　証拠もないのに人を陥れるようなことを言って楽しいですか！」

「あら、エレーネ様。意外なことを仰いますのね。私、証拠もないのに、殿下達に断罪されましたわよ？」

顔をしかめるエイリックら三人に向けて、マリアーナはクスリと笑った。

手に持った扇で口元を隠して笑うマリアーナを、もしレベッカの弟であるルカスが見れば、悪役令嬢がもう一人いた！　と驚いたろう。

「貴女なら、何をやっても証拠など残さないんじゃないか」

「名誉棄損ですわよ、モーリス様」

それに、とマリアーナはエイリックに視線を向けた。

「殿下が証拠をお望みでしたら、証人を出しますわ」

「証人？」

「レオナード様がエレーネ様のブローチを持っているのを目撃したという証人です」

「デタラメを言うな！　そんな奴いるわけがないだろう！」

「そうです。レオナード様はそんな方ではありません！　マリアーナ様は、どうしてもレオナード様を犯人にしたいのですか！」

「目撃した者に会ってもいないのに、最初から否定されるのですね」

「当たり前だ。私達はレオナードを信じている」

そうですか、とマリアーナは微笑んだ。

「私達も、彼女を信じていますわ。ですから、それを証明させて頂きたいのですけど」

「は？　なんのことだ？」

突然何を言い出す？　と戸惑う彼らの前に、見覚えのある令嬢が現れた。

「レベッカ嬢？　貴女は国に帰られたのではなかったか？」

「親友のことが気になって戻ってきましたわ」

間に合いませんでしたけど、とレベッカが悲しげに目を伏せると、彼らはようやくあることを思い出した。

彼らが断罪し学園から追い出した、あの伯爵令嬢が、隣国からの留学生であるレベッカ・オトゥール侯爵令嬢と親しくしていたことを。

レベッカは、女王のような優雅な歩みで彼らの前に立った。

いつのまにかマリアーナは、レベッカに場所を譲るように一歩下がっていた。

それを見て、これは偶然ではなく計画されたことだと彼らはようやくだが気がついた。

自分達が場を作り、これから話し合いへと持っていく筈であったのに、気づけばマリアーナとレベッカが主導権を握って自分達が問い詰められようとしている。

「エイリック殿下。私、戻ってきたばかりで詳しいことは知りませんの。なので、教えて頂けます？　アリステアは、いったい何をして殿下の逆鱗《げきりん》に触れたのでしょう」

レベッカは彼らに向けてニッコリと微笑んでいる。絹糸のような漆黒の髪に、白い肌。吸い込まれそうなダークグリーンの瞳は美しいが、表情に反して笑っていないその瞳は彼らには悪魔のそれのように見えた。

「アリステア・エヴァンスは、エレーネを階段から突き落としたんだ。幸い、足の捻挫ですんだが、下手をしたら死んでいたかもしれない」

「まあ、そうでしたか」

棒読みの答え。まだ笑みを崩さないレベッカに、彼らは冷や汗を流した。

袖口から覗《のぞ》く白い腕も、腰も細く華奢《きゃしゃ》な令嬢であるのに、何故か恐ろしいと感じる。

気がついていないのは、エレーネ・マーシュだけだろう。

彼女は、レベッカが怒り狂っていることに全く気づいていないようで、彼女に向けて、まだ痛みがあって、歩き辛《づら》いのだと答えていた。

「そうですか。大変でしたわね。本当にアリステアが突き落としたんですの？」

「はい。皆がそう言うので、そうだと思います」

え？

無邪気な笑顔でレベッカの問いに答えるエレーネに、初めてエイリックらは違和感を覚えた。

「あら、じゃあエレーネ様は誰が突き落としたのかご存じないのですね」

レベッカが問うと、今度はエレーネは曖昧な笑みを浮かべただけで答えなかった。

「目撃者がいるんですよ、レベッカ嬢」

レベッカは、ちらっとモーリスの方に視線を向けた。

「アリステアがエレーネ様を突き落とした所を見た方がいらっしゃるのですね。お会いできますか」

「会ってどうするんです？」

「勿論、本当に彼女がやったのかを確かめますわ。その時の状況も。殿下がご友人のことを信じておられるように、私もアリステアを信じていますわ。彼女は、人を傷つけるようなことは絶対にしません」

「私も信じてますわ。アリステア様はそのようなことはなさいません」

彼女達の、絶対に引かないだろう様子に、エイリックは少し考え、そしてわかったと頷いた。

「目撃したという方は、ここにおられます？」

「ああ。来ている筈だ」

エイリックが壁際近くまで下がっていた生徒達の方に顔を向けた時、それまで静かだったそこから何やら揉《も》めるような声がした。

しばらくして、見かけない黒髪の男が、赤茶けた髪の少年の腕を摑んで彼らの前に出てきた。

少年は生徒の一人で、なんとか逃れようと足掻《あが》いているが、黒髪の男の手からは抜け出せないようだった。

「目撃者というのは、この方でしょうか」

「あ、ああ、そうだが、君は誰だ？」

「私付きの執事ですわ。疲れのせいか少し体調がよくなかったものですから、付いてきてもらったんです」

レベッカがそう答えると、どこがだ、とあちらこちらで突っ込みが入った。

勿論、エイリック達もレベッカの体調不良など信じられない。

「どうしたの？」

「この方が、ずっとソワソワしていた様子だったのですが、目撃者の話が出ると急に庭へ飛び出そうとされたので、とりあえず捕まえました」

「イリヤ様！　やだぁ、本当にイリヤ様だわ！」

静かな空間を破るように甲高い声がホール内に響き渡った。

それが、エレーネ・マーシュの声だとは、エイリックらもすぐにはわからなかった。

それほど意外だったのだろう。

愛らしくて、あまり大きな声で喋ることはなく、守ってあげたくなるか弱い印象のエレーネが、気づけば歓声を上げてイリヤに抱きついていた。

「ああ、本当にイリヤ様なのね！　会いたかったわ。続編に隠れキャラとして出るってわかった時は絶対に会おうと思ってたの！」

「失礼。貴女は誰ですか？」

さすがに冷静沈着が売りのイリヤも、突然少女に抱きつかれては困惑する。

エイリック達を怖がらせたレベッカも、キョトンとした表情で、エレーネに抱きつかれているイリヤを見つめていた。

「エレーネ！　いったい何をしているんだ！」

「何って……イリヤ様がいたから」

「答えになってない！」

エイリックはエレーネをイリヤから引き離した。

「エレーネ！　どうしたの、いったい！　あの男を知ってるの？」

レオナードもモーリスも突然のエレーネの奇行に困惑しまくりだった。

エレーネはというと、イリヤから離されたことでムクれていた。

そんなエレーネの様子を見、エイリックはイリヤを睨みつけた。

「エレーネとお前はどういう関係だ！」

「初めて会った方です」

事務的なイイリヤの答えにエイリックは眉をひそめた。

「そんなことより、この方をどうします？」

イリヤの右手は、いまだ捕まえた生徒の腕を掴んだままだった。

私が聞くわ、とレベッカはへたり込んでいる少年の方へ向けて腰を屈《かが》めた。

「エレーネ様が階段から突き落とされるのを見た方ね？　どういう状況だったか教えて下さる？」

レベッカに見つめられた少年は、ヒィ……！　と悲鳴を上げた。

「み……見てません！　悲鳴を聞いて行った時には、もう彼女は階段の下で倒れていて。彼女が嫌がらせされていたことは噂になっていたので、誰かに突き落とされたのではないかと思って――そう思ったら、来る途中で金髪が見えた気がしたので、きっとアリステア嬢が突き落とした犯人なのではないかと」

目撃者だと言っていた少年の言葉に、エイリックらは衝撃を受け真っ青になった。

「ちょっと、どういうこと？　アリステア嬢がエレーネを突き落としたってハッキリ言ったじゃないか！」

すみません、すみませんと少年は何度も床に額を擦《こす》り付けて謝った。

「てっきりそうに違いないと思ったんです。私がアリステア嬢に落とされたのか？　と聞いた時、エレーネ嬢は否定しなかったので」

皆の視線が、レオナードとモーリスに挟まれているエレーネに向く。

「どういうことなんだ、エレーネ？　本当は誰に突き落とされたんだ？」

誰にも、とエレーネは可愛らしく首をすくめた。

「階段を下りる途中、足を踏み外して落ちただけよ。その時、変に足を捻《ひね》っちゃって。凄く痛かったわ」

「エレーネ！」

エイリックの口から、悲鳴のような甲高い声が上がった。

エレーネが階段から突き落とされたということだけを信じていたエイリック、レオナード、モーリスにとって、彼女の言葉はあまりに残酷だった。

何故、そんなに平気な顔をしているんだ——何故！　と、彼らは声もなく混乱した。

「貴女が誰かに突き落とされたと彼らが思い込んでいることを知っていたわね。何故、誰にも落とされていないと言わなかったの？」

レベッカが聞くと、エレーネは、だってえ、とクスクス笑った。

「隠れキャラのイリヤ様と会うには、悪役令嬢であるアリステア・エヴァンスが絶対に断罪されなきゃならなかったもの。どういう形で出てくるかわからなかったし。まさか、隣国から留学してきたレベッカ様の執事としてだなんて思わなかったわ」

ああ、でも執事姿のイリヤ様も素敵だわ、とエレーネはうっとりする。

初めて見た設定では、国を追われた王子様だったけど、とエレーネが呟《つぶや》くと、それを耳にしたイリヤの顔が不快そうに歪んだ。

「何を言っているのか、私にはさっぱり理解できませんわ」

「安心して下さい、マリアーナ様。私も全くわかりませんから。この手の話は、弟のルカスの得意分野なんですけど、残念なことにレガールにいるのですわ」

ほんとに、こっちに来るように言おうかしら、とレベッカが呟いたその時。

「その必要はないわ。彼女とは私が話をするから」

そう言ったのはアイボリー色の髪をアップにした柔らかな表情を浮かべた貴婦人だった。

彼女はレベッカを見て微笑んだ。

「貴女がレベッカ・オトゥール様ね。レガール国の侯爵令嬢の。アリスちゃんから貴女のことはよく聞いていたわ。娘と仲良くしてくれてありがとう」

「あ、では貴女がマリーウェザー様？　アリステアのお母様の」

マリーウェザーは笑みを浮かべながら頷いた。

マリーウェザーの背後では、誰かがパンパンと手を叩《たた》いていた。見ると背の高い三十代後半くらいの女性教師が、テーブルの所に固まるように立っていた生徒達に指示を出していた。

「さあ、今日はこれでおしまいです。皆さんは部屋に戻りなさい。明日の授業は午後からですから間違えないで下さいね」

生徒達は女性教師の指示に従って、ゾロゾロとホールから出て行く。

女性教師は、エイリックらの前でへたり込んでいる男子生徒にも出て行くように言った。

「貴方《あなた》への罰は後ほど言い渡します。自分の部屋に戻って反省していなさい」

はい……と彼は小さく答え、しょんぼりと俯《うつむ》きながらホールを出て行った。

残ったのはエイリックら四人とレベッカとイリヤ、マリアーナと友人の二人、そしてマリーウェザーと女性教師だけになった。

◇◇◇

マリーウェザーは茫然《ぼうぜん》としているエイリック殿下を無視して、エレーネ・マーシュと向き合った。

（隠れキャラ、ね）

エレーネは、自分が彼らの信頼を壊しただけでなく、彼らを取り返しのできない状況に追い込んだことに気づいているのだろうか。

彼女の視線はずっと、会いたかったというレベッカの執事イリヤに向けられている。

頬を染め、幸せそうな彼女の表情を見ていると、何故か責めようという気にはなれなかった。

自分がそんな気になってしまうのは、彼女がヒロインだからというなら、恐ろしいと思う。

「エレーネ様ね。私はマリーウェザー。貴女はどこのお生まれかしら。私は横浜で生まれたのだけど、大学からはずっと東京だったわ」

エレーネは目を丸く見開いた。

「ええー！　マリーウェザーさんも夢の旅人なんですか！　びっくりです！　あ、私、実家は京都なんですが、今は東京にいます」

マリーウェザーはニコニコ笑っている。

「貴女とはゆっくりお話ししたいわ。二人だけでお茶でもしませんか」

「はい！　私もお話ししたいです！　私、翔《と》ぶのは八回目なんです。まさかここで同じ夢の旅人に会えるなんて思いませんでした。嬉《うれ》しいです」

「そう？　良かったわ、貴女に会えて」

マリーウェザーは、エレーネをゲストルームへ案内するよう女性教師に頼んだ。

「少し彼らと話をしてから行くので待っていてね」

はい、と笑顔で頷いたエレーネは、最後に爆弾を一つ落として行った。

「あ、レオナード様！　ブローチは後でこっそりでいいので返してくださいね！　私としてはそのまま持っていてもらってもいいんですけど、後のことを考えるとマズイかな、と思うから」

「エ、エレーネ？」

真っ青になったレオナードは、まるで見捨てられた子供のような顔で彼女を見たが、エレーネはというと笑顔をそのままにホールから姿を消した。

「あの子、ほんと凄いわ。悪気が全くないというか。爆弾落としたことも気づいてないわね」

「学園の男性方は、あの無邪気で天真爛漫《てんしんらんまん》な所がいいと言っていましたわ」

マリーウェザーはマリアーナの方に顔を向けた。

「あら、そう？　私はとんでもなくはた迷惑だと思うけれど」

「同感ですわ。初めまして。マリアーナ・レクトンです」

マリアーナに続いて、彼女の友人二人もマリーウェザーに名乗った。

そして、改めてレベッカとイリヤもマリーウェザーに自己紹介した。

それじゃ始めましょうか、とマリーウェザーはエイリック殿下とレオナード、モーリスの方に向き直った。

三人は、ビクリと身体を震わせた。顔からは血の気がなくなり、表情は引きつっている。

ようやく、自分達が何をやらかしたのか自覚したのだろう。既に遅すぎるが。

「初めまして、殿下。マリーウェザー・エヴァンスと申します。貴方と直接お話ししてもよいとの許可を頂いておりますので、遠慮なく言わせて頂きますね」

「きょ……許可？　誰にだ？」

「王妃クローディア様ですわ。クローディア様と私は従姉妹《いとこ》同士ですの」

「……！」

「そして、殿下が断罪して追い出したアリステア・エヴァンスは、私の娘ですわ」

エイリックは震えた。

「す、すまなかった！　私はとんでもないことをしてしまったようだ！　アリステア嬢に謝りたい！」

「ああ、残念ですわ、殿下。アリステアはもうこの国にはおりませんのよ」

「え？」

「え？ってなんでしょう。エイリック殿下が国外追放にしたのでしょう？」

レベッカがそう言うと、エイリック達は驚いた顔になった。

「国外追放？　違う！　私が言ったのは学園から出て行くこと、そして王都には足を踏み入れるなとだけしか言ってない！」

「私が国外に出しましたわ。王族から断罪されたとなれば、あの子の身が危ないですもの」

エイリックは、ハッとしたように水色の瞳を大きく見開きマリーウェザーを見つめた。

「貴女は――あの事件のことを知っているのですか？」

あら、と彼女は意外そうにエイリックを見た。

レオナードとモーリスは知らないらしく、何のことだという顔をしている。

「どなたからお聞きになりました？」

「父上に。聞いたのは最近だが」

「既に手遅れだったわけですね。もっと早く話してくれていればと思っていますか？」

あ……ああ、とエイリックは頷く。堅く握り締めた拳が震えていた。

「愚かですわねえ。陛下もエイリック殿下も」

マリーウェザーは深い溜息《ためいき》をついた。

王族に対して不敬ともいえる言葉だったが、誰も何も咎《とが》めなかった。

そもそも、マリーウェザーは王妃の許可を得てこの場にいるのだから。

「あの……事件というのは、セレスティーネ・バルドー公爵令嬢のことでしょうか」

マリアーナの友人の一人が、恐る恐るといった風に聞いた。

「知っているの？」

「詳しくは――私、生まれてすぐ子供のいなかった伯母の所の養女になったのですけど、その伯母が亡くなる少し前に話してくれたんです。これは誰にも言ってはいけないことだけど、いつの日か真実を公にしなければならないことだから、私に覚えておいて、と」

「……そう。貴女の伯母様は、あの場にいて見てらしたのね」

何のことだ、と事情を知らないレベッカやマリアーナが首を傾げるが、マリーウェザーは笑みを浮かべて首を振った。

彼女の伯母が言ったように、いつか公になる日がくるだろうから、待てばいいと。

「では、あなた方の処分ですが」

「処分……」

ハッとしたようにエイリックと二人が顔を上げる。その表情は自信をなくし、酷く情けない。

まだ十四・五の子供。だが、いずれは国の中枢を担う家系に生まれたからには、子供だからといって許されることはない。

「とりあえず、部屋に戻って謹慎かしら。私が判断することではないので」

「…………」

「このパーティーは殿下が主催ですね。こうなるかもしれないと思っていました？」

エイリックは小さく首を振った。

「父上から昔のことを聞いた時、もしかしたら、とも考えた。でも、エレーネが大事で、信じていたから、そんなことは絶対にあり得ないと」

そう、とマリーウェザーはふぅっと息を吐く。

「貴方方に言う必要はないのだけど、アリステアは大丈夫だから。あの子は、貴方方とは比べものにならないほど強い子なの」

三人は黙り込んだ。

マリーウェザーはレオナードに向けて手を出した。

「ブローチを出して。持っているのでしょう？　私が返しておきます」

青い顔をしたレオナードは、もう反論する元気もなくなったのだろう、上着の内ポケットからブローチを出してマリーウェザーの手の上にのせた。

エイリックもモーリスも、それを見て咎めようという気力は既になく、黙ったままだ。

ホールを出て行く三人の後ろ姿は、まるで幽霊のようにぼんやりと頼りなく見えた。だが、彼らを憐《あわ》れだと同情する者はここには一人もいない。

「残念だわ。最後にトドメをさしてやりたかったのに」

「トドメ、ですか、お嬢様？」

「そうよ。あのバカ王子の勘違いを指摘してやれば、きっと死にたくなると思うわ」

絶対に、とレベッカは言う。

「それは楽しそうね。そのうち教えてもらえるかしら」

マリーウェザーが言うとレベッカは、はい喜んで、と頷いた。

「では、近いうちにお茶会にお誘いするわ。マリアーナ様達もいらしてね」

はい是非、とマリアーナが答えると、マリーウェザーはにこりと微笑んだ。

「じゃあ、私はあの子と話してくるわ。あなた方も気をつけて部屋に戻りなさいね」

マリーウェザーの背を見送った彼女達は、一気に力を抜いた。

「イリヤ、疲れたわ。お茶淹れて」

「はい、お嬢様」

「マリアーナ様もご一緒に、お茶をどうです？」

「そうですね。お邪魔させて頂きますわ」

少女達は連れ立って出て行くと、最後に出たイリヤがホールの扉をパタンと閉めた。


「お待たせしたわね」

マリーウェザーが学園内のゲストルームに入ると、ソファに座って焼き菓子を摘《つま》んでいた赤髪の少女が顔を向けた。確かに彼女は愛らしい。第二王子や他の男子生徒達が好意を持つのもわかる。

ふんわりと柔らかく波打つ鮮やかな赤い髪。

赤紫というのだろうか、暖かな色合いの瞳。白い肌にほんのりと赤みがさす頬。

おそらく男の目には、彼女は守ってあげたくなる存在のように見えるのだろう。

だからこそ、学園内で嫌がらせを受けていたことが彼らには許せなかった。

でもねえ、とマリーウェザーは思う。

だからって、真相をちゃんと調べもせず、思い込みだけで人を罰するのは良くない。

第二王子は、それを公で二度、隠れて一度やってしまった。

それが本当に嫌がらせをやった者相手ならまあいいが、冤罪であるから救いようがない。

彼らは近いうちに、己が犯してしまった罪に対し相応の罰を受けることになるだろう。

それは、たとえ王族であってもなかったことにはできない。

そう、二度とセレスティーネ様のようにしてはいけないのだ。

マリーウェザーがエレーネの前に座ると、その場にいたメイドがカップに紅茶を淹れた。

その後、指示されていたのか、すぐに一礼し部屋から出て行った。

部屋にはマリーウェザーとエレーネの二人が残る。

マリーウェザーはカップを持ち上げ、一口飲むとソーサーの上に戻した。

「色々聞きたいことがあるのだけど、いいかしら？」

「私もマリーウェザーさんに聞きたいことがあります。ほんとに、ここで私と同じ世界の人間に会うのは初めてなんです。感動してます！」

興奮する少女にマリーウェザーは苦笑する。

「貴女は夢の旅人と言っていたわね」

「私が命名したんです」

ラノベっぽくていいでしょ、とエレーネが可愛く笑った。

「あ、そうだ。マリーウェザーさんは本当は何歳なんですか？」

「日本では、ってことかしら。多分二十八歳。貴女は？」

「私は十九です」

「大学生？」

エレーネはこくんと頷いた。

「大学が東京なんで、部屋を借りて一人暮らししてます」

「八回翔んでるって言ってたわね」

「はい。初めて翔んだのは大学に入ってまもなく。一人暮らしって初めてで、最初は楽しかったんだけど、だんだん寂しくなっちゃって。友達もなかなかできないし、部屋と学校を往復してるだけの生活に嫌気が差してた頃、高校の時の友達が乙女ゲームのことを教えてくれて。やってみたらすっごく面白くて夢中でやっていたら、ある日不思議な夢を見たんです。私が、乙女ゲームの登場人物になってる夢。最初は一週間過ごしてから目が覚めて。次は別の乙女ゲームの登場人物になってて、その時は一ヶ月過ごしました。で、気づいたんです。その時やり込んでいたゲームの世界に私は入り込んでいるって。だって、夢なら痛みは感じないのに、ゲームの登場人物になってる時は怪我したら痛いし、お腹《なか》も空《す》くし、病気にもなるし。だから、これって、絶対に夢じゃないって思ったんです」

「…………」

「マリーウェザーさんもそうなんでしょ？」

「私は違うわね」

え？　とエレーネは目を瞬かせる。

「私のことは今はいいの。後でね。貴女の話、興味深いわ。つまり、貴女はやり込んでいたゲームに登場する人物になっているのね。それって、貴女が寝ている時？」

最初は夢だと思っていたのだから、彼女が寝ていた時のことなのだろう。

案の定、彼女は頷いた。

「たいてい、ゲームをやり終えた日の夜に。最初は名前もないモブだったのだけど、数をこなすうちに、メインキャラになっていって。ゲーム通りに動いたり会話したりすると、ほんとにゲームと同じ展開になっていくんです」

「ゲームのシナリオと違う行動はできるの？」

「できます。最初の方はゲーム通りにしてたんですけど、何度もやってるうちに、ちょっと違うことしてみたいと思っちゃって。やってみたらできました」

「同じゲームの世界にまた行くことはあるのかしら」

「あ、それ、できないんです。一度行ったゲームの世界に二度は行けなくて。なので、いいなと思ったゲームを買い込んでやってました。でも、全てに翔べるわけじゃなく、行けたり行けなかったりだけど」

「翔ぶというのは貴女にとってどういうものなの？」

「う～ん？　よくわからないんですけど。その感覚が全然ないから。寝てる時、魂が身体から離れてゲームの世界の人物に入り込むって感じなのかな。いつも、気づいたらその人物になってるから」

「いつ気づくの？　小さい頃に気づいたりとかは？」

「ああ、それはないです。大抵十代半ばから後半あたりかな。だいたいゲーム開始時の年齢前後でいつも気づくから。私がやるゲームは殆ど学園が舞台で、自分の意識が入った時は入学式って時が多いです。そこから攻略対象をゲットしたりして楽しんでから戻るんです」

「戻る時はどうしてるの？」

「え？　戻ろうと思ったら戻れますけど。あれ？　マリーウェザーさんはもしかして戻ってないんですか」

「戻ってないわね」

現実世界の自分は死んでいるのだから、そもそも戻れるわけはない。

それにしても、こんなことができる人間がいるなんて。どういう特殊能力かしら。

「どうしてですか？　もしかして戻り方がわからないとか？　簡単ですよ、戻りたいと思えばいいだけだから」

「私のことはいいのよ。貴女がゲームの登場人物になれることはわかったわ。それで、貴女が入り込んだ人物の意識はどうなっているのかしら」

「う～ん？　多分眠ってるんだと。だって、それまでの記憶残ってるし。私が戻った後どうなるのか知らないけど。まあ、どうせゲームだしいいんだけど」

ゲームだし、か。この子、相当好き勝手なことをやっているわね。

今回のことも、おそらくゲーム展開を無視した行動をしている。

「貴女はこの世界が舞台のゲームをやっていたのね。確か、これ、続編だったでしょう？」

パッと少女の顔が輝く。

「そう！　そうなんです！　『暁のテラーリア』！　最初のは古くて手に入れられなかったんだけど、続編が出ると知って。しかも、それにイリヤ様が出るって情報があって、すぐに予約したんです」

「そんなに彼に会いたかったの？」

はい！　と彼女は大きく頷いた。

「イリヤ様は、中学の時友達から借りた同人誌の主人公だったんです。読んですぐに好きになっちゃって。作者にファンレターも送ったんです。まさか、乙女ゲームの会社を立ち上げてたなんて知らなかった。『暁のテラーリア』はその人が原案と脚本を書いていて。しかも続編には昔書いてた小説の主人公だったイリヤ様を隠れキャラとして出すなんて、もうこれは絶対にやって会いに行かなきゃって思いました」

頬を染め興奮しながら語る少女に、マリーウェザーは冷ややかな眼差《まなざ》しを向けた。

何も知らない男達なら、彼女のその愛らしい笑顔に惹かれるだろう。

だが、マリーウェザーは無邪気に笑う少女が不快に思えて仕方がなかった。

彼女はただのゲームの世界という認識だったのだろう。

最初は夢だと思っていた彼女も、繰り返すうちに現実と変わらないと認識した筈だ。

彼女も初めはゲームの展開通りに動いていたようだが、途中から自分の好きに動いたと言っている。そのせいで、世界は変わってしまったのかもしれない。

今回も、彼女が隠れキャラであるイリヤを出すために、本来ならあり得ない展開にしてしまった可能性がある。

彼女は言っていた。悪役令嬢であるアリステアが断罪されないと、イリヤが出てこないと。

本来、続編がどういうストーリーになっていたかはわからない。悪役令嬢がいる設定である限り、断罪はあったのかもしれない。

それが回避できないなら、そこからなんとかアリステアを救い出そうとマリーウェザー達は考えてきた。それなのに、彼女は好きなキャラに会いたかったからと、アリステアに冤罪をきせたのだ。

セレスティーネ様も、本当なら殺される筈はなかったという。

アリステアは言っていた。話の展開が変わってしまっていると。

ヒロインが中心になるのはわかる。乙女ゲームとはそういうものだからだ。

だが、ヒロインが自分の欲望のために展開を変えていいのか。

本来なら傷つかない者が傷ついている。

ヒロインであるエレーネ・マーシュがいなければ、第二王子達もあそこまでバカなことをしなかったのではないだろうか。

今回の醜態は、かつてのセレスティーネ様断罪事件をこの国の貴族達の記憶から呼び覚まし、下手をすると王家崩壊に繋がってしまう恐れがないとは言えないのだ。

そもそも、過去の事件の引き金となったレトニス王が、自分の息子をキチンと教育できなかったことが最悪だ。その点では王妃クローディアの責任も大きい。

この国が、たった一人の少女の傲慢によって最悪の結末を迎えるとしたら。

それを、なんの罪の意識もなく、ああ、楽しかったですませて帰っていかれてはたまったものではない。

マリーウェザーとしてはこのまま彼女をこの世界に押し留《とど》め責任を取らせたい気分だ。

「ここに来るのは、ほんとに大変だったんです」

考え込んでいたマリーウェザーはエレーネの声に、ハッとなった。

「大変って？」

「私、ゲームをやり終える前に倒れちゃったんです」

「倒れた？」

「ゲームやってる途中で飲み物がなくなっちゃって、コンビニに買いに行ったらそこで意識なくしちゃったみたいで、救急車で病院に。気がついたら病院のベッドなんですよ。お医者さんは、かなり疲労していて、内臓のどこかが悪くなってるかもしれないって。で、精密検査するから入院しなさいって言われたんです」

もう少しで隠れキャラのイリヤ様が出てきてくれたかもしれないのに——まあ、こっちでイリヤ様に会えたからいいけど、と彼女は可愛らしく笑いながら首をすくめた。

入院したことをスマホで母に連絡したら、朝には病院に来ることになっていたのだという。

だが、その日の夜、消灯時間が過ぎてから急に息ができないくらい苦しくなって、必死にナースコールを押し、気づいたら自分は続編のヒロインであるエレーネ・マーシュになっていたらしい。

「気づいたのは、入学式の朝、自分のベッドの上だったんですよ。もう、ほんとにびっくりした。ゲーム最後までやってないのに翔ぶなんて初めてだったし。でも、学園に行って間違いなく続編の世界だってわかって。レガールの悪役令嬢のレベッカと接触した時はほんと驚いたけど。レベッカは入学式の時、マリアーナとトラブル起こして、それが縁で親しくなるって設定だったのに、何故か悪役令嬢のアリステアと仲良くなってるし。レベッカとアリステアって殆ど話もしない筈だったんですよ。なんかおかしいって思って」

それで、色々工作したのだとエレーネは言った。

「つまり貴女は、自分の希望を叶《かな》えるために第二王子とその友人二人を誘惑して、侯爵家と伯爵家の令嬢二人を冤罪で断罪させたってことなのね」

「アハハ、なんかそう言われると、私って凄い悪女みたい」

エレーネはケラケラと笑った。

やはり現実をわかっていない。

彼女にとって、ここは自分の思い通りに楽しく遊べる場所でしかないのだろう。

終われば、さっさと去る。後がどうなるかは考えない。

「悪女でしょ。貴女に惹かれて婚約者と揉めた貴族の子息は一人や二人じゃないのよ」

「え〜、別に誘惑なんかしてないけど。向こうが付き合って欲しいというから、ただお喋りしてただけだし。私の目的はエイリック王子に悪役令嬢のアリステアを断罪してもらうことだったから」

マリーウェザーは深く息を吐き出した。

まさか、こんなことになっているとは思っていなかった。

もしかしたら、ヒロインも転生者ではないかと疑いはしていたが、実は現実世界からの憑依《ひょうい》だったとは。

このままだと、彼女は現実世界に戻ってしまう。どうしよう、とマリーウェザーが考えた時、ふとあることに気づいた。

え？　ちょっと待って。彼女はさっき何て言った？

これまでゲームを終了させないと、ゲームの世界に翔べなかったのに、今回は途中なのにゲーム世界に来たと言わなかったか？

倒れて入院し、その夜苦しくなって意識を失い、気づいたらヒロインになっていたという彼女。

まさか――マリーウェザーは、お腹が空いたのか再び焼き菓子を口に入れ、少し冷めた紅茶を飲んでいるエレーネ・マーシュを見つめた。

「それで？　目的を達したから、もう現実世界に戻るの？　ここで随分長く過ごしていたようだけど、向こうは大丈夫？」

「ええ、大丈夫です。いつも戻って目が覚めた時は、ちゃんと翌日の朝だったから。ああ、そろそろ戻った方がいいかな。お母さんが病院に来るだろうし」

精密検査受けるのって、面倒だなあ、と彼女はぼやき出す。

「マリーウェザーさんは戻らないんですか？」

エレーネがそう問うと、マリーウェザーはニッコリと笑った。

「戻れないわ。だって、現実世界の私はもう死んでるもの」

「えっ！　死んでるってどういうことですか！」

「言葉通りよ。私は二十八歳で死に、この世界に転生したの」

「そんな！」

絶句する少女の顔を見て、マリーウェザーは笑い出しそうになった。

もし自分が気づいた通りであるなら、彼女は絶望するだろうか。

「可哀想……」

「そう？」

「だって、ずっとゲームの世界で生きていくわけでしょ。最悪です。あ、でもマリーウェザーって名前私知らないから、モブですよね。だったら普通に生きていけるのかな。私みたいにヒロインとかだったら大変かもしれないけど。ああ、でも、ゲームの世界ってずっと存在するのかな。話終わっちゃったら存在する意味ないから消えちゃったりしないのかな」

言ってから、マズイことを言ったと気づいたのか、彼女は、あ、と自分の口を手で押さえた。

「いいのよ。消えたら消えたで。どっちみち、私は現実世界では死んでるから。それより、帰るんでしょ？」

「あ、はい！　マリーウェザーさん、貴女に会えて良かったです。どうなるかわからないけど、お元気で」

そう言ってエレーネは目を閉じた。しばらくの沈黙。

マリーウェザーは、目を閉じたエレーネ・マーシュを見つめながら、冷めた紅茶を口に含んだ。と、いきなりエレーネの目がパチっと開く。そして、目の前のマリーウェザーを見て困惑の表情を浮かべた。

「あれ？　戻ってない？」

「そうみたいね」

マリーウェザーは微笑む。

「おかしいなあ。いつもなら戻ってるのに」

首を捻る少女に、マリーウェザーは言った。

「いつもなら戻れているのね。戻れないのは初めて？」

「初めてです！　いったいどうしてだろう？」

「そうね。考えられる理由なら一つだけあるわ」

「なんですか？」

「貴女、現実世界で亡くなっているのよ」

「！　嘘《うそ》！　そんなこと、あり得ない！」

「あら、あり得なくないわ。だって、私はこうしているじゃない。貴女は亡くなって戻る身体がなくなったから戻ろうとしても戻れない」

ほら、あり得るでしょ？

「あり得ない！　あり得ない！　そんなこと絶対にあり得ない！　きっと、まだゲームが終了してないから戻れないんだわ！　明日になったらきっと戻れている筈よ！」

「そう。なら、今日はここに泊まっていきなさい。隣が寝室になっているから。そういえば貴女、食事はしてなかったわね。後で持って来させるわ」

マリーウェザーはそう言うと、ソファから立ち上がった。

「明日の朝、貴女の身体に戻れたらいいわね」

「マリーウェザーさんって、とっても意地が悪いわ。優しい人だと思ったのに」

「大事な娘を冤罪にされて学園を追い出した人間に優しくできるほど、私は人間ができていないの」

「娘って――」

「貴女の言う悪役令嬢のアリステア・エヴァンスは、私の大切な娘なのよ」

「……！」

蒼褪め、驚いた顔で見つめてくるヒロインの少女に向けて最後の笑みを浮かべてみせると、マリーウェザーは彼女を一人残して部屋を出て行った。


翌朝、絶望に満ちた長い長い悲鳴が、部屋の外にまで響き渡った。

◇◇◇

「美味《おい》しいわ」

ホールを出て寮内のレベッカの部屋に集まった令嬢達は、イリヤが淹れたフレーバーティーの香りに表情を緩ませ、ほぉ、と小さく息を吐いた。

でしょう？　とレベッカはニンマリした。

このお茶はレガールから持ってきた茶葉だ。

数年前に王都にある老舗のカフェに嫁いだ女性が、試行錯誤しながら作ったお茶だった。

マリアーナが、このお茶をレガールから輸入できないかしら、と呟くと、彼女の友人の一人である子爵令嬢エミリア・バレットが、それなら私がと手を挙げた。

「私の従姉《いとこ》がルギオ商会に嫁いでいるので聞いてみますわ」

「まあ、お願いできたら嬉しいですわ」

「お任せください、マリアーナ様」

「購入できたら、国に帰らなくてもこちらで飲めるわけね。素敵だわ」

レベッカが嬉しそうに笑った。

美味しいお茶を飲みお菓子を摘んで彼女達は、たわいない噂話や、本や劇などを話題にきゃあきゃあとお喋りした。

そうしてお喋りが一段落し、イリヤが新しいお茶を淹れる頃になると、ようやく彼女達の口から第二王子達の話題が出た。

「エイリック殿下は、いったいどうなるのでしょうか？」

そう問いかけたのは、伯母から昔学園で起こった事件の話を聞いたという伯爵家の令嬢ラーナ・コアディだった。

赤っぽい金髪の少女で、恋愛小説が大好きな大人しい印象の令嬢だ。

「キチンと真相を確かめることもせず、侯爵家の私と伯爵家のアリステア様を断罪した罪は重いですわよ。お祖父様《じいさま》は、殿下がバカなことをしでかしたおかげで私が婚約者候補から外れたことを喜んでいらしたけど、二度もこんなことを起こされてはもう放ってはおけないでしょう」

「そういえば、エイリック殿下は王妃様のお子様ではありませんでしたわね」

「え？　そうなの？」

レベッカが初めて聞いたというように目を瞬かせた。

「エイリック殿下は側妃のニコラ様がお産みになった方ですわ。ニコラ様は侯爵家のご令嬢で、レトニス陛下の婚約者だったセレスティーネ・バルドー公爵令嬢に次ぐ方だったと聞いています」

「そうだったのね。道理であの第二王子、国王にもクローディア王妃にも似てないと思った。それにしても、ラーナ様は王家のことに詳しいのね」

レベッカは感心したようにラーナ・コアディを見た。

ラーナはレベッカに見つめられ、恥ずかしそうに頬を染めた。

可愛い。自分には絶対真似《まね》できない愛らしさだ、とレベッカは羨ましく思う。

「お嬢様もご自分の国の王家についてもう少し勉強されたらどうです。せめて、先代国王のお名前くらいは知っておいて良いかと思いますが」

「うるさいわね。そういうのはルカスが覚えてるからいいのよ」

レベッカはムッとなって己の若い執事を睨みつけた。

レベッカの弟のルカスは、一度本を読んだだけで全て記憶するという特殊能力の持ち主だ。なので、まだ十三歳のルカス相手に討論を吹っ掛ける人間は、少なくともレガールの王都にはいない。知識量が半端ないのだ。

そういえば、とマリアーナがレベッカと言い合うイリヤを見て口を開いた。

「あのマーシュ伯爵令嬢が、いきなりイリヤさんに抱きついたのには驚きましたわ」

「ええ！　そうですわね！　隠れキャラ……とかなんとか言ってらしたけど、いったいなんのことでしょうか？」

彼女達は首を傾げた。勿論、レベッカにもわかる筈がない。

「ゲームとか、そういうものかもしれない」

「げえむ？　何ですの、それは？」

マリアーナ達は首を傾げながらレベッカを見た。

「変人が夢中になるものらしいですわ。かく言う、私の弟も変人の一人でその手の話には詳しいんですの」

まあ、と彼女達は驚きの声を上げた。

「イリヤ。もう一度聞くけど、本当にエレーネ・マーシュのことは知らないのね」

「はい。あの方とは今日が初対面でした。お名前にも覚えがありません」

そう、とレベッカは少し考え込むように目を伏せると、すっとカップを持ち上げた。

「お茶おかわり。今度は少し甘いのが欲しいわ」

「かしこまりました」

イリヤは頭を下げ、キッチンのある隣の部屋へと入っていった。

「ラーナ様にお聞きしたいことがあるのですけど」

「はい？　なんでしょうか、レベッカ様」

「第二王子が言っていた事件のことですけど。ラーナ様はご存じなんですね？」

「ああ、そうですわ。私もそのことを聞きたかったんです」

マリアーナにも注目され、ラーナは緊張して身体を硬くした。

「え、はい……お話しできるのは、伯母に聞いたことだけですが」

「聞かせて下さる？　実は私もお祖父様が何故レトニス陛下を嫌っていらっしゃるのか、ずっと気になっていたものだから」

「まあ、レクトン侯爵様が陛下をですか」

ラーナとエミリアが、信じられないという顔でマリアーナを見つめた。

現レクトン侯爵は、先代国王からつかえている重鎮で、国のことを誰よりも思っている人物だ。

そんな彼が現国王を嫌っているというのは意外だった。

イリヤが新しくポットにお茶を淹れて部屋に戻ってきた。

彼女達の前のカップに入れ替えられたのは、甘い香りのするミルクティーだった。

口に含むと、甘さが疲れを癒しホッとさせる。

「マリアーナ様は、バルドー公爵家のことをご存じですか？」

「え？　いえ、知りませんわ。シャリエフ王国の貴族ではありませんわね？」

マリアーナはシャリエフ王国の貴族の名は全て頭に入れているが、それにバルドー公爵という名はなかった。

「バルドー公爵というのは、先程ラーナ様が仰っていた、現国王のレトニス陛下の婚約者だった方がそうではありませんでしたか。確か、セレスティーネ・バルドー公爵令嬢、と」

「あら、そうだわ」

マリアーナはイリヤの言葉で思い出したという顔をした。

よく覚えてるわね、とレベッカは呆れたようにイリヤを見る。

「陛下の婚約者だった方なのね。でも、どうして結婚なさらなかったのかしら。それに、バルドー公爵家って、どこの国の貴族でしたの？」

「バルドー公爵家は三十年ほど前まで我が国の貴族だったそうですわ。私も知らなかったのですが、バルドー公爵は、この国の建国に関わり初代国王より王家を支えていた名門の貴族だったそうです」

「その頃まであったということは、没落したの？　そんなことってあるのかしら。初代国王から王家を支えていた家系なのでしょう？　そんな家系を没落させるって――もしかして、それがあの時言っていた事件？」

はい、とラーナは頷いた。

「実は私、マリアーナ様がエイリック殿下に断罪された時、とても怖かったんです。伯母が言っていた事件と同じことが起きるのではないかと」

ラーナはそう言うと、ブルっと身体を震わせた。

「どういうこと？」

「学園の卒業パーティーの夜、当時まだ王太子だったレトニス陛下が、ご自分が親しくされていた子爵令嬢に嫌がらせをしたと言って婚約者であるセレスティーネ公爵令嬢を断罪されたそうなんです。セレスティーネ様はなんのことかわからなかったご様子で困惑されていたそうですが。その時、やはり子爵令嬢に好意を持っていらした騎士見習いの方が、いきなり背後からセレスティーネ様を剣で刺し貫いたと」

彼女達は思わず息を呑んだ。

「背後から剣で、ですって!?　そんなバカなこと！」

彼女達は蒼褪め、イリヤも顔をしかめていた。

「どうしてそんなことになったのか、伯母にもわからなかったそうです」

「ラーナ様の伯母様は、それを見ていらしたの？」

「はい。その後、王家から口止めされ、その時のことは公にはならなかったそうです」

「そうなのでしょうね。私もそんなことがあったことなど知りませんでしたわ」

それどころか、バルドー公爵家のこと自体もマリアーナは知らなかった。

シャリエフ王国の初代国王の頃から続いているなら高位貴族だろうに。

マリアーナは、何故祖父が王家を嫌っているのかわかった気がした。

確かに、建国の頃より国を支えてきた公爵家の令嬢の命を奪い、それを隠蔽するような王家に自分の孫娘を嫁がせたくはあるまい。

しかも、エイリック殿下は、父王と同じことをやらかしたのだから。

自分は殺されることはなかったが、アリステア様は冤罪で学園を追い出され国を出てしまわれた。

「それで、バルドー公爵家がなくなったのは、その事件が原因で？」

「はい。セレスティーネ様はその場でお亡くなりに――公爵夫人はもともと身体の弱い方だったようで、その日も体調がよくなくて寝込まれていたそうです。そこに、セレスティーネ様のご遺体がご自宅に戻され、夫人はショックの余りお倒れになって……そのまま目覚めることなくお亡くなりになったのだと」

「…………」

「その後、事件のことを聞き邸に駆け戻った公爵様は、お二人の亡骸《なきがら》をみて衝撃を受け、そのまま一人自室に籠られて……翌朝自殺された公爵様が部屋で発見されたとか。公爵家はご子息一人が残されたのですが、その方もご領地を王家に返されてから行方がわからなくなったそうです。ご家族の後を追われたのではないかと噂になっていたようなのですが、今も見つかっていないのだと。伯母はずっと気にかけていました。バルドー公爵家は跡を継ぐ者がいなくなり、シャリエフ王国からその名が消えた、と」

「なんて、酷い……」

エミリアは口を押さえ絶句した。その目には涙が浮かんでいる。

レベッカもマリアーナも言葉が出てこない。

彼女達が生まれる前の出来事であるが、つい先程も同じようなことがあったばかりだ。

マリアーナは、エレーネ・マーシュ伯爵令嬢に嫌がらせをした主犯だと疑われ、第二王子であるエイリック殿下によって断罪された。

だが、すぐに真相が明らかとなり、断罪されたのは王子とそのご友人達の方になった。

今回誰も殺されはしなかったが、公の場で王族に断罪されることは、この国の貴族にとって破滅を意味する。貴族令嬢にとっては、幸せな結婚が望めなくなることであり、親にも咎がいくだろう。

下手をすれば、爵位を取り上げられることも。

実際、バルドー公爵家は没落し、その名すら消された。

「そんな酷い事件があったなんて、知りませんでしたわ」

「レトニス陛下と王妃様にお会いしたのはまだ子供の頃でしたけど、とても立派な方々に見えたわ。けれど、とんだ見込違いだったみたいね。公の場で殺された公爵令嬢を闇に葬って、その上に公爵家を潰したのだから。当人に反省の気持ちがないから息子も同じことをしちゃうんだわ。もう、どうしようもないわね、この国は」

「お嬢様、それは口にしない方がよろしいかと」

マリアーナ達も、なんとも言えない怒りを覚えてはいるものの、やはり自分達の国のことだ。

他国の人間であるレベッカのように国王に対しての批判は口にできない。

レベッカも気づいて、マリアーナ達に謝った。

「ごめんなさい」

「いいのですわ、レベッカ様。今回のことで、私達も知らなければならないことがあることに気づきましたもの。この国は、私達が知らないうちに危機を迎えていたのかもしれません」

マリアーナが言うと、彼女を見つめていたエミリアとラーナの二人は同意するように頷いた。

「そういえば、気になっていたのですが。どなたも王太子のことは話題に出されませんが、どうされているのですか？」

イリヤが尋ねると、マリアーナは戸惑ったような表情を浮かべた。

「王太子――ああ、そうですわね。ライアス王太子様」

「そういえば、私、王太子様にお会いしたことがありませんわ」

ラーナがそう言うと、エミリアも、私もですと答えた。

「私も小さい頃に一度だけお会いしただけですわ。小さかったので、お顔もあまり覚えていなくて。陛下と同じ金髪だったということしか記憶にありませんの」

「あまり表には出られない方なんですか」

「いえ、王太子様は随分前にガルネーダ帝国に留学されたのです。王太子様は私達より確か十歳上で、学園を卒業されてからは、ずっと王宮で陛下のお仕事の手伝いをされていたと聞いています。留学されたと聞いたのは、五年くらい前でしたかしら」

「何故ガルネーダ帝国に？」

さあ？　とマリアーナは首を傾げた。

友人の二人も知らないようだった。そもそも、イリヤが尋ねるまで、彼女達は王太子のことは全く頭になかったのだから。

「なんか、おかしな話ね。王太子って、次の国王になるんじゃないの？」

レベッカが首を捻った。

レトニス王には王太子と第二王子の二人しか子供がいないと聞く。

第二王子のエイリック殿下があのザマでは、この国を立て直せるのはもう、そのライアス王太子一人しかいないのだが。

彼は今、他国にいてどうされているのだろうか。

第五章　終わりから始まりへ

マリアーナが第二王子に対し逆に断罪をやり返してから十日ほど過ぎた頃、マリアーナとレベッカ、サリオンの三人がマリーウェザーからお茶会に招待された。

あれから普通に学園生活を送っていたが、気になるのはエイリック殿下と友人二人、そしてエレーネ・マーシュの処遇についてだった。

前のように無かったことにされれば、この国はもう終わりだと彼女達《たち》は思っている。それでなくとも、最近は不穏な噂《うわさ》が流れてきているのだ。

国境で小競り合いが起きているという噂だ。

相手は誰かわからないが、もし帝国だとしたら、シャリエフ王国はこれ以上ない危機に見舞われることになる。

ガルネーダ帝国は大陸にある国の中で最も大きく、しかも建国してから千年が過ぎるという大国だ。建国してまだ二百年のシャリエフ王国とは格が違う。

そんな不穏な状況の中、国王レトニスが倒れた。

昨年から体調が余り良くなく、時々王妃であるクローディアが王の代わりを務めていたのだが、今回の第二王子の醜態がトドメを刺した感じだった。

かつて己が犯した愚かな行為と全く同じことをやった息子。

体調が悪い所に、心労とショックが重なっては倒れるのも当然だったろう。

だが、昔のことを知る者達にとっては、同情の余地などない。

かつて自分がやった愚かな行為で、建国から続く公爵家を一つ潰した。それも、罪などなかった、婚約者である十七歳の少女を死なせて。

一生をその償いに充てなければならなかった男は、己の息子をちゃんと育てることすらも満足にできなかった。

無様だ。無様過ぎる。

こんな王はいなくていい。しかし、いなくなれば、この国はもたない。

今は王妃であるクローディアが代わりを務めているが、彼女が女王となって国を治めるなどできる筈《はず》はなかった。

「やはり、王太子には急いでお戻り頂くしかないでしょうね」

レベッカ、マリアーナ、そしてサリオンが、マリーウェザーの言葉に頷《うなず》く。

そう。もうそれしかない。王家を支える貴族達も、そう考えているだろう。

既に、戻ってきてもらうために手を打っているかもしれない。

「王太子様は、帝国に行ってから一度も帰国されてないんですか？」

「そうらしいわ。実は留学とは名ばかりの人質という噂もあるようよ」

「人質!?」

「王太子を人質って、そんなことあるんですか？　普通は人質になるなら第二王子の方でしょう」

レベッカが言うと、マリーウェザーはその通りね、と苦笑いを浮かべる。

彼女にもどんな事情があるのかわかっていないらしい。

クローディアに聞いても、何故《なぜ》かはぐらかされるばかりだったのだ。

王太子はクローディアが産んだ唯一の息子で、次の王位を継ぐ者だ。

国にとって大切な存在である王太子を、五年も帝国に置いている。いったい何故？

国王レトニスが倒れ、王太子はいつ戻ってこられるのかわからないこの時期、エイリック王子達の刑罰が決まった。

エイリック第二王子は母親のニコラと共に西の離宮へ送られ、レオナードとモーリスは国境の警備隊に送られることになった。

彼らのせいで、過去の王の罪が表に出るようになり、貴族達に不信感を持たせることになってしまった。

今ではある程度の年代しか知らないことだが、シャリエフ王国が建国されてから帝国とトラブルらしいことが起こらなかったのは、バルドー公爵家がいたからなのだ。

バルドー公爵家は帝国との太いパイプがあり、何故か一目置かれる存在であった。

当時王太子であったレトニスはそのことを知らなかった。

セレスティーネがレトニスと結婚し王妃となっていれば、帝国との関係も未来永劫《みらいえいごう》崩れることはなかったろう。

「まさか――ライアス王太子が人質として帝国に行ったというのが真実なら、それはバルドー公爵家がなくなったからでは」

「なくなったじゃなくて、潰したんでしょ。帝国がバルドー公爵に一目置いていたというなら、非道なことをやって公爵家を潰したこの国の王家のことが信用できないんじゃないかしら。だいたい、王太子は今も無事なのかどうか」

「レベッカ様、それは言ってはいけませんわ。ライアス王太子は生きていると信じなければ。でなければ、シャリエフ王国は崩壊しますわ」

彼女達の話を無言で聞いていたサリオンが、マリーウェザーの方を向いた。

「マリーウェザー様。アリステアがガルネーダ帝国にいるということはないですよね？」

マリーウェザーは、アリステアが国を出たとは言ったが、どこに行ったかはサリオンにも言わなかった。

この大陸の主だった国はガルネーダ帝国とシャリエフ王国、レガール王国の三つだが、他にも小さな国が多数存在する。アリステアが行くとしたら、シャリエフ王国と敵対していない国だろうが、サリオンは不安を覚えていた。

もし、アリステアがいるのが帝国なら。

レベッカも気になるのか、じっとマリーウェザーを見つめている。

マリーウェザーはにっこりと微笑《ほほえ》む。

「今は言えないわ。でも心配しなくて大丈夫。アリスちゃんにはミリアがついているし、他にもちゃんと強い味方がいるから」

「味方――護衛を付けているということですか」

「そんなものね。まあ、心配しなくても、アリスちゃんはちゃんとこの国に帰ってくるから、待っていてあげて」

そうマリーウェザーに言われた彼らは、無言で頷いた。今は本当に頷くしかない。

どんなに問い詰めようとしても、彼女は教えてくれないだろうことはわかるから。

そして、諸悪の根源とも言うべき、エレーネ・マーシュの処遇だが、勿論《もちろん》王都から追放される。

マーシュ伯爵家は爵位を男爵まで落とされ、王都には二度と立ち入れなくなった。

エレーネは、その両親とも離されて北の国境近くの村へ送られることになった。

彼女は死ぬまでそこから出られず、孤独に過ごすことになるのだ。

エレーネ・マーシュは自分の目で、己が犯した罪の結果を見なければならない。

奥様、とメイドが扉をノックして入ってきた。

「お客様がいらっしゃいました」

「あら。わりと早かったわね。決心がつくまで、もっと時間がかかると思っていたのだけど」

「エントランスでいいと仰《おつしや》るので、お待ち頂いてます」

「そう。じゃあ、こちらから行くわ」

マリーウェザーは席を立った。

「お客ってどなたですか？」

マリアーナが問うと、マリーウェザーはクスリと笑った。

「エイリック殿下よ」

えっ！　と彼らは驚く。

マリーウェザーについていった彼らは、質素な姿でエントランスに立つエイリックを見た。

彼はマリーウェザーに向けて、申し訳なかった、と深く頭を下げた。

そんな彼を見て、サリオンとマリアーナは驚いた顔になる。

彼女の娘であるアリステアを傷つけてしまったことを、王族であるエイリックが初めて謝ったのだが、本来、王族が頭を下げることはないからこれは異例のことだった。

「あれって、謝って済む問題かしら」

レベッカは、軽蔑の眼差《まなざ》しでエイリックを見つめ、そして言った。

「この国が今どういう状況にあるか、わかってる？」

ああ、とエイリックは頷く。

「自分に何ができるかわからないが、向こうで国のために頑張るつもりだ」

「殿下――」

「サリオン。私の勘違いで、お前には迷惑をかけた。許してくれ」

「いえ。お側《そば》にいたのに、殿下達の勘違いに気づかなかった私も悪いのです」

「本当にサリオン様も悪いですわ。貴方《あなた》がアリステア様の心をしっかりと摑《つか》んでおられたら、あの方は国を出て行こうとされなかったかもしれませんもの」

マリアーナの言葉に、レベッカも同意する。

「そうね。貴方が一番悪いわ。肝心な時にいなくてどうするの。婚約者失格だわ。こうなったらセレーネとの婚約は即刻解消なさい」

サリオンはレベッカに反論できず、しゅん……となって項垂《うなだ》れた。

だが、エイリックは、レベッカの口から出たセレーネという名前に、目を瞬かせた。

レベッカはフッと笑った。吊《つ》り上がったダークグリーンの瞳が意地悪く光る。

「私だけが呼べるアリステアの愛称よ。そういえば、エレーネに似てるわね」

「まさか……あの時、貴女《あなた》が呼んだのはセレーネ、なのか？」

「五歳の時のことかしら？　どうせ勘違いしてると思ってたわ。貴方が学園で親しくしていた伯爵令嬢は、赤い髪にエレーネという名前だものね」

フフ、とレベッカは、まるでヒロインを前にした悪役令嬢のように嘲笑《あざわら》う。

「教えてあげるわ、おバカさん。アリステアは小さい頃は赤い髪だったの。貴方が五歳の時に出会ったのは、エレーネ・マーシュじゃないわ。アリステア・エヴァンスだったのよ」

「……………！」

エイリックは、ガッと両手で自分の頭を挟むように摑むと、声にならない悲鳴を上げた。

「そんな……そんなことが……！」

青褪《あおざ》めたエイリックは、力を失ったように膝から頽《くずお》れ、その場にへたり込む。

（そんなバカな……そんなバカなことが！　私は間違えたというのか！）

「向こうに行ったら、自分がやったことの愚かさを思い知りながら頑張るのね」

「レベッカ嬢。もうそこまでに」

サリオンは、容赦なく責め立てているレベッカを止めた。

「エイリック殿下。どうぞお身体《からだ》に気をつけて。殿下がなされたことは、私には辛《つら》かったですけど、もう忘れることにしますわ」

「マリアーナ様が許しても、私は許さないわよ」

レベッカは、放心したように冷たい床に座り込んでいるエイリックを睨《にら》みつけた。

それを見ても、マリーウェザーは何も言わなかった。

マリアーナはしょうがない物を見るような目で見つめ、サリオンは痛ましそうにエイリックを見下ろしていた。

エピローグ

幸せだった日々の思い出は、転生した今も、ずっと私の中に存在している。

優しかった父と、美しい母の。そして、大好きな兄との思い出が。


アロイス兄様…………


「セレスティーネ！」

「お兄様！」

青年が自分を呼ぶ声に、少女は銀色の長い髪を揺らしながら庭の温室から走り出てきた。

陽《ひ》の光を浴びた少女の髪が、銀の光の粒のようにきらめいている。

「アロイス兄様！　帰ってらしたのね！」

頬を染め嬉《うれ》しそうに笑いながら、少女は兄の腕の中に飛び込んだ。

そんな妹の小さな身体《からだ》を、アロイスは軽々と抱き上げる。

少女の腕には切り花が抱えられていた。

去年は学園の行事で忙しく、実家に帰れなかったので妹の顔を見るのはおよそ一年ぶりだった。

「ちょっと大きくなったか、セレスティーネ」

「背は伸びましたよ。セレスティーネももう、十三歳ですから。来年は王立学園に入ります」

「ああ、そうだな。残念だ。おまえと二歳違いなら、一年だけでも一緒だったのにな」

「はい。セレスティーネも残念です。アロイス兄様がいれば、とても心強いのに」

ふふっと二人は笑った。

アロイスは、そっと妹を地面におろした。

ふわりと、少女のスカートの裾が揺れる。

少女の瞳の色に似た緑のワンピースが翻る様は、まるで花のようだった。

「綺麗《きれい》な花だな」

「セレスティーネが育てました。お母様がお好きなフリージアです。お母様の枕元に飾って差し上げようと思って」

「母上の具合が悪いのか？」

「風邪を引かれたみたいです。お医者様は、症状は軽いから心配はないって」

そうか、とアロイスは微笑《ほほえ》んだ。

身体があまり丈夫ではない兄妹の母親だが、最近は寝込む回数が減ってきたので、家族で王都に住もうと父が準備している。

父も王宮での仕事が多く、ずっと学園にいてたまにしか実家に戻れなかったアロイスも、卒業後は父の仕事を手伝うため殆《ほとん》どを王都で過ごすことになっていた。

母の体調を気にしてずっと領地の邸《やしき》にいさせたが、来年は妹が王立学園に入るので一人残される母を父は気にかけていた。

最近は体調も良く、かかりつけの医者から大丈夫という診断を受けたことで、ようやく父は母を王都に呼び寄せる決心をした。

これで、家族四人が一緒に暮らすことができる。

「でも、セレスティーネは、学園に入ったら寮暮らしなのでしょう？」

「学園にはちゃんと休みがあるから、その時は帰ってきていいんだよ」

「そうなんですね。安心しました」

それより、とアロイスは可愛《かわい》い妹を見つめる。

「父上に聞いたが、王太子殿下と会ったんだってね」

「はい！　レトニス殿下とお会いしました。とても綺麗な金色の髪の素敵な方です」

「話はした？」

「はい。少しだけですが」

「まさか、自分のことをセレスティーネと言ったりしてないね」

「勿論《もちろん》です、お兄様。いくらなんでも、小さな子供みたいなことはしません。ちゃんと自分のことは、私と言いました」

「そうか？　そのわりには、さっきから自分のことをセレスティーネと呼んでいるようだけど」

「だって、アロイス兄様ですもの」

アロイスは目をパチクリさせた。

「はは……そうか」

「そうです。でも、王立学園に入ったら、ちゃんと直します。マナーの先生と約束しました」

「そうか。いい子だ。で、王太子殿下のことは、どう思った？」

アロイスがそう問うと、セレスティーネは、ぽっと頰を赤らめた。

「私、レトニス殿下が大好きです」

セレスティーネは、兄アロイスに、王太子と初めて会った時の話をした。

とても優しい声で話しかけてくれて、自分のことを気遣ってくれて。

本当に素敵だったのだと彼女は何度も何度も言った。

「そうか。良かったな、セレスティーネ」

アロイスは微笑み、まだ幼い妹の銀色の頭を優しく撫《な》でた。

セレスティーネは、くすぐったそうに首をすくめてクスクス笑う。

そして、大きなエメラルドグリーンの瞳で兄の顔を見つめた。

「お兄様。セレスティーネは、お兄様のことも大好きですよ！」

「アロイス兄様が、ガルネーダ帝国に!?」

驚きの事実をキリアから聞いた私は、すぐには信じることができなかった。

だが、真実だと分かった時、思わず泣き出してしまった私を、キリアがそっと抱きしめてくれた。

アロイス兄様が生きている！　その事実は私にとってこれ以上ない喜びだった。

前世の私が亡くなったことで父と母が死に、兄の行方もわからなくなったと知った時、私は悲しくて涙が涸《か》れるほど泣いた。兄のアロイスはもう生きていないだろうという噂《うわさ》もあった。

キリアは、私が死んだ後のことを話してくれた。

セレスティーネが死に、父と母も亡くなって一人取り残されることになった兄アロイスは、王都にある邸を売り払って領地に戻ると、数人を残して使用人を解雇したのだという。

キリアも、その解雇される中に入っていた。

解雇した使用人達《たち》が次の仕事が見つかるまで生活に困らないよう、兄は邸を売り払った金を持たせたそうだ。

キリアは、金はいらないから、お嬢様との思い出が残るこの邸にいさせて欲しいと頼んだ。

だが兄は、この邸もいずれ売って、領地は王家に返すと言い、キリアの願いを退けた。

兄は既に自分の身の振り方を決めていたらしく、それを覆すことはキリアにはできなくて、彼女は心を残しながらも邸を去ることにしたのだという。

初めは故郷に戻ろうと思っていたキリアだったが、気づいたら王都の、セレスティーネとの思い出のある場所を歩き回っていた。

キリアは数年、街の食堂で働いていたが、婚約者であるセレスティーネを貶《おとし》め命まで奪ったレトニス王太子が王位につくと知ると、国を捨てる決心をした。

レトニス国王が治めるシャリエフ王国になどいたくなかったのだ。最初はレガール国に行って職を見つけたが、そこで知り合った商人のツテでガルネーダ帝国に店を持ったのだとキリアは言った。アロイス兄様からもらった金と手持ちの金で自分の店を開業できたキリアは、もうそこで一生を終えるつもりだったらしい。

最初は慣れない国での経営に苦労したが、数年頑張ったおかげでようやく軌道に乗りホッとしたある日、店の常連が連れて来た客を見てキリアは驚いたという。

「アロイス様にそっくりでした。最初は本当にアロイス様かと思いました。ですが、シャリエフ王国を出てから既に十年が過ぎていたのに、その客は若すぎました。どう見ても二十歳ほどにしか見えなかったのです。アロイス様なら、とうに三十歳を過ぎている筈《はず》。ですが、彼はアロイス様でした」

「え？　でも、二十代にしか見えなかったのでしょう？」

「はい。どうしてなのか、私にもわかりません。ですが、本当にアロイス様だったのです。アロイス様は私が帝国で店を持ったと知って訪ねてきて下さったのです」

まあ、と私は手で口元を覆った。

不思議な話だ。十年は若返っているということなのだろうか。単に若く見えるというわけでなく？

「何かご事情があるということでしたけど、アロイス様は言えないと仰《おつしや》って」

「間違いなくお兄様だったのね」

「はい」

ああ、お兄様が帝国に！　良かった！

「アロイス様はそれから月に一度か二度、店にいらして下さいました。アロイス様と話す内容は、主に世間話でしたが、半年ほどたってアロイス様からある依頼をされたのです」

「依頼？　お兄様から？」

「はい。国王となったレトニス様が治めるシャリエフ王国の状況を知らせてほしいと」

「え？　シャリエフ王国の？」

「はい。やはり国を捨てたといっても気になっているご様子でした」

「……それで、キリアは」

「シャリエフ王国に戻りました。店のことがあるので、戻ったのは一年後でしたけど。王都に戻って働き口を探している時に、ネラと知り合ったんです」

「……そうだったの」

もしキリアがそのまま帝国にいたら、私は再会することはかなわなかったろう。

キリアが最初に向かったレガールから離れなかったら、もし帝国で店を持たなければ、アロイス兄様と会う機会はなく、私とも会えなかった。

この幸運に私は感謝した。

私は王立学園に向かう前に、アロイス兄様が帝国で生きていることをマリーウェザーお母様に話した。

お母様は驚いて、そしてとても喜んでくれた。

そして、お母様は、もし断罪イベントが起こった場合、帝国に避難するのもいいかもしれない、と言った。

今回の生では早めにゲームのことを思い出した。それは、私にとって幸運と言えることなのか。

続編の展開はわからないが、悪役令嬢の断罪が定番となっているなら、そうならないようフラグを折るのが一番いいのだが。しかし、前世では何もしていなくても断罪イベントが起こった。それも、ストーリー通りでなく、悪役令嬢が殺されるという結末だ。

続編もそうならないとは限らないので、お母様は万一を考えて色々と対策をたててくれていた。こういう所は、やはり企業でバリバリと働いていたキャリアウーマンだな、と思う。

私はというと、結局大人になれなかった人間だ。


「ねえ、キリア。私、夢があるの」

着替えを手伝ってくれているキリアが、顔を上げて私を見た。

「夢、ですか？」

こくん、と私は頷《うなず》いた。

「前世も前々世も、私は何もできずに若くして死んだから。だから、今度こそずっと生きてやろうと思うの。大人になって、好きな人と結婚して、そして子供をいっぱい産んで、そして年を取ったら孫に囲まれて、いい人生だったなぁと幸せを噛《か》み締めながら家族に見送られて逝くのが夢だって言ったら、それは普通のことだって笑う？」

「笑いませんよ。とてもいいことだと思います、お嬢様」

「ありがとう、キリア。私、生き汚いって言われても、しぶとく生きていくわ」

これは逃げるわけじゃない。生きていくための手段なんだから。

「お嬢様、荷物は馬車に全て積んでおきました」

王都にあるエヴァンスの邸に荷物を取りに行っていたミリアが、ドアをノックした後開けて入ってきた。

今いる場所は、キリアが借りている部屋だ。王立学園を出てから私は、キリアとこの部屋にいて旅立つ準備をしていた。

学園で着ていたドレスから地味なワンピースに着替え、その上から灰色のマントを羽織った。

私の金色の髪は目立つからとフード付きの腰まであるマントだ。

キリアは前ボタンを全て留め終えると、フードを深く私の頭に被《かぶ》せた。

「では行きましょうか、お嬢様」

ええ、と私は頷くと、キリアとミリアの二人に守られながら部屋を出た。

その後のエイリック

「ああ……どうしてこんなことに」

王宮を出る前から嘆き続ける母に対し、もうなんと言って良いのか彼にはわからなかった。

エイリックと彼の母親であるニコラは今、馬車に乗って西の離宮に向かっている。

まだ夜が明ける前に城を出たので、昼を過ぎた頃にはもう王都を抜けていた。

この後は森を抜け、いくつもの村を通り抜けながら西の地へと向かう。

ニコラは、息子のエイリックがレクトン侯爵令嬢とエヴァンス伯爵令嬢を断罪し、それが冤罪《えんざい》であることが発覚したことで逆に責められて、元老院から王都追放を言い渡されたことにショックを受けた。

本来は、王位継承権を持つ者が罪を犯した場合王の判断が優先されるが、国王レトニスが倒れたため、王妃クローディアが元老院に裁きを委ねたのだ。

第二王子という地位はあっても、貴族を裁く権限を持たない者が、勝手にない権限を振りかざして、有ろうことか公の場で貴族に対し断罪を行った。

しかも、全くありもしない罪で侯爵令嬢を断罪した罪は、たとえまだ子供といえども許されることではなかった。

ニコラは、エイリックが悪いのではない。エイリックを唆《そそのか》したマーシュ伯爵令嬢と、その令嬢と一緒になって愚かな行為に息子を巻き込んだレオナードとモーリスが悪いのだと元老院に強く訴えた。だが、エイリック自身が噂《うわさ》だけを信じて、真実を一切調べずに侯爵令嬢と伯爵令嬢を責めたてた事実は変わらない。

エイリックが、少しでも噂が真実であるかを調べていれば起こらなかったことである。

特にエヴァンス伯爵令嬢がマーシュ伯爵令嬢を階段から突き落としたという事件は、目撃者だという生徒の話をもっと突っ込んで聞いていれば勘違いだったで済んだ筈《はず》なのだ。

突き落とされたと言われていたマーシュ伯爵令嬢自身は、誰かに突き落とされたとは一言も言っていないのだから。

目撃した生徒が、勝手に思い込んで事件にしただけだった。

全てはマーシュ伯爵令嬢が嫌がらせを受けていて、それを健気《けなげ》に耐えていると信じ込んだ複数の生徒達《たち》が作り上げた架空話に過ぎなかった。

最悪だったのは、レクトン侯爵が王宮警護を任せられるほど国王からの信頼が厚い家系であり、今の当主は豪放で気性もさっぱりしていて騎士達からの信頼も厚く庶民にも人気のある人物だったことだ。

第二王子とマリアーナの婚姻が望まれたのは、そんなレクトン侯爵と縁戚関係を持つことが王家の為《ため》になるという思惑があったからなのだが。

しかし、レクトン侯爵は、第二王子と孫娘の婚約にいい顔をしなかった。

エイリックがそのことを知らなかったことも、今回の醜態に繋《つな》がったとも言える。

現国王の側妃であり、王子を産んだニコラは王宮の中での地位は高かったが、元老院は彼女の言い分を一蹴した。

かつて、第二王子と同じ醜態を曝《さら》した現国王レトニスを、王位継承権第一位であり、兄弟もなかったことで処罰できなかったことを後悔している者は多い。

断罪された公爵令嬢が、その場で殺されたことが隠蔽に繋がったという説もある。

あの事件にトラウマを持つ者が今もいることを、国王は果たしてどれだけ理解していたろうか。

結局、母親であるニコラの責任も問われ、エイリックと共に西の離宮に送られることになった。

「何故《なぜ》こんなことになるの？　せっかく王太子が、エイリックの代わりに帝国に行ってくれたというのに」

え？

「どういうことですか、母上？」

王都を出るまでは放心したように黙って俯《うつむ》いているだけの母だったが、王都を出た辺りからブツブツと嘆く言葉を吐き続けていた。

その言葉は、王宮にいた時から言っていた、エイリックが曝した醜態に対する文句や、己の身に降りかかった不運に嘆く言葉だった。が、初めて聞いた母の言葉に、エイリックは驚いて問い返していた。

「それは、ライアス兄上のことですね。私の代わりにというのは、なんのことなんですか。兄上が帝国に行ったのは留学のためではなかったのですか」

ニコラは、エイリックがようやく自分の言葉に反応したことに笑みを浮かべた。

最初はニコラが嘆くと、エイリックは謝ったり慰めたりしたのだが、あまりにもニコラがヒステリックに叫んだりしたものだから、彼は何も答えなくなってしまっていたのだ。

「ああ、エイリック、貴方《あなた》は何も知らなかったのね。そうね、貴方はまだ小さかったから。だから、王太子のライアスが代わりに行ってくれたのよ」

「代わりに、ということは、本当は私が帝国に行く筈だったということですか」

「そうよ。シャリエフ王国は、何度もガルネーダ帝国と揉《も》めていて、三十年前からは戦争に発展するようなトラブルが頻繁に起きていたわ。国境付近は常に戦争の危険性があったの。実際、トラブルが起きるたびに多くの命が失われていたそうよ。幸い、国境警備の兵達や辺境伯らが食い止めてくれたおかげで王都にまで影響が出ることはなかったけど」

「そんな――帝国と戦争なんて」

エイリックにとっては初めて聞く話だった。聞いてもまさか、という思いが先に立つ。

帝国と戦争――想像するだけでも恐ろしく思える。

帝国にとって、シャリエフ王国はたった二百年の新参者で、領土の大きさも人口も比べるべくもない。そんな大国と戦争になったら我が国はどうなってしまうのか。

「五年前、帝国側の国境の町がシャリエフの貴族の私兵によって蹂躙《じゅうりん》されるという事件が起きて、帝国は王族の誰か一人を寄越《よこ》せと言ってきたの。そうすれば、シャリエフに報復の兵を送ることはしないと。シャリエフ王国は帝国との戦争は絶対に避けなければならないから、言う通りにするしかなかったの。最初は貴方を帝国に送る筈だったのだけど、私は反対したわ。貴方はまだ幼かったし、とても野蛮な帝国なんかに行かせることはできなかったから」

「それで、兄上が代わりに？　それっておかしくはありませんか？　兄上は次期国王となられる方！　いくら幼いからと言って、私の代わりに王太子を帝国に行かせるなんてあり得ません！」

「ライアスが自分から言ったのよ。帝国に行くって。陛下は反対されたけど、最後は頷《うなず》かれたわ」

「そんな……何故――」

帝国が欲したのは人質だ。五年前、被害を受けたのは帝国側。帝国は、戦争にしたくなければ、王族から人質を差し出せと言ってきた。それを、我が国は拒むことはできない。

しかし、いくら帝国でも、次期国王となる王太子を人質に寄越せとまでは言わなかった筈だ。

何故、兄上が――

兄とは十歳離れていたこともあって、あまり一緒にいたことはなかった。

兄は正妃の子で、自分は側妃の子。同じ王宮内といっても生活空間は別で、王宮の行事以外は一緒に食事もしたことがなかった。

それでも、たまに会うと話しかけてくれる優しい兄だった。

「ああ、そうだわ。ライアスは帝国の許可がなければ国には帰ってこられないわ。もしかしたら、もう生きていないかもしれないし」

「母上！」

なんてことを言うんだ！

「そうよ。陛下の跡を継げるのは、もうエイリックしかいないわ。西の離宮に行っても、そう遠くない日に王宮から迎えが来るに違いないわ」

「……」

「元老院は、そのうち騒ぎも収まるから、それまで王都から離れていればいいと言いたかったのね。そうよ。きっと、そうに違いないわ」

ニコラは落ち込んでいた表情を一変させ、頬を染め安心したように笑顔を見せた。

元老院がそんなことを考えているわけはないとエイリックは思うが、それを口にはしなかった。

母はいずれ現実を思い知ることになるだろう。それまでは、とエイリックは思う。

エイリックは母の話を聞き、本当に何も知らなかった自分に生まれて初めて強い罪悪感を覚えた。

知らなかったから、で全てが許されるものではない。知らないことも罪になるのだと言ったのは誰だったろう。

自分は王族でも第二王子で子供だから、何も知らなくていいと守られてきたのか。

いや違う。自分はなんの責任も持たされなかったから、ただ甘えてきただけだ。

王である父から昔犯した過ちのことを聞いた時ショックは受けたが、それを深く考えようとしなかったのは自分だ。

父は言ったのに。お前は間違っていないのか、と。結論を出す前によく考えてみろと。

なのに私は――何故考えなかった。何故知ろうと思わなかった。

少しでも考えれば気がついた筈だ。

帝国に留学していると思っていた兄が、五年の間、ただの一度も帰国していない事実に気づくべきだった。

エレーネが嫌がらせを受けていると知った時、何故そういうことが起こったのか、その原因を知るべきだった。

そして、エレーネが階段から突き落とされたと聞いた時、それを目撃したという生徒の証言に矛盾点があったことに、何故自分は気づかなかったのか。

今考えれば簡単にわかることなのに。何が悪かったのか。何故私は——


……セレーネ。

エイリックは、五歳の時の彼女との、初めての出会いの時を思い出す。

五歳になって、初めて王宮の行事に参加させてもらったあの日。

五歳になった貴族の子供は、例外なく王宮に招待される。

ずっと王宮にいたエイリックは、あんなにたくさんの同じ年の子供を見るのは初めてだった。

華やかで可愛《かわい》い女の子達が自分のまわりを取り囲み話しかけてくるのが嬉《うれ》しかった。

皆が自分に夢中になっている。

エイリック付きの侍女はいつも、殿下は素敵ですから、女の子達は皆殿下の虜《とりこ》になりますよ。

殿下のことを嫌う者などいません、と言っていた。

事実、エイリックは令嬢達に囲まれ、貴族令息も自分に話しかけたがっていた。

そんな彼の目に入ったのは、赤い髪だった。

遅れてホールに来たようだ。どんな子かな、とエイリックは思った。

どうせ、あの子も自分の所に挨拶にくると思っていたら、一向に赤い髪は見えなかった。

あれ？　と思って視線を動かすと、小さい赤い頭がホールを出て庭に向かうのが見えた。

え？　なんで外に？　まさか、僕に気づかなかった？

ああ、こんなに囲まれていたら、僕の姿は見えないか。

エイリックは、令嬢達の関心が新しく追加されたお菓子に向いた隙に抜け出して、赤い髪の少女の後を追った。

エイリックはこの日、令嬢達にチヤホヤされることがとても気に入った。

誰もが自分に声をかけたがり、令嬢達が頬を染めるのを見ると嬉しくて堪《たま》らなかった。

あの赤い髪の子も、きっと自分を見たら頬を染めて喜ぶに違いない。

だって自分は王子だし、みんなが素敵だと褒めてくれるから。

庭に出たエイリックは、キョロキョロと辺りをみまわし、そうして花壇の所にいる赤い髪を見つけた。

女の子は、じっと花壇の花を見つめていた。

「花、好きなのか？」

近づいて声をかけると、びっくりしたように赤い髪が大きく揺れ、女の子が振り返った。

うわ、可愛い！

さっきまで自分のまわりにいた小さな令嬢達も可愛かったが、目の前にいる赤い髪の令嬢は飛び抜けて可愛らしかった。

絵本で見た妖精のような可愛らしさに、エイリックの方が驚いた。

「花？　ええ、好き」

うわぁ、とエイリックはニッコリ笑った彼女を間近に見て、声を上げそうになった。

「え、と……どの花が好き？」

「花はどれも好きだけど、このクリーム色の薔薇《ばら》が特に好き」

「クリーム色？」

「黄色い花」

「ああ、黄色い花かぁ。うん可愛いね」

エイリックは彼女と並んで花を見る。そして。

「ねえ、君の名前――」

教えてくれる？　と続ける前に、背後から彼女を呼ぶ声がし言葉が途中で遮られた。

「セレーネ！　ここにいたのね！　新しいデザートがきたわ。一緒に食べましょう！」

黒髪の令嬢はそう言うと、エイリックを完璧に無視し、赤い髪の女の子の手を摑《つか》むとさっさと連れて行ってしまった。

止める間もない素早さだ。

あの黒髪の令嬢は知っている。隣国レガールから父親の侯爵と一緒に挨拶に来た令嬢だ。

確か、レベッカと言った。

きついダークグリーンの瞳で睨《にら》まれて、ちょっと怖かったのを覚えている。そのため、エイリックは二人の後をすぐに追いかけることができなかった。

でも、あの子から直接聞くことができなかったが、レベッカのおかげで名前がわかった。

セレーネ、か。どこの令嬢だろう。

その後、レベッカが赤髪の子の側《そば》にずっとついているので、エイリックは話をすることができなかった。

だが、話す機会はまたあると思い、その後エイリックは他の令嬢達とお喋《しゃべ》りして過ごした。

しかし、その日以降、エイリックはあの赤髪の子と会うことはなかった。

唯一彼女を知っていそうなレベッカも、急遽《きゅうきょ》レガールに帰ったので尋ねることもできなかったのは残念だ。


月日がたち、王立学園の入学式で赤い髪の令嬢を見つけた時は嬉しかった。

五歳の時の出会い以降会うことがなかった彼女のことを、エイリックはずっと忘れられず、いつか再会できる時を楽しみに待っていた。

あの日、他国から参加した令嬢はレベッカ・オトゥールだけ。

なら、彼女はこの国の貴族の娘に間違い無いのだから、絶対に王立学園に入学してくると思ったのだ。

彼女に会った日、参加した貴族令嬢の中にセレーネという名がないか調べてもらったのだが、その名は見つからなかった。

もしかしたら、聞き間違えたかもしれないと思ったが、もう調べようがない。

ただ、似た名前が名簿にあると言われた。

エレーネ・マーシュ。赤い髪の伯爵令嬢だという。

自分は確かに、セレーネと聞いたのだが、実はエレーネだったかもしれないと思った。

なんといっても、エレーネは赤い髪の令嬢だというのだから。

エレーネ・マーシュに会いたかった。だが、エレーネは身体《からだ》があまり丈夫ではないらしく、領地で療養中だということで王都に来ることはなかった。

だが、十四歳になれば、貴族の子は王立学園に入らなければならない。きっと、その時彼女に会える、とエイリックは思った。

——自分は間違えたのだ。

五歳の時に出会い、ずっと気になっていた赤髪の令嬢は、エレーネではなかった。

入学式の日、留学してきたレベッカがエレーネに声を掛けるのを遠目に見て、間違いないと思った。彼女が、あの日花の前で話をした赤い髪の子なのだ、と。

ただ、何故か入学式の日にエレーネとレベッカは仲違《なかたが》いしたようで、以後二人が一緒にいる所を見かけることはなかった。

エイリックは一度エレーネに尋ねたことがある。レベッカとは友達ではないのか、と。

彼女は、それに対して首を傾《かし》げ、笑っただけだった。

今思い出しても、エレーネの態度はおかしかった。

エレーネは何を聞いてもはっきりと答えることはせず、曖昧に笑うだけだった。

それを自分達はいつも勝手に解釈した。

それが、どんどん真実を遠ざけていっていることに気づきもせずに。


——アリステアは、昔、赤い髪をしていたのよ。


自分は……自分達は、あの日一人の少女を誰の助けも入らない場所で断罪した。

彼女は、血の気を無くした青い顔でエイリック達を見ていた。

どんなに怖かったろうか。

男が三人がかりで、たった一人の少女を責めたてたのだ。無実の罪で。

今更だが、なんということをしてしまったのか。エイリックは俯き、手で顔を覆って息を吐き出した。何故気がつかなかったのだろう。

あの時のアリステアを思い出してみれば、あの日の彼女だとわかる。今なら。

何故、あの五歳の時、自分を見た、あの透き通るような青い瞳を忘れていたのか。

エレーネの瞳は青ではなく紫色で、全く違うものだったのに。

何故、レベッカがエレーネではなくアリステアと仲良くしていたのか。

今ならわかる。自分が間違っていたことを。

しかし、もう遅い。時を巻き戻せない限り、もう元に戻ることはないのだ。

やってしまった愚かな行為のせいで自分は罰せられ、もう二度と王都に戻ることはできない。

だが、もし……もし願えるものなら願いたい。

私の代わりに帝国へ行ったという兄に――自分が間違って断罪してしまったアリステア・エヴァンスに、この愚かな私が心の底から謝りたいと。

その後のエレーネ

目が覚め、真っ先に目に入ったのは白い天井だった。

病院？

が、顔を横に向けた少女はがっかりする。見えたのは、灰色の壁と古い衣装棚、小さな机と安楽椅子だったからだ。

ここは伯爵令嬢だった少女の部屋ではないし、王立学園の寮の部屋でもなかった。

少女はもう一度目を閉じると、ベッドの上で身体《からだ》を丸めた。

何度同じことを繰り返したろう。

目覚めたら、元の世界に戻っていた。そんなことを少女は毎朝、期待して目を開けるのだ。

だが、現実は変わらない。

少女が今いるのはシャリエフ王国の北の僻地《へきち》。彼女が一度も来たことがなかった隣国との国境に近い場所だ。彼女は一人王都からこの地に送られた。彼女が犯した罪によって。

彼女、エレーネ・マーシュ伯爵令嬢は、王立学園に入学して一年もたたないうちに、第二王子のエイリックと彼の友人であるレオナードとモーリスの三人を誘惑し騙《だま》して、エイリックの婚約者第一候補である侯爵令嬢と、王子の護衛をしていたサリオンの婚約者である伯爵令嬢に冤罪《えんざい》をきせ断罪させた。

その事実はエレーネ自身の証言で明らかになっている。

エイリック達《たち》も、自分達が間違っていたことを認めた。

しかし、間違いだとわかっても、全てはもう元には戻らない。

第二王子は、犯した罪によって王都から追い出され西の離宮へ母親と共に軟禁されることになり、レオナードとモーリスの二人も王都から追放となった。

そのことをエレーネは、この北の地に向かう馬車の中で聞いた。

エレーネを階段から突き落とした犯人だと誤解され、エイリックらに断罪されて王都追放となった伯爵令嬢は、国外に出た後行方がわからないと聞いた。

令嬢の家族は居場所を知っているらしいが、誰に対しても知らないと答えているらしい。

エレーネはもう一度目を開けて、やはり変わらない部屋の様子に溜息《ためいき》をつくとベッドから起き上がった。

エレーネが今いるのは、二階建てのこぢんまりとした建物だった。

といっても、エレーネが生まれ育った邸《やしき》より小さいというだけで、日本の実家と比べれば豪邸とも言える大きさだろう。

一階はリビングとキッチン、浴室とトイレ。トイレは二階にもある。

十畳くらいのフローリングの個室が一階に二部屋、二階には四部屋ある。

エレーネは二階左端の部屋を自分の部屋にしていた。

王都を出てからここに来るまで、エレーネは殆《ほとん》ど外を見ていなかったが、ふと鳥の声が耳に入り馬車から外を覗《のぞ》けば、深い森の中を走っていることに気がついた。

長く続く大きな木々の間を馬車は走り続け、そしてようやく現れた高く重厚な門の向こうにあったのは、エレーネがこれから住むことになる建物だった。

赤い屋根と赤茶けたレンガの壁。

百年くらい前に建てられた建物で、三十年くらい前までは、ある公爵家が管理していたらしかった。

王都からはかなり離れている上に、現在トラブルの多い隣国との国境に面している場所なので、シャリエフ王国の貴族は誰も近づかないという。

周辺は深い森で、人の住んでいる村まで行くには、その森を抜けなくてはならなかった。

つまり、ここで生活するということは、人と全く接する機会がないということになるのだ。

それがエレーネに与えられた罰だったが、ここへ来た当初の彼女はまだそれがどういうものか理解できてはいない様子だった。

何故《なぜ》なら、最初は一人ではなかったからだ。

ベッドからノロノロと起き出したエレーネは、着替えをすませると部屋を出て、いつものように朝食を準備するために一階へ下りていった。

来て最初の一週間は起きるのにかなり苦労した。

日が昇る前に起きて朝食の準備なんて、伯爵家の令嬢だったエレーネは当然やったことがなかった。常に家のメイドがやってくれたからだ。

朝起こしてくれるのも、着替えの手伝いも、食事の準備も勿論《もちろん》メイドがやる。

それは、現実世界にいた時もたいして変わらなかったように思う。

なんでも母親がやってくれて、自分はしたいことだけをやっていれば良かったのだ。

食堂に入ると、テーブルの上には既に朝食が用意されていたのでエレーネは驚いた。

この時間は、これからオーブンに火を入れて料理を始める頃だ。

こうしてテーブルに出来上がった朝食が用意されているなんて初めてだった。

どうして？　と首を傾《かし》げたエレーネはあることに気づいた。

用意された朝食が一人分だったのだ。

今日は何日だろう——青褪《あおざ》めたエレーネは急いで厨房《ちゆうぼう》へと走っていった。

ここへ来た時からいた、男爵家の未亡人だという初老の女性を呼ぶ。

「ジェシカ！　どこ！」

だが、厨房に彼女の姿はなかった。

次に彼女の部屋へ走った。扉を開け中を見たエレーネは呆然《ぼうぜん》となった。

綺麗《きれい》に片付いた部屋は、まるで元から誰もいなかったようであった。

エレーネは力を失い、その場に頽《くずお》れるようにペタンと座り込んだ。

馬車でここに着いた彼女を出迎えた初老の女性はジェシカと名乗り、今日から二ヶ月間貴女《あなた》がここで生活できるよう教育するのが役目だと言った。

その言葉通り、ジェシカは朝起きて一人で着替えることから、食事の支度や衣服の洗濯、果ては畑で野菜を育てることや鶏の世話までをエレーネに教えた。

何故こんなことをしなければならないのか、エレーネには全く理解できなかった。

当然反発もしたし、一日中部屋にこもったりもした。

だが、ジェシカはそんなエレーネを一度も怒ることなく、淡々と作業を進めた。

エレーネに教えるという作業を。

あの断罪の日から学園の一室に閉じ込められ、やっと出してもらえたと思ったら、自分に対する処罰が決まったと言われ、訳がわからないままエレーネはこの地に連れて来られた。

ずっと両親が迎えに来てくれると思っていた。

自分は伯爵令嬢だ。侯爵家と伯爵家の令嬢を断罪したのは第二王子のエイリックだし、自分は実際に虐《いじ》めや嫌がらせを受けていた。嘘《うそ》は言ってない。

階段落ちの件でも、自分は突き落とされたとも言ってないし、それを誰がやったかなんて一言だって口にしてない。みんな勝手に解釈し、そして彼女達を責めたのだ。

そう。私は何もしてないいし、何も言ってない。それが罪になるなんて理解できない。

ジェシカは何も言わなかった。ここに送られたエレーネに、生活していく術《すべ》を教えるのが仕事であって、間違いを正す役目は持たされていない、と。

だから、彼女は怒らなかったし責めることもしなかった。

彼女が言ったのは、自分の仕事は二ヶ月間、エレーネにただ教えることだけだ、と。

仕事を終えれば出て行くから、それまでは我慢してもらうと彼女は言った。

二ヶ月——そうだ、自分がここに来てからもう二ヶ月たつ。

「嘘……だって、昨夜一緒に夕食を食べた時何も言わなかったじゃない！　出て行く素振りなんて全然……」

嫌ぁぁぁぁぁっ！

エレーネは悲鳴のような声を上げると階段を駆け上がり、さっきまでいた自分の部屋に飛び込んだ。そして、寝起きでグチャグチャになっているベッドに潜り込むとシーツを頭からかぶり丸くなった。

シンと静まり返った空気はいつもと変わらない。

ジェシカはお喋《しゃべ》りではなく、大きな声を出すこともなく、家の中を走り回るようなこともなかったので、いつも静かだった。

それでも、誰かがいる気配はあった。

カタ、と何かを置く音、掃除をする音、そんな小さな音が聞こえていた。

それが今は何も聞こえてこない。

「何故？　なんでよ！　また誰かが来るんでしょ？　私一人なんてこと——」

ジェシカが料理を教える時に言っていたことを思い出す。

『貴女は、全て一人でやれるようにならなければ困ることになりますよ』

エレーネはギュッと固く目を瞑《つぶ》った。

お母さんのように思っていたのに。最初は煩《うるさ》くて嫌だと思ってたけど、一緒に料理したり畑仕事したりするうちに、ジェシカに親しみを覚え、お母さんみたいと思ったのだ。

戻る――戻るんだ。自分の世界はここじゃない。ここはゲームの世界で……人が作った架空の世界で。エレーネ・マーシュは私じゃない。私は〇〇だ。

東京の大学に通っていて、大学近くのマンションに一人で暮らしていて。乙女ゲームにハマって、時間があればやっていた。

ああ、それでよく夜更かしとかやってたから身体壊しちゃって、救急車で病院に運ばれたのだ。精密検査をするからってお医者さんが言って、明日お母さんが病院に行くからって電話がきて――

お母さん、きっと心配してる。

戻らなきゃ！　いつも、ストーリーが終わったら、自分の身体に帰れたんだから。

帰れないわけない。

何度もやった。何度もゲームの登場人物になって、ゲームを楽しんで、そして、目を開けたら東京の自分の部屋だった。

いつも同じ。自分のベッドに寝ていて、いつも少し怠《だる》かったけどなんともなくて。

寝よう。もう一度寝よう。きっと起きたら私は病院のベッドの中にいて、お母さんが心配そうな顔で私を見てるんだ。

寝よう。


目を覚ましたら、太陽はもう高く昇っていた。

そこは望んでいた病院のベッドなどではなく、エレーネ・マーシュが連れてこられた家のベッドだった。変わらない世界。自分は変わらずゲームの世界にいる。

『戻れないわ。だって、現実世界の私はもう死んでるもの』

『言葉通りよ。私は死んで、この世界に転生したの』

「嘘よ……」

自分と同じ、日本にいたという彼女の話を聞いた時、そんなことがあるんだと信じられない気持ちだった。

ゲームの世界なのに、そんな世界に転生するなんて。

可哀想《かわいそう》だと思った。元の世界に帰れず、ずっとゲームの世界で生きていかなくてはならない彼女の身の上に同情した。自分ならとても耐えられない、と思った。

『いいのよ。消えたら消えたで。どっちみち、私は現実世界では死んでるから』

『貴女、現実世界で亡くなっているのよ』

エレーネはベッドから飛び出すと、窓を大きく開けた。

窓から見えるのは家を取り囲む無機質な壁。

そして、壁の向こうに広がるのは真っ黒に見える深い森。

嘘よ――

エレーネは窓枠に右足を乗せて身を乗り出した。

嘘よ！　嘘に決まってる！　死んでなんかいないんだから！

『エレーネ様。貴女はここで生きていかなければならないんです。何故なのかわからないのなら、これまで自分がやってきたことを一つ一つ思い出してみて下さい。そうすれば、きっとどうしたらいいのかがわかると思いますよ』

イライラして八つ当たりのようにジェシカに文句を言ったとき、彼女がエレーネに返した言葉が頭に甦《よみがえ》る。

「…………」

窓枠からゆっくりと足をおろしたエレーネのお腹《なか》が、クゥと小さく鳴った。

何でよ？　人間が作った架空の世界なのに、なんでプレイヤーだった私がそこで生きなきゃなんないのよ！　おかしいじゃない！

エレーネは憤り、そして、きつく唇を嚙《か》み締めて項垂《うなだ》れた。

——もっと話を聞けば良かった……現実世界からこの世界に転生したという、あの女性、マリーウェザーに。

ううん！　と彼女は激しく首を横に振った。

「違う！　私は戻れる筈《はず》よ！　絶対死んでなんかいないんだから！」

エレーネはそう大声で叫ぶと、ジェシカが最後に用意してくれた朝食を食べるために食堂へ下りていった。

そして、帝国

「国境で起きたトラブルの報告を受けました。いったい何をやってるんですか、貴方《あなた》は」

三十代半ばほどの男が、一人用の大きなソファに長い足を組んでふんぞり返っている四十くらいの男に向けて眉をひそめた。

年下に叱られている筈《はず》の男はニヤニヤと笑っている。

男は、かなり目立つ容姿をしていた。

まず、一番目につくのは鮮やかなオレンジ色の髪だ。かなり癖のある髪は肩の下くらいまであり、首の後ろで乱雑に一つに括《くく》られていた。

悪戯《いたずら》っぽく輝く男の金色の瞳が、呆《あき》れたように溜息《ためいき》をつく銀髪の男を面白そうに見ていた。

いつも気まぐれにフラリと邸《やしき》にやってくるオレンジの頭の男は、銀髪の男にとって恩人でもあり、大事な存在であるが、二人の会話は会うたびに小言から始まるというパターンが続いている。

「そう怒るな、アロイス。ちょっとした暇つぶしだ」

「貴方の暇つぶしは傍迷惑《はためいわく》なんですよ。何か気に入らないことでもあったのですか」

男はニヤリと笑い、組んでいた足を崩すと、ぐっと前に身を乗り出した。

「なあ、アロイス。いい加減、あの国、潰しちまおうぜ」

駄目です、と男の提案を一言では除《の》けるアロイスに向かって、男はニヤニヤ笑いを止めない。

「そうかそうか。やっぱり自分が生まれ育った国は大事だもんなあ」

「私にはもう関係のない国です。ただ、亡くなった父が作り上げ守ってきた国を、そう簡単に潰してもらっては困るというだけです」

「オルキスか。全くあの男が自ら命を絶つとは思わなかったぞ」

「父は、母と妹を愛していましたから」

フン、と男は鼻を鳴らした。

「女一人に誑《たぶら》かされた愚か者など、さっさと始末しておけば良かったものを」

「妹とあの男の婚約がただの政略的なものなら、たとえ国王が相手であろうと別れさせていたでしょうが――妹はあの男を愛していた」

「ああ、ああ！　だからあの時、あの子を俺にくれれば良かったんだよ！　そうしたら、バルドー公爵家が潰れることはなかったんだ」

「無茶言わないで下さい、ベイルロード様。あの時、妹はまだ三歳になったばかりだったんですよ」

初めてバルドー公爵家の邸に現れたベイルロードは、まだ幼い妹のセレスティーネを一目で気に入り、あろうことか、俺の嫁にくれ！　と言い出したのだ。

当然、娘を愛している父が頷《うなず》く筈もなく。

七歳になっていたアロイスも、妹を取られたくなくて、必死に逞《たくま》しいベイルロードの腕から妹を取り戻そうとした。

冗談だ、と当時のベイルロードは笑って妹をアロイスに返したが、今も彼は本気だったと思っている。

あの頃、少し人見知り気味な妹が、彼にはすぐに懐いていたし、もしセレスティーネが年頃になってもう一度言われたら、あの父も頷いたかもしれない。

「まあいい。今度あの子を見つけたら、攫《さら》ってでも自分の物にするさ」

「犯罪はやめて下さい、ベイルロード様。貴方はこの国の初代皇帝なのですよ。お立場をわきまえて下さい」

頭を抱えて吐息をもらすアロイスを見てベイルロードは、ハーハ！　と白い歯を見せて笑った。

「今も俺はこの国の皇帝だぜ。だが、皇帝の椅子に尻をのせたままでいる気は無い。俺はガルネーダ帝国そのものだ。この国のどこへだって俺は行く」

「わかっています。今更誰も貴方を束縛しようなどとは思っていませんよ」

それより、とアロイスは伏せていた顔を上げてベイルロードを見た。

「妹は、セレスティーネは転生してるでしょうか」

「さあな。間違いなく転生するだろうが、それがいつになるかはわからん。おまえの父オルキスも前回から生まれ変わるまで百年以上かかっているからな」

アロイスの父オルキスは、かつてベイルロードに仕えていた貴族の一人だった。

ガルネーダ帝国の建国に関わった者達《たち》は、ベイルロードが持つ空間移動の能力によって滅びようとする地からこの地へと移って来たが、能力のない人間が異空間に触れた影響なのか、記憶を残したまま転生するようになった。

が、千年の時がたち、血が薄まっていったためか、転生しても記憶を残している者が少なくなっている。

だがオルキスは、ベイルロードに仕えていたこと、そして、シャリエフ王国の初代国王と共に国を作り上げた記憶を持って生まれ変わってきたという稀有《けう》な存在だった。

「オルキスはまだ当分生まれ変わっては来ないだろうが、セレスティーネはそんなに待たせずに生まれ変わるんじゃねーかと思ってる。ま、俺の願望でもあるがな」

「私も生まれ変わった妹に会いたい。私は貴方と違って不老不死じゃない。時間が限られている」

「まあ、死んだら生まれ変わってくりゃあいいさ。おまえも帝国の血を引いているから可能だ」

そう言ってからベイルロードは、額に手を当てて笑い出した。

「ああ、そういやおまえは、既に中途半端だったが転生やってたんだよな」

昔のことを思い出したのか、オレンジの頭をしたベイルロードは声を上げて笑い出した。

アロイスは、ムッツリとした不機嫌な顔になる。あの出来事は、アロイスにとって最低最悪の黒歴史だ。思い出すだけで顔から火が出る恥ずかしさだ。

「セレスティーネがもし生まれ変わっていたら、記憶はどうなっているでしょう。私のことを覚えているでしょうか」

「記憶はどうかわからねえな。年々記憶を保持して生まれ変わる人間が減ってきてる。俺にはわかるが、記憶のない奴《やつ》におまえはどこの誰それだと言うわけにはいかねえしな。セレスティーネの生まれ変わりはわかるが、記憶がなければ俺は教えるつもりはねえ」

「…………」

「そんな顔するな。記憶がなくても会えればいいだろうが。転生したセレスティーネを見つけたら教えてやるから」

「いいです。私も妹なら見たら絶対にわかります。見間違えたりはしない」

ほお、とベイルロードは楽しげに目を細める。

「そういや、最近会ってねえが、ライアスは元気か」

「元気ですよ。剣の腕も上げています。また貴方とやりたがっていた」

「おお、また連敗記録を伸ばす気か。よしよし、また揉《も》んでやる」

くくっと一頻《ひとしき》り笑ってからベイルロードは、で？　と口を開いた。

「ライアスは、お前んとこの嬢ちゃんとはうまくいってんのか」

「そうですね。娘のシャロンはライアスにベタ惚《ぼ》れで、ライアスもシャロンをとても可愛《かわい》がってますよ。年の差もあるんで、見た目は仲のいい兄妹のようですが」

「そうか。仲がいいのはいいさ。ライアスはあのクズ王の息子だが、お前の教育も良かったのかいい奴だ。頭もいいし、性格もいい。もし、あのクズと同じなら速攻で始末していたがな」

「クズといえば、シャリエフに残った第二王子が父親と同じことをやらかしたようですよ」

「ほお？」

「侯爵令嬢と伯爵令嬢を断罪し、伯爵令嬢の方は王都から追い出されたそうです。キリアがことの顚末《てんまつ》を手紙に書いてきました」

「セレスティーネと同じで、やっぱり断罪された令嬢達は無実か」

「そのようですね」

くっ、とベイルロードは喉を鳴らす。

「ハーハハ！　クズ王の子がやらかしたか。いやいいねぇ。これで遠慮なく潰せるじゃねえか、なぁ、アロイス。ライアスには言ったのか」

「伝えました。信じられないようでしたがね」

「ふふ。あいつもクズ王の子だが、少なくとも父親がやったことを王族だから仕方ないで済ます奴じゃねえからマシだな。それに、お前の教育を受けているし。いやいや、お前、ホント鬼だったよ。最後まで逃げなかったライアスを褒めてやりてぇ」

「そう思うなら、しばらくは大人しく帝都に留《とど》まっていて下さい。ライアスだけでなく、シャロンも喜びます」

「おーっと、そうくるか。まあ、いてもいいがなぁ」

「ここにいれば、シャリエフ王国の貴族の令嬢に会えますよ」

ベイルロードは、ん？　という顔をする。

「キリアが、第二王子に断罪されて王都を追い出された、伯爵家の令嬢を連れて来るんですよ。十四歳になったらシャロンがシャリエフ王国に留学するんで、その前に最近のシャリエフの王立学園のことを教えてくれる女性はいないかとキリアに頼んでいたんですが、その令嬢が帝国に来たいと言ったそうです」

「亡命か？」

「ではないようですが。シャリエフ王国の王立学園にはもう戻れないので、だったら帝国で学びたいと言っていたようです」

「ほお～。勉強熱心じゃねえか。で、いつ来るんだ？」

「もうすぐ国境を抜けるでしょうから、来週の半ばには」

よっし！　とベイルロードはいきなり立ち上がった。

「俺が迎えに行ってやるぜ」

「は？」

アロイスは、何言ってんだ、あんた？　みたいな顔で、立ち上がったベイルロードを見つめた。

「私が言ったことを全く聞いていませんね。私は、帝都で大人しくして下さいと言ったのですが」

「聞いたが俺は承知してねえよ。いいじゃねえか、どうせ帝都には戻って来るんだし。戻ったら、お前の言うことを聞いて、ちっとくらい帝都に留まってやってもいいぜ」

アロイスは額を押さえた。

「約束しましたよ、ベイルロード様」

「わかったわかった。で？　伯爵令嬢だったか。キリアと一緒か」

ベイルロードはキリアとは何度も会ったことがあるので、顔は知っている。

「キリアと伯爵令嬢付きのメイドが一緒だそうです。令嬢とメイドはよく、キリアが働いていた店に来ていたそうで」

「貴族なのに街のカフェに来るなんざ、気取ってなくていいいな。好みだぜ。ついでに美人ならなおいいが」

「そこまでは知りませんね」

アロイスは、ハァ……と疲れたように長く息を吐き出した。

幕間

「考えは変わらないのか、ロナウド」

「はい。申し訳ありません、殿下」

レトニスは眉根を寄せ、自分に向けて深く頭を下げている、子供の頃から共に育ったと言っていい友を見つめた。

痩せたな、とレトニスは久しぶりに見た友の姿に痛ましさを感じた。

昔からこの男は生真面目で優しい性格だった。悩むのは仕方ないことと思ってはいたが、まさかこれほどとは。

「セレスティーネの件は、罪に問わないと言っただろう。お前は、私を守ろうとしてくれたのだから」

「それでも、私は武器も持たない女性を後ろから剣で刺したのです。騎士としてやってはならない恥ずべき行為を行ってしまったのです」

「…………」

「私にはもう騎士になる資格はありません。いえ、王家に仕える資格すらないのです」

「何故《なぜ》だ！　お前は私のもとから離れると言うのか！　共にこの国を支えて行こうと言ったではないか！」

ロナウドは顔をしかめた。堅く握った拳は小刻みに震えている。

「頭から……離れないのです！　剣を刺した私を何故？　と不思議そうに見た彼女を……そして、セレスティーネの亡骸《なきがら》を見た時の侍女の、あの悲鳴と叫びが！」

ロナウドは苦しげに目を固く閉じ頭を抑えた。

「…………」

あの、セレスティーネに婚約破棄を告げたあの日——ロナウドが彼女を己の剣で刺すという行為はレトニスにとっても予想外のことだった。

セレスティーネの、あの何も知らないという顔が酷《ひど》く傲慢に見えて腹が立っていたが、しかし、死んでしまえとまで思うものではなかった。

婚約を破棄し、二度と王宮には足を踏み入れるな、シルビアに近づくなと告げるつもりだったのだ。あの状況は、当のロナウドですら予想しなかったことだろう。

「ロナウド。あの時、何故セレスティーネを刺した？」

「レトニス様——私にもよくわからないのです。シルビアが悲鳴を上げた瞬間、セレスティーネを、彼女をすぐに排除しなければと思ったのです」

気づいたらロナウドは、己の剣を抜いて彼女を刺していた。

「排除？」

レトニスは首を傾《かし》げた。何故、排除という言葉が出る？

「本当にわからないのです！　全てはシルビアのため！　そういう考えがずっと頭の中にありまし

た」

「シルビアに何か言われたのか？」

「セレスティーネをずっと怖いと言っていました。嫌がらせがどんどんエスカレートしてくるし、池に突き落とされた時は本当に殺されると思った、と」

「それは私も聞いた」

「でも、本当にそうなのでしょうか」

「どういう意味だ」

ずっと……と、ロナウドは歯を食いしばり、声を絞り出すように言った。

「ずっと考えていました……このひと月の間ずっと。セレスティーネは本当に悪女だったのかと」

「何を言ってる。セレスティーネが悪女でなければ、誰がシルビアを殺そうとしたと言うんだ」

「レトニス様――私は、セレスティーネのことを八歳の頃から知っているのです」

「ああ、幼馴染《おさなじ》みだったか」

「それほど親しくもありませんでしたが。どちらかといえば、私の姉が彼女と親しかったのです」

「おまえの姉というと、アネットか。オタール侯爵の次男に嫁いだのだったな」

アネットとは、ロナウドと知り合った頃、何度か王立図書館で一緒に勉強をしたことがあった。本好きで頭のいい世話焼きな女性で、レトニスも姉のように思っていた。

「そうです。バルドー公爵のお茶会に招待された時、姉と一緒に母に連れられて公爵邸に行きました。その時にセレスティーネと会ったのです。姉は一目で彼女を気に入りよくパーティーに誘っていました。その姉が、激しい口調で私に言うのです。セレスティーネがそんなことをする筈《はず》がない、と」

「シルビアが嘘《うそ》を言っていると言うのか！　あり得ない！　証人も多くいるのだぞ！」

「そうです。だから、我々は皆、セレスティーネがシルビアに嫌がらせをしていると信じました。どんどん酷くなる嫌がらせをシルビアから聞いて、私はセレスティーネを悪女としか思えなくなった。しかし、レトニス様！　私はただの一度も彼女が、セレスティーネがシルビアに嫌がらせをしているところを見たことがないのです！」

そ……

「そんなこと！　私達《たち》はずっとシルビアの側《そば》にいるわけじゃない！　見ていなくても当然ではないか！」

「そう……ですね——私達は学園内ではなるべくシルビアの側にいようとしていましたが、それでも離れている時はあった。その時を狙って、セレスティーネはシルビアを虐《いじ》めていたのだと思いました。目撃した者はいるがたまたま私達だけは見なかった、と」

「何が言いたい、ロナウド。セレスティーネは、実は何もやっていなかったとでも言うのか？　もしそうなら、お前はなんの罪も犯していないセレスティーネを殺したことになるのだぞ」

はい、とロナウドは頷《うなず》いた。

「なので私は騎士にはなりません。父には、既に私を廃嫡してくれるように言いました」

なっ!?

「跡を継ぐ男はお前しかいない筈だろう！」

「姉の夫が……義兄が跡を継いでくれることになりました。私はこれから一庶民として生きていくつもりです」

「それがお前のけじめなのか。バカだ、お前は」

「私は耐えられなかったのです。申し訳ありません、レトニス様」

ロナウドは深く頭を下げると、部屋から出て行った。

レトニスは、ロナウドが消えたドアをしばらく見つめていたが、目を閉じ深く息を吐き出すと力なくソファに腰を落とした。

「かなり落ち込んでいるな。大丈夫か」

項垂《うなだ》れていたレトニスは顔を上げた。

ロナウドと共にレトニスを子供の頃から支えてくれていた公爵の息子ハリオスが、心配そうに彼を見ていた。

「ハリオス。ロナウドのことは聞いたか」

「ああ。実はあいつのことはずっと気になっていて、ダニエルと二人で相談にのっていたんだ」

「そうか。私は何も知らなかった」

「お前も、気にはかけていただろ。だが、もうお前は学生じゃない。そう簡単に王宮から出られはしないだろうしな」

「ああ……そうだな」

「シルビアが、このところずっとお前に会えないと文句を言っててな。なんとかしてくれって、煩《うるさ》くてかなわない」

「シルビア……」

「それより、近いうちに王妃教育が始まるから準備をしておけって言っておいた」

「王妃教育って」

「シルビアと結婚するんだろ？　彼女はそのつもりだぞ」

「ハリオス、お前はそれでいいのか？」

「俺？　なんだ、俺がシルビアを好きだとでも思ってたのか」

「違うのか？」

「ロナウドは好きだったみたいだな。シルビアはモテてたからなあ。シルビアを好きな男なんて、探せば大勢いるが、お前から奪えると思ってる奴《やつ》なんかいないと思うぞ。ダニエルも気にはなっていたみたいだが、結婚したいとまで思っていたかはわからないな」

「そうなのか……？」

「当然だろ。お前はこの国の王太子だ。俺達はあくまで王家に仕える身だからな」

「なら、私が誰かの婚約者を欲しいといえば叶《かな》えられるのか」

「叶うだろうな。恨まれるだろうが。公爵家の令嬢が公の場で殺されても、王太子であるお前が関わっていたというだけで不問にされた。そういうものだ」

「そんなことは！」

「実際そうなっただろう。だからロナウドは苦しんでいた。罪の意識にな」

「罪の意識、か。もし、私が間違っていたとしたらどうなる」

「どうにもならない。言っただろう、お前は王太子。次の国王だ」

「…………」

再び項垂れたレトニスを見て、ハリオスは吐息を一つ漏らし、彼の顔を覗《のぞ》き込むように見た。

「どうしたい、レトニス？」

「真実を知りたい。私が真実だと思っていたことが正しければいい。だが」

「もし間違いだとわかれば、それを認める覚悟がお前にあるのか？」

「……わからない。シルビアを信じてやりたい。だけど、疑問が生まれて、それをそのままにしておくわけにもいかない」

そうだ。セレスティーネは死んだんだ。私の目の前で。彼女の侍女の叫びも聞いた。

「わかった。ダニエルと調べてみよう」

「頼む」

ハリオスは部屋を出るためレトニスに背をむけたが、ふっと顔を振りかえらせた。

「ロナウドが、パーティーのあったホールに剣を持ち込んでいたのは何故か知っているか？」

いや、とレトニスは首を振った。

「噂《うわさ》が流れていたらしい。セレスティーネがナイフを常に隠し持っているって。その噂を聞いたってシルビアがロナウドに言ったらしい。パーティーの時、お前がセレスティーネを断罪すれば、ナイフで自分は殺されるかもしれないって」

「そんなことが――」

「実際は、セレスティーネはそんなものを持ってなかったがな」

「…………」


ロナウドが王都から去り、ハリオスに調査を頼んだ翌々日、レトニスは父である国王に呼ばれた。

あの卒業パーティーの時、事情を説明して以来父にも母にも会っていなかった。

学園を卒業し、成人とみなされてからレトニスは、それまで母といた場所から別の棟に住むことになり食事も一緒に取ることがなくなったからだ。

謁見室に入ったレトニスは、王の椅子に座る父である国王と、母である王妃に頭をさげた。

「レトニス、参りました」

「少しは落ち着いたか、王子よ」

「……はい」

「落ち着いたのならよい。今日はお前に伝えておくことがあって呼んだ」

「はい」

「お前の婚儀は一年後に決まった。そのつもりで準備をしておくがいい」

「は？」

「なんですか、その顔は。それを望んでいたのでしょう。子爵令嬢ということですから明日より王妃教育を始めます」

一年しかないので、ちゃんと覚えてくれれば良いのですけど、と王妃が溜息《ためいき》をつく。

「どういうことでしょうか？」

「シルビア・ハートネル。セレスティーネを排除してまで欲しかったのでしょう、あなたは」

この時になって、ようやくレトニスは母親が怒っていることに気がついた。

表情は冷たく凍るようで何の感情も見せてはいないが、確かに母である王妃は怒っていた。

ここでも排除という言葉が使われるのか。

しかし、両親が子爵令嬢であるシルビアを王妃にするのを認めるということがレトニスには理解できなかった。

これまで、王妃とするのは伯爵以上の家系であったからだ。

「待ってください！　私はまだシルビアと結婚するとは」

「これはもう決定事項だ。拒否は許さぬ」

「しかし陛下！　このことをバルドー公爵に」

「バルドー公爵は、もう関係ない。何も言えぬ」

え？

「話は以上だ。戻って良い」

「……」

感情のこもらない平坦《へいたん》な声。父もまた怒っているのか。

「では失礼します」

謁見室を出ようとしたレトニスだが、ふいに王妃に呼び止められた。

「王太子の側妃はこれから選出します」

「側妃……ですか？」

結婚もまだだというのに？

「子爵令嬢との婚姻は許します。が、子供を作ることは許しません」

「母上？」

「断じて許さぬ。肝に銘じておきなさい」

父と母は、レトニスがこれまで見たことがないような冷たい目を向けた。

いったい何が二人を怒らせているのか。

今この場で問うても、彼らは答えてはくれないだろう。

レトニスは一礼し、部屋を出て行った。

彼が出た後に、王妃が堪《こら》え切れない嗚咽《おえつ》と共に涙を流し、それを夫である国王が慰めていることなどレトニスは知るよしもなかった。

部屋に戻ると、そこにはハリオスとダニエル、それに辺境伯令嬢のクローディアが彼の戻るのを待っていた。

「何故クローディアが？」

「令嬢方から話を聞くのはクローディアが打って付けだったんでな」

「結果オーライというか。ハリオスが動くと速攻で彼女にバレるんですよ。それで、ハリオスはクローディアに嘘が言えない」

「小さい頃からよくツルんでたもので、バレバレなんだよなぁ」

ハリオスは、やれやれと言うように頭をかく。

「私も気になっていたことですから。色々噂の出所とか調べてみました」

「ああ、それはすまなかった、クローディア」

それで？　とレトニスが聞くと、三人は顔を見合わせた。

「私からご報告致しますわ。シルビア様への嫌がらせは、確かにありました」

「そうか」

「嫌がらせを行った者は全て把握しております。ただ、その中にセレスティーネ様はおられません」

「いない？」

「おりません。ハリオス様から聞いた虐めや嫌がらせを一つ一つ確認して、誰がやったことなのかを確かめました」

「ちゃんと白状させた。裏も取ったし間違いはない」

「そんな――じゃあセレスティーネは」

「セレスティーネ様がシルビア様にしたことは、貴族としての心得を教えたことですね。一言で言えば、お説教ですわ」

「説教……では、池に突き落としたというのは？」

「それがな、セレスティーネがシルビアを池に突き落とした所を見た奴は一人もいないんだ」

「そんなことはないだろう！　確かに見たという者が」

「シルビアを池から助け上げたという生徒だろう？　男爵の息子だったか。そいつは俺達より一つ下だったんで寮で捕まえて聞いた。当時の状況を詳しくな。そいつは、池で溺れているシルビアを見つけただけだったよ。ただ、助けた時、シルビアがセレスティーネに突き落とされたと言ったんだそうだ。それが噂となって、事実と認識されたんだ」

「セレスティーネが突き落としたのではないのか」

「さあ。どうだったのかわからない。目撃した者はなく、突き落とされたと言ってるのは当人であるシルビアだけだからな。それに、どうもセレスティーネはその噂を知らなかった節がある。だから、セレスティーネは反論しなかった。知らなかったからな」

「そんなバカな――何故、他の人間がやったことがセレスティーネがやったことになってるんだ」

「セレスティーネが公爵令嬢だからだ。それも王家に近い三大公爵家の一つ、バルドー家の人間。そして、王太子の婚約者だ。自分達がやったというより、セレスティーネがやったという方が影響が大きい。シルビアは学園の令嬢達からかなり嫌われていたようだな。彼女達は、セレスティーネなら罪に問われることはないと思っていたようだ」

「自分達が責められるのが嫌だから、全てセレスティーネのせいにしたというのか」

「シルビアはそれを知っていた。何しろ嫌がらせをされていた側だからな。なのに俺達には、セレスティーネが虐めや嫌がらせを行ったと訴えていたんだ」

「何故、そんなことを！」

「そりゃあ、俺達に同情してもらいたかったからだろ。そして、あわよくば、王太子であるお前の心をセレスティーネから自分に移したかった、とかな」

「シルビアは王妃になりたかったのか」

ダニエルは、まだ信じられないという顔で呟《つぶや》く。

シルビアがレトニスに好意を持っていることは早くから気づいていた。

彼女が好きだったが、二人を応援したいとダニエルは思っていたのだ。

だが、その結果人が死ぬというのは許容できることではないだろう。

「それが本当に真実なら、私は――取り返しのつかないことをしてしまったことに……！」

謝るだけではすまない。セレスティーネは、どうやっても、もう戻っては来ないのだから。

それでも。

「謝らねば――セレスティーネの家族に、バルドー公爵に！」

レトニスがそう言った時、ハリオスとダニエル、クローディアは少し驚き、複雑そうな表情で互いの顔を見合わせた。

「レトニス様、それは――」

何か言いかけたクローディアを、ハリオスが右手で制し、レトニスに向けて口を開いた。

「レトニス、お前、陛下から何も聞いてないのか」

何を？　とレトニスはハリオスを見た。

「バルドー公爵家は、もうないぞ」

「は？　ないとはどういうことだ？」

「あの卒業パーティーの時、セレスティーネの家族は誰も来てなかったろ」

そういえば、とレトニスは思い出す。

あの断罪の時、セレスティーネの家族は誰も出てこなかった。

あの騒ぎで思い至れなくて、今、言われなければ気づかないままだった。

「バルドー公爵は長男のアロイスと共に領地に行っていて、あの卒業式の日にはまだ王都には戻っていなかったんだ」

「そうだったか……知らなかった」

「お前が知らないことはたくさんある。まさか、今になってもバルドー公爵のことを聞いていないとは思わなかったが」

「すまない。あれからひと月たっているし、知っているかと」

「申し訳ありません、レトニス様。私もご存じのことかと思っておりました」

「まあ、言えないよな、普通」

「なんだ？　いったいなんなのだ！」

「王都の家に残っていたのはセレスティーネと公爵夫人。その公爵夫人、セレスティーネの母親だが、卒業式の日は体調を崩していて寝込んでいたんだ。だから、セレスティーネは侍女だけを連れて卒業式とパーティーに出た。あの日、彼女を庇《かば》う者は誰一人いなかったんだ」

「………」

「公爵夫人の体調が悪いことは侍女が訴えていたよ。だから、セレスティーネの亡骸を家に戻すのはやめてくれと言ってたそうだ。公爵が王都に戻るまで待ってくれと。弱っている公爵夫人に娘の死を知らせたくなかったんだろうな。が、セレスティーネの亡骸をずっと置いておくにはいかないと、学園長が、さっさと馬車に乗せて公爵の館に送り届けるよう言ったんだ。血まみれの娘の亡骸を見せられた夫人は、悲鳴も上げずその場で倒れたそうだ。亡骸を送り届けた連中は、それで役目は終わったとその後のことは見届けずに帰ったらしい。夫人は翌朝、息を引き取った。一度も意識が戻ることなく愛する娘のもとへ逝ったんだ」

「そんな！」

「三日後に知らせを受けて戻ったバルドー公爵を待っていたのは妻と娘の亡骸。公爵は糸が切れた人形のように頽《くずお》れ動かなくなったそうだ」

そして、とハリオスは続けた。

朝、自分の部屋に戻っていた主人の様子を見に行った執事が、部屋で首を吊《つ》っているバルドー公爵を見つけたのだと。

「……！」

「バルドー公爵の家族への溺愛振りは有名でしたわ。本当に家族仲が良くて」

「そ……そんなことに……」

知らなかった！　私は！

私はこのひと月、何も知らないままだったのか……なんてことだ！

「ただ一人残された嫡男のアロイスだが、彼は父と母、そして妹の葬儀を済ませると、王都にある家を売り払い、バルドー公爵家の領地を国に返却した。その後、彼の行方はわからないままらしい」

「何故だ！　何故、アロイスは私のもとへ来なかった！　許せなかった筈だ！　大切な家族を奪った私を殺したいほど憎んだのではないのか！」

そんなこと――とハリオスは溜息をついて、ようやく知った事実に罪悪感を覚えているだろうレトニスを見て言った。

「前にも言ったろう。お前は王太子だ。そして、俺達は家臣。お前が関わったことで、その後何が起ころうと問題にはできないんだ。たとえ、初代国王の時より仕えていた公爵家だとしてもな。俺達が考えることは、国の存続、つまりは王家が途切れることなく続くことだ。アロイスはそのことをわかっていた。だが、それがわかっていても許せなくて、彼は全てを捨ててこの国を去ったんだ」

「…………」

「陛下はお前になんと言われたんだ」

「一年後、シルビアと婚姻を結べ、と」

三人は、ああ、と互いを見、俯《うつむ》いた。

「何故だ！　バルドー公爵家を潰すことになった私とシルビアがどうして結婚なんてできる！　あり得ないだろう！　何故、父上は私を断罪しないのだ！」

「おわかりになりませんか、レトニス様」

「なんだ、ダニエル？」

「陛下はレトニス様に贖罪《しょくざい》を求めておられるのです」

「贖罪……」

「陛下は何もかもご存じなのです。多分、セレスティーネ様が死んだ夜から調べさせていたのでしょう。今更我々が調べなくても、既に真相を把握されていた陛下はとうにその後のことを考えておられた」

「もっと早く私が真相を調べていれば、バルドー公爵家が無くならなくてすんだのか」

「それは、わかりませんが」

「少なくとも、アロイスが国を捨てることを止められたかもしれないな」

「それは仮定だろ。もし、なんて考えたら、シルビアと出会わなかったらって所まで遡れる。もしなんてことは、あり得ない。考えるだけ無駄だ」

　ああ……

「そうだ……な」

　贖罪――いや、これは罰だ。大罪を犯した私に、両親は罰を与えたのだ。

時は過ぎていく。

皆、セレスティーネがいないことに慣れつつあった。

あれほど存在感のあったバルドー公爵家が消えてしまったことも、そのうち誰も話題にしなくなるのだろう。

あの夜あったことは、誰も口にすることはなく、そうして忘れ去られていくのか。

王宮の広い庭園の中、薄ピンク色の花を付けた木がある。

満開になると、まるで夢のような華やかさで、夜になると一転して静寂と幻想的な美しさを見せるその木を、かつて飽きずに眺めていた少女がいる。

異国の木ということしかわからないその木を、少女は何故か懐かしい気持ちになると言った。少女はこの木のことを、サクラと呼んだ。

どういう意味なのか聞いたら、なんとなく頭に浮かんだのだと笑って答えた。

婚約者になったばかりの少女は、笑顔が愛らしく、私は彼女で良かったと思った。

『そうだ。この木をサクラと呼ぶのは私達だけの秘密にしよう。そして、私達も二人だけの呼び名を決めないか』

『それは素敵ですけど、良いのですか』

『いいさ。私達は婚約者同士なのだから。そうだ、私の呼び名はセレスティーネが決めてくれ』

『はい。では……トーニと』

『わかった。では、私はお前のことをセレーネと呼ぼう』

『わかりましたわ、トーニ様』

少女はニッコリと柔らかな微笑《ほほえ》みを浮かべた。


「レトニス様？　ここにおられたのですか。ハリオス様が、どこに行かれたのかと探しておられましたよ」

クローディアがようやく見つけたという顔でレトニスの方へ歩み寄った。

「まあ。満開ですのね。夜に見るのは初めてですけど、とても美しいですわ」

「この木は、花が散る時が一番美しい」

「そうですわね。異国の木だと聞きましたが、なんという木なのでしょう」

「さあ……聞いたことはないな」

二人はしばらく、散りゆく花を無言で眺めた。

「レトニス様。私、レトニス様の側妃候補に選ばれましたわ」

「な……っ」

驚きの目を向けるレトニスが予想通りだったのか、クローディアはクスクスと笑った。

「シルビア様の王妃教育は全くすすまないようですわよ。教育係のアリアナ夫人が金切り声を上げておられましたわ。ハリオス様も、シルビア様からレトニス様に何故会えないのかと頻繁に愚痴をこぼされ、うんざりされてましたし」

「…………」

「一度お会いになられましたら？　シルビア様もそれで満足なさいますわよ」

「いや、まだ会う気にはなれない。それより、お前のことだ、クローディア！　側妃は当然断るんだろうな！」

「あら、どうしてそう思いますの？」

「どうしてって、お前には好きな男がいただろう。確か婚約すると言っていなかったか」

「ええ、そうですわね。ずっと憧れていた方。結婚を夢みてましたわ。ライバルが現れた時にはもう、思い切って既成事実を作ってしまおうかと思いましたのよ？」

「クローディア、お前――」

「彼女には負けるつもりはありませんでしたわ。でも……もう良いのです。エヴァンス伯爵様は、あの方に譲って差し上げますわ」

「だから、何故そうなるんだ！　お前は、エヴァンス伯が好きなのだろう！」

「憧れですわ。私には過ぎた方です」

「それで、私の側妃になるというのか。意味がわからないぞ」

「私……セレスティーネ様とは二・三度しかお話ししたことがありませんの。お綺麗《きれい》でお優しい方だと思いましたわ。私の誕生日だと、どなたかから聞いたセレスティーネ様からハンカチを頂きましたのよ。なんと、ご自分で刺繍《ししゅう》をされたものだとか。とても綺麗な薔薇《ばら》の刺繍でしたわ。今も私の宝物ですの」

なのに、とクローディアは俯いた。

「私、あの時動けませんでした。突然レトニス様がセレスティーネ様を断罪された時、私は傍観に徹しました。父も動くなと。私、セレスティーネ様が、シルビア様を虐めているという噂を知っていましたわ。でも、あの方がそんなことをしているのを、私は一度も見たことがありませんでした。シルビア様はご令嬢方からとても嫌われておられましたし、私もシルビア様の行動には常に眉をひそめておりました。公爵令嬢であるセレスティーネ様が諫《いさ》められるのは当然の事だと思っておりましたわ」

あの時、倒れたセレスティーネ様に手を差し伸べられなかった事が今でも悔しいとクローディアは言った。今も自分を責めているのだと。

「皆様が贖罪を決められたというのに、私だけ仲間外れはズルいですわ」

「そんな問題か！　セレスティーネを死に追いやったのは私だ！　ハリオスとダニエルは自分達も同罪だからと言ってくれたから」

「私も同罪ですわ。王妃様から伺いました。シルビア様との子は認めないそうですわね」

「ああ……」

「でもシルビア様は絶対に納得なさいませんわよ」

「それなら、シルビアには本当のことを言って」

「シルビア様が、セレスティーネ様を死なせたことを知っていると伝えるおつもりですか。だから、子供は作らないと」

そうだ、とレトニスが頷くと、クローディアは苦笑した。

「それは駄目ですわ。王妃様はそんなこと、絶対にお許しになりませんわ」

「だが、それしか！」

「我が伯爵家には代々伝わる薬がありますの」

「薬？」

「子供ができないようにする薬ですわ。日に一度その薬を服用させれば、妊娠はしませんの。そして服用し続ければ、もう薬がなくとも一生子はできなくなります」

「それは……母上が言ったのか。いったい何故母上はそこまで」

「亡くなられたバルドー公爵夫人。あの方は王妃様がとても大切にされていたお友達だったそうです。子供の頃から、いつか結婚してお互いに子供ができ、それが男と女なら結婚させたいと、そんな夢を語っていらしたそうですわ」

「そ…んな……」

「歯車は一つでも外れると崩壊しますわ。二度と間違いを犯さないよう、私達は生きていかなくては」

もう二度と後悔などしないためにも。

あとがき

初めまして、麻希くるみです。

この本をお手に取って頂き、誠にありがとうございます。

本作は、小説投稿サイトに投稿し連載していたものを加筆修正したものです。

実を言いますと、この手のお話を書くのは初めてでした。

面白く読んではおりましたが、自分で書くつもりは全くなかったもので。

これは、ほんのちょっとしたきっかけで書き始めたものでした。

世の中には、きっかけから繋《つな》がる思わぬ出来事というものがあるものですね。

このような機会を下さった担当さま、編集部の皆さま、この本に関わった全ての皆さまにお礼を申し上げます。ありがとうございました。

表紙及び挿し絵を描いて下さった保志さまには、ひたすら感謝しかありません。

とても素晴らしい絵をありがとうございます。

そして、ウェブで読んで下さっている方々にも感謝しきりです。


では、次回またお目に止まることがありましたら、よろしくお願いします。

OVERLAP NOVELS f

断罪された悪役令嬢は続編の悪役令嬢に生まれ変わる
～無自覚な愛され系は今度こそ破滅を回避します～

発行　２０２０年５月25日　初版第一刷発行

著者　**麻希くるみ**

イラスト　**保志あかり**

発行者　永田勝治

発行所　**株式会社オーバーラップ**
〒１４１－００３１
東京都品川区西五反田７－９－５

校正・ＤＴＰ　株式会社鷗来堂

印刷・製本　大日本印刷株式会社

ISBN　978-4-86554-667-5 C0093

【オーバーラップ　カスタマーサポート】
電　話　０３－６２１９－０８５０
受付時間　10時～18時（土日祝日をのぞく）